고양이 호텔

차 례

Mint

나의
고양이들에게

12인용 식탁 위에 케이크를 내려놓는다. 서른 번째 생일을 맞아 특별히 주문 제작한 3단 고구마 케이크. 살포시 내려앉은 빵가루 위에 점점이 떨어진 하얀 생크림 말고는 케이크에 별다른 장식은 없다. 하트 모양의 케이크라는 것만 빼면 내가 주문한 대로다.

"어때? 예쁘지?"

"야옹."

부엌으로 소집된 고양이들이 식탁 가까이 모여든다. 케이크 상단에 꽂힌 초코 사인 판에는 요다 씨의 서른 번째 생일과 당선을 축하합니다, 라고 쓰여 있다. 그렇다. 오늘은 내 서른 번째 생일이다. 그냥 지나치면 그만인 게 생일이라지만, 7월 7일이라는 선명한 날짜 탓에 생일은 매년 내 기억을 관통한다. 그리고 올해로 12년째 단골인 '베리베리 베이커리'로 전화를 걸어 장식이 없는 케이크를 주문하고 미역국을 끓이게 만든다. 생일은 내게 특별한 날이 아니지만,

막상 생일날 아침이 되면 이상하게 특별한 날이 되고 만다.

내 생일은 불운하다. 엄마가 나를 낳다 죽었다거나, 그래서 엄마의 제삿날이 내 생일이기도 하다는, 뭐 그런 통속적인 얘기로서의 불운을 뜻하는 게 아니다. 그건 열한 개의 방이 있는 이 집이 불운하기 때문이다. 나한테서 많은 걸 빼앗아 간 이 집은 내 생일 선물로 지어진 것이었다. 그게 내 생일이 불운할 수밖에 없는 이유다. 그럼에도 나는 매년 내 생일을 자축한다. 쓸모없는 인간이 아니라는 걸 증명하기 위한 하나의 의식처럼, 당위인 것처럼. 의도와 달리 내 생일이 특별해지고 있다는 느낌에, 혹은 나를 위한 내 분주한 움직임에 낯이 간지러워질 때면 나는 이렇게 말했다. 내 생일인데 특별하면 좀 어때? 생일 챙겨 줄 사람은 나뿐이잖아, 라고. 그런데 오늘은 한마디 더 덧붙였다. 서른 번쨌데 케이크하고 미역국만으론 좀 허전하잖아? 그런 다음 나는 엄마의 요리 책을 넘기며 식탁에 올릴 음식을 골랐다. 음식을 고르는 일은 그다지 어렵지 않았다. 두 명 이상의 남자 이름만 적혀 있으면 되기 때문이다. 그것은 엄마가 두 명 이상의 남자에게 그 페이지의 음식을 만들어 줬다는 뜻이었고, 그건 바로 그 음식이 많은 남자들의 입맛을 사로잡을 만큼 보편적으로 맛있다는 뜻이었다. 그렇게 해서 오늘 내 생일상에 올라온 음식은 쇠고기채소쌈, 파에야 발렌시아, 조개수프, 바비큐 포크춉, 전복치즈구이, 비프 파르미자너, 새우냉채, 로즈메리 소스 야채샐러드, 그리고 와인 안주로 제격인 아스파라거스 베이컨말이와 소시지 고추볶음이었다.

와인도 준비됐겠다, 이제 케이크에 불을 붙일 차례다. 그전에 나는 열두 개의 식탁 의자를 뺀다. 그리고 몰려든 고양이들 중 특별히 빨간색 목걸이를 한 녀석들만 골라 식탁 앞에 앉힌다. 부엌에 소집된 187마리의 고양이 중에서 빨간색 목걸이를 한 녀석들은 모두 스물두 마리다. 둘씩 짝을 지워 앉혀 놓으니 내 자리를 제외한 열한 개의 식탁 의자가 다 찬다. 그런데 앙숙인 고양이 88과 고양이 57이 같은 의자에 앉아 있는 게 보인다. 피 터지게 싸우기 전에 저 둘은 반드시 떼어 놓아야 한다. 고양이 88을 맨 앞자리로 옮겨 놓고 고양이 57을 맨 뒷자리로 보낸다. 이제 됐다.

서른 개의 초를 하트 모양의 케이크에 꽂는다. 나는 생일 케이크에 꼭 나이 수대로 초를 꽂는다. 서른 번째 생일이라고 해서 약간 긴 초 세 개만 달랑 꽂는 짓은 하지 않는다. 내 10년을 겨우 초 하나로 표시하다니, 그건 있을 수 없는 일이다. 살아온 생이란 결코 피카소의 그림처럼 추상화할 수도, 말줄임표로 처리할 수도 없는 복잡다단한 것이다. 나는 쉰 살 생일이 되면 다섯 개가 아닌 쉰 개의 초를 꽂을 것이고, 아흔 살 생일이 되면 아홉 개가 아닌 아흔 개의 초를 꽂을 것이다. 그것이 내가 살아온 1년, 1년에 대해, 그리고 그 1년이 모여 만들어진 내 생에 대해 내가 할 수 있는 유일한 축하 방식이기 때문이다. 맘 같아서는 내가 살아온 날수만큼 초를 꽂고 싶다. 고맙게도 베리베리 베이커리 아주머니는 실종된 아저씨를 대신해 잊지 않고 서른 개의 초를 넣어 주었다. 어젯밤 자신의 집에서, 그것도 욕실에서 실종됐다는 베이커리 아저씨. 이 하트 모양의 3단 고구마 케이크는 베이커리 아저씨가 나한테 해 준 마지막 생일 선물이 되고 말았다.

"미안해요, 아저씨. 다 저 때문이에요."

나는 녀석들이 지켜보는 가운데 성냥을 긋는다. 미친년처럼 춤을 추는 성냥불을 초에 옮겨 붙이려는 그때, 초인종이 울린다. 고양이들이 야옹거리며 우왕좌왕한다.

"조용!"

누구지? 집에 올 사람은 없다. 아, 나나? 그러고 보니 오늘은 화요일이다. 생일 준비에 바빠 오늘이 화요일이라는 것도 잊고 있었다. 나나는 9년 지기 내 섹스 파트너다. 나나는 매주 화요일 저녁 8시면 어김없이 내 집에 온다. 9년 동안 결석은 없었다. 어머니가 돌아가셨을 때도 검은 양복을 입고 내 집에 온 사람이다. 그런데 오늘은 웬일로 이렇게 일찍 온 걸까. 그러고 보니 나나를 만난 이후로 나나가 오는 날과 생일이 겹친 적은 한 번도 없었던 것 같다. 그 말은 곧 9년 동안 내 생일이 화요일인 적은 없었다는 뜻이다. 나는 성냥불을 끈다.

"얌전히들 있어! 식탁에 올라가면, 알지?"

"야옹, 야옹."

부엌문을 열고 복도를 지나 현관으로 나간다. 대문은 철단조로 돼 있어서 방문객이 누구인지 대충 알아볼 수 있었다. 그런데 당초무늬 철단조 사이로 보이는 사람은 나나가 아닌 것 같다. 확인을 하기 위해 나선형 계단을 밟고 3층 엄마 방으로 올라간다. 엄마 방 책상 위에 있는 쌍안경을 눈에 갖다 댄다. 짐작대로 나나가 아니다. 저 낯선 남자는 누굴까. 아래층으로 내려가는 사이 세 번째 초인종이 울린다. 계속해서 눌러 대는 걸 보니 나를 찾아온 사람이 분명하다.

빨간 벽돌 길을 걸어 나간다. 현관과 대문 사이를 잇는 벽돌 길은 꽤 길다. 그래서 가끔은 대문을 열어 주는 게 귀찮을 때도 있다. 방문객을 확인하기 위해 엄마의 쌍안경을 이용하는 것도 사실 귀찮아서다. 쌍안경은 불필요해 보이는 방문객을 걸러 준다. 그러니까 저 남자는 최소한 잡상인은 아닐 거라는 얘기다. 대문 앞에 선 나는 팔짱을 끼고 낯선 남자에게 묻는다.

"누구세요?"

무척 초췌해 보이는 남자다. 침대도 필요해 보인다. 와이셔츠 주머니에는 만년필이 꽂혀 있고, 입가와 턱에는 수염이 돋아나 있다. 깎지 못한 걸까, 깎지 않은 걸까. 자연스러워 보이는 저 곱슬머리는 자연산일까, 파마 약의 힘일까. 궁금증은 꼬리에 꼬리를 물어, 음식은 주로 어느 쪽으로 씹을까, 바지를 입을 땐 어느 쪽 발을 먼저 집어넣을까, 이를 닦을 땐 앞니와 어금니 중 어느 쪽을 먼저 닦을까, 하는 시시콜콜한 데까지 이른다. 낯선 사람을 만나면 나는 이런 사소한 것들이 궁금해진다. 그것은 지구 상에 나와 같은 습관을 가진 사람은 몇이나 될까, 에 대한 궁금증이기도 하다. 그러나 관심은 이내 자동 차단된다. 타인을 향한 관심은 내게 독일 뿐이다.

"고요다 씨 맞으시죠? 안녕하세요? 저는 《인 스토리》에서 나온 강인한 기자라고 합니다."

속으로 풋, 하고 웃는다. 정말 강인하게 보였던 걸까. 그런데 뭐, 기자라고? 세상에서 가장 거머리 같은 직업을 가진 사람이란 말이지. 여긴 어떻게 알고 찾아왔을까. 거주지에 대한 비밀 보장은 출판사의 약속이었다. 걸려 오는 전화는 감수하겠지만 집으로 사람이 찾아오는 건 곤란하다는, 내 의사를 존중한 데 따른 것이었다. 남자가 자신의 명함을 당초 무늬 대문 사이로 밀어 넣는다. 얼떨결에 남자의 명함을 받아 든다. 《인 스토리》라면 인터뷰 건으로 가장 끈질기게 전화를 걸어 온 그 잡지사였다.

"인터뷰 좀……."

"그 얘기라면 끝났어요."

나는 뒤돌아선다.

"잠시만요!"

나는 고개를 돌린다.

"시간 많이 뺏지 않겠습니다. 실은 제가 잠 한숨 못 자고 서울에서 여기까지 운전하고 왔거든요."

*

"그래서요?"

듣던 대로 쉬울 것 같진 않다. 그녀의 얼굴은 멀쩡하다. 팔다리도 멀쩡하다. 하자라곤 하나도 없어 보인다. 그런데 왜 언론 노출을 꺼려 온 걸까.

"제 수고를 생각해서 인터뷰에 응해 주시면……."

그녀가 대문 사이로 건넨 내 명함을 까만 매니큐어를 칠한 손가락으로 만지작댄다. 고민하고 있는 걸까. 그래, 잠 한숨 못 자고 서울에서 여기까지 운전하고 왔다는데 단칼에 벨 순 없을 테다. 지독한 냉혈한이 아니고선 말이다.

"돌아가세요."

역시나 차갑다. 한여름인데도 한기가 느껴질 정도다. 나는 그녀의 발아래를 내려다본다. 혹시 돌아가라는 그녀의 말이 딱딱한 얼음 조각이 되어 바닥으로 떨어지지 않았나, 하는 생각에서다. 사랑으로 얽힌 오래된 인연을 돌아가라는 말 한마디로 정리해 버린 유희의 말도 저렇게 차갑고 무안하게 들리진 않았다.

"서울에서 여기까지……."

"돌아가라고요!"

그녀가 내 명함을 비틀어 찢으려 한다. 코팅된 거라 쉽게 찢어지지 않자 그녀는 명함을 구겨 땅바닥에 던져 버린다. 그녀는 자신의 소중한 시간을 방해해 불쾌하다는 표정을 지으며 뒤돌아선다. 현관으로 이어진 빨간 벽돌 길을 밟고 가는 동안 그녀는 뒤도 한번 돌아보지 않는다. 쉽지 않을 거라 예상은 했지만, 그래도 이건 너무 이르다. 게다가 나는 그녀의 뒤꿈치도 보지 못했다. 그렇게 예쁘다는 그녀의 뒤꿈치는 청바지 밑단에 가려 보이지 않는다. 진짜 염병이다!

에너지가 바닥난 나는 그대로 주저앉는다. 망가진 에어컨 때문에 차 안은 더 후텁지근할 것이다. 이틀째 감지 못한 머리는 푸석푸석하다. 속옷도 갈아입지 못했다. 어제는 겨우 컵라면 하나로 위장을 달랬다. 기한을 넘겨 버린 기사와 원고를 한꺼번에 처리하느라 끼니를 제대로 챙길 틈이 없었다. 모두 저 여자 때문이다. 홀가분하게 마감을 끝낸 내게 출장 인터뷰라는 똥물을 끼얹은 건 팀장이었지만, 기인은 바로 저 싸가지 없는 여자였다. 팀장의 출장 인터뷰 명령은 아침 퇴근길에 떨어졌다. 갑작스러운 일이라 처음엔 팀장이 전화를 잘못 걸었다고 생각했다.

—지금요? 농담하시는 거죠? 간밤에 한숨도 못 잔 거 잘 아시면서.

—쉽게 응해 줄 사람이 아니라 빨리 서두르라는 거야.

—누군데요?

—고요다.

—또요? 그 여잔 그만 접기로 했잖아요.

—위에서 무조건 밀어붙이라는데 어떡해. 이틀, 아니 사흘 줄게. 무조건 따 와.

—제가 무슨 수로요?

—한국말 쓰는 사람 중에 자네 손으로 성사 못 시킨 인터뷰 있었어? 김정일 빼고 말이야.

—진짜 인터뷰의 달인은 팀장님이시죠.

—그 여자 사는 델 알아냈어. 일단 쳐들어가. 주소는 문자로 찍어 줄게. 상황 돌아가는 거 봐서 며칠 더 줄 수도 있어. 휴가라 생각하고 머리도 식힐 겸 다녀와. 자네 사진도 잘 찍잖아. 될지 안 될지 모르니까 빨리빨리 움직여.

팀장은 올 초부터 고요다란 여자의 인터뷰에 병적인 집착을 드러내고 있었다. 위에서는 진작 포기한 일이었다. 내 사전에 불가능한 인터뷰는 없다, 라는 게 팀장의 모토였고 팀장은 그것을 자신의 긍지와 자랑으로 여기고 있었다. 그래서 그런지 팀장은 유독 인터뷰하기 어렵다는 대상만 고르고 골라 접근하려 들었다. 인터뷰 먹잇감에 대한 사냥은 대부분 내 몫이었다. 하지만 진짜 어려운 대상은 팀장이 직접 섭외에 나섰다. 한마디로 팀장은 김정일도 인터뷰해 올 수 있는 사람이었다. 그런 실력자가 이번 인터뷰 건을 내게 맡기려는 데는 이유가 있었다. 젊은 여자라는 것! 아무리 인터뷰의 달인이라지만, 난공불락의 고요다란 젊은 여자를 다루는 데 젊은 남자만 한 열쇠는 없다고 판단한 것이다.

등줄기를 따라 땀이 흘러내린다. 초췌한 콘셉트는 그녀에게 먹혀들지 못한 것 같다. '깔끔'과 '초췌'는 그녀에게 보다 쉽게 접근하기 위한, 내 나름의 고민 끝에 만들어 낸 해답이었다. 최종 선택을 초췌로 잡은 건 여자들의 보편 심리를 건드려 보자는 생각에서였다. 가령 이런 속말들 말이다. '쯧쯧쯧, 일에 쫓겨 제대로 씻지도 못 했나 봐. 멀리서 왔다는데 그냥 돌려보내기가…….' '정말 피곤해 보이네. 저리 고생하고 다니는데 한 번 응해 줄까. 안쓰럽잖아.' 그런데 실패였다. 지금이라도 옷을 갈아입고 면도를 하고 오면 어떨까. 아니다. 깔끔 모드로 짠, 하고 다시 나타나는 것도 웃기지만, 그런다고 응하지 않던 인터뷰에 응해 줄 여자도 아닌 것 같다. 게다가 국도 변에 자리한 그녀의 집 근처엔 모텔이나 여관은 물론 민가나 가게조차 보이지 않는다. 인터뷰를 따내려면 장기 투숙할 곳이 필요한데 여러모로 난감했다.

대문 안쪽에 버려진 내 명함이 보인다. 기자 생활 8년 만에 이런 경우는 처음이다. 자존심이 버려진 것 같다. 일단 줍고 보자는 생각에 대문 밑으로 팔을 뻗어 본다. 그러나 역부족이다. 막대기 같은 게 필요하다. 차 안이라면 뭐라도 나오지 않을까 싶어, 차 트렁크를 연다. 트렁크는 온갖 잡동사니 소굴이다. 그 속을 파헤치자 맨 밑바닥에 깃대 달린 태극기가 보인다. 월드컵 때 거리 응원을 나갔다가 유희와 함께 산 태극기였다. 저거라면 명함을 끄집어낼 수 있을 것이다. 태극기 깃대를 길게 빼서 대문 밑으로 밀어 넣는다. 깃대 끝에 명함이 딸려 나오자 뭔가 대단한 일을 해낸 것처럼 기분이 좋아진다. 그러나 그것도 잠시다. 꾸깃꾸깃해진 명함 속 이름을 보자 화가 치밀어 오른다. 일그러진 내 이름은 전혀 강인해 보이지 않는다. 그래, 이대로 돌아갈 순 없지! 나는 명함을 움켜쥐며 그녀의 3층짜리 저택을 올려다본다.

그녀의 집은 거대한 성(城)을 닮았다. 프로방스풍의 돌출 창과 요철 모양으로 마무리된 옥상 난간 때문에 특히 그래 보인다. 옥상 위에는 세 개의 탑이 세워져 있다. 라푼첼의 긴 머리카락이 내려올 것만 같은, 원뿔 모양의 지붕이 얹어진 탑인데, 그 용도가 무엇인지는 잘 모르겠다. 방도 꽤 많아 보인다. 세어 본 창문 개수만 해도 열한 개는 되니, 방이 적어도 열한 개는 된다는 소리다. 학교 운동장만 한 마당은 온통 모래로 뒤덮여 있다. 그래서 그런지 그녀의 집은 마치 사막 위에 지어진 것처럼 보인다. 문득 카메라에 담고 싶어진다. 나는 엄지손가락과 집게손가락으로 사각 틀을 만들어 그녀의 집을 미리 담아 본다. 그때 사각 틀 안으로 3층 창가에 나타난 그녀가 들어온다. 그런데 눈에 대고 있는 저건 뭐지? 쌍안경이다. 그녀가 쌍안경으로 나를 내려다보고 있다. 돌아갔는지 확인하는 모양인데 어림없다. 이대로 물러설 거라 생각하면 오산이다!

*

쌍안경으로 눈이 마주친다. 나는 창가에서 멀찌감치 떨어진다. 쌍안경은 보이는 자보다 보는 자를 더 놀라게 하는 시스템을 지녔다. 훔쳐보기가 아닌 확인하기 차원의 보기임에도 그렇다. 상대방의 시선이 무심코 내 쪽으로 향했다는 걸 알면서도, 혹은 내 쪽으로 향한 상대방의 시선이 단지 우연이란 걸 잘 알면서도, 쌍안경은 상대방에게 내 시선을 들켰다고 착각하게 만든다. 그가 날 봤을까? 아니, 봤으면 또 어떤가. 여긴 내 집이고 창밖으로 내다본 곳 또한 내 사유지다.

다시 창가로 다가간다. 이번엔 커튼 뒤로 숨어 그를 내려다본다. 쉽게 포기하고 돌아갈 사람은 아닌 것 같다. 그런데 웬 태극기? 오늘은 7월 7일, 내 생일이지 국경일이 아니다. 어쩌면 그는 국경일마다 차에 태극기를 꽂고 달리는, 투철한 애국심을 지닌 사람인지도 모른다. 애국자일지도 모르는 그가 내 집 대문에다 태극기를 꽂는다. 그의 난데없는 행동에 웃음이 나온다. 뒤이어 그가 자신의 차에서 박스형 가방을 꺼낸다. 카메라가 들어 있음 직한 가방인데, 역시나 멋진 카메라가 그의 손에 딸려 나온다. 카메라를 든 그가 대문에서 멀찍이 떨어지더니 셔터를 눌러 댄다. 허락도 없이 내 집을 카메라에 담다니. 그만하라고 소리치고 싶지만 관둔다. 어차피 인터뷰에 응하지 않으면 저 사진도 쓸모없게 될 테니까.

나는 그만 아래층으로 내려간다. 빨리 케이크에 불을 붙이고 내 서른 번째 생일을 축하해야 한다. 그런데 왜 자꾸 초인종을 누른 사람이 나나였더라면 좋았을 텐데, 라는 생각이 드는 걸까. 나나와의 관계가 오늘로 마지막이라 그러는 걸까. 겉으로는 아닌 척했지만, 나는 분명 해고를 아쉬워하고 있었다. 이럴 줄 알았으면 오늘은 빨리 와 달라고 나나에게 미리 전화를 해 둘 걸 그랬다. 생일이 아니더라도, 나나에게 마지막 식사 대접 정도는 해 줘야 했다. 오로지 섹스를 위해 만나 온 관계라지만, 9년 동안 밥 한 끼 같이 먹어 본 적 없다는 게 새삼 미안해진다. 어디 밥 한 끼뿐인가. 같이 와인 한 잔 마셔 본 적도 없다. 그건 사랑이란 감정이 배제된 관계에서 비롯된 메마름이었다.

나나를 위해 음식을 조금 남겨 두는 것도 나쁘지 않겠다고 생각하며 부엌문을 여는데, 아니나 다를까 고양이 88이 식탁 위를 어슬렁거리고 있다. 고양이 88은 최근 들어 행동이 많이 오만해졌다. 고양이 71을 제치고 서열 1위에 등극한 뒤부터다. 다른 몇몇 고양이들은 아일랜드 식탁과 싱크대와 냉장고 위에 올라가 있다. 잠깐 자리를 비우면 늘 저렇다.

"다들 내려와! 케이크에 불붙일 테니까 모두 자리에 앉고!"

그런데 케이크 한쪽이 움푹 파여 있는 게 보인다. 파인 만큼의 케이크 덩어리는 식탁 아래에 떨어져 있다. 나는 능청맞게 앉아 있는 고양이 88의 앞발을 내려다본다. 저 녀석 짓일 게 뻔하다. 녀석의 앞발을 잡아당겨 코에 갖다 댄다. 역시나 케이크 냄새가 난다.

"넌 왜 갈수록 말썽이니!"

고양이 88 머리에 꿀밤을 준다. 녀석이 야옹댄다. 나는 떨어진 케이크 덩어리를 파인 곳에 갖다 붙이고는 디지털카메라를 집어 든다. 망가진 부분이 찍히지 않도록 위치를 잡고 셔터를 누른다. 다행히 아저씨의 마지막 빵은 온전한 모습으로 카메라에 담긴다. 베이커리 아저씨는 어젯밤 욕실에서 실종됐다고 했다. 하얀색 바구니가 달린 자전거를 타고 케이크를 찾으러 갔을 때 베리베리 베이커리에는 낯선 정적이 감돌고 있었다. 혀끝을 자극하던 고소한 빵 냄새와 함께 늘 바흐 음악이 흐르던 곳이었기에 정적은 뜻하지 않은 실수처럼 느껴졌다. 하지만 카운터에 앉아 음악을 들으며 책을 읽던 아저씨마저 보이지 않자, 베이커리 안의 정적이 실수가 아님을 알아챘다. 실수로 음악을 틀지 않을 수는 있어도, 베이커리에 아저씨가 없을 수는 없기에 왠지 불안해졌다. 나는 아저씨가 몇 십 년 만에 여름 감기라도 걸렸나 보다, 라고 생각했다. 아무리 무쇠처럼 건강한 사람이라도 평생에 감기 한 번 정도는 걸려 줘야 했다. 그게 건강에 대한 예의였고 건강한 삶의 비결이었다. 나는 불안한 마음을 뒤로 하고 아저씨를 불렀다.

"아저씨, 케이크 찾으러 왔어요."

그러나 살림집으로 통하는 문을 열고 나온 사람은 아저씨가 아닌 아주머니였다. 아주머니의 얼굴에는 그늘이 드리워져 있었고, 그 그늘을 보는 순간 아저씨에게 감기 이상의 매우 안 좋은 일이 생겼음을 직감했다.

"요다 씨 왔어요? 오늘은 좀 늦었네요."

아주머니는 애써 미소를 짓고 있었다.

"지금 막 전화 넣으려던 참이었어요. 전활 안 드려 안 오시나 해서요."

베이커리 아저씨는 매년 내 생일날 아침이 되면 내게 전화를 걸어 케이크 찾아가세요, 라고 말했다. 물론 생일 축하한다는 말도 잊지 않았다. 그런 아저씨한테서 오늘은 전화가 걸려오지 않았는데도 그걸 모르고 있었다.

"그러고 보니 오늘은 전화가 없으셨네요. 아저씨 어디 가셨어요?"

아주머니는 내 물음에 대답은 않고 냉장고에서 케이크를 꺼내 상자에 담았다. 초 서른 개와 폭죽 세 개를 봉지에 담아 내게 건넸다. 슬그머니 케이크 값을 내미는데 아주머니가 손사래를 쳤다.

"그 양반이 돈은 받지 말랬어요. 생일도 그렇고 소설 당선되신 거 축하해 줘야 하는 거 아니냐면서요. 그 양반이 주는 선물이다 생각하시고 오늘은 그냥 가져가세요."

"3단이라 비쌀 텐데, 그럼 절반이라도……."

"선물이라니까요."

"근데 아저씬……."

끝맺지 못한 물음 대신, 나는 베이커리 안을 두리번거렸다.

"믿으실지 모르겠지만…… 어젯밤에 사라졌어요. 내일 요다 씨 오면 케이크 값 받지 말라 하고는 샤워하러 들어갔는데 나오질 않는 거예요."

노크를 하고 문고리를 돌려도 아저씨는 대답이 없었다. 샤워 도

중 쓰러진 게 아닌가 싶어 아주머니는 동전으로 욕실 문을 땄다. 그런데 안에는 아무도 없었다. 아주머니 눈에 보인 건 비누에 묻어 있는 비누 거품과 흐트러진 채 걸려 있는 수건뿐이었다. 그러니까 욕실에는 손을 씻고 난 아저씨의 흔적만이 허허롭게 남아 있었던 것이다.

"환기창으로 나가신 거 아니에요?"

"창문이 열려 있긴 했지만……."

아주머니는 말끝을 흐렸다. 하지만 거기로 나갔을 리는 없다고 아주머니는 덧붙여 말했다. 멀쩡한 문을 놔두고 왜 그랬겠느냐는 것이었다. 평소에 장난을 좋아하는 사람이라면 모를까, 그럴 양반 이 아니라는 것이었다. 분통이 터지는 건 아침에 현장을 둘러보고 간 형사들의 반응이었다.

"욕실에서 실종됐다니, 그걸 저희더러 믿으라는 겁니까?"

아주머니의 비논리적인 상황 설명에 형사들은, 화장실에서 나온 남편을 아주머니가 보지 못한 거 아니냐며, 다시 잘 생각해 보라고 했다.

"욕실이 보이는 이 소파에 계속 앉아 있었어요. 바로 여기요! 분 명 나오지 않았어요. 그러지 않고서야 욕실 문이 잠겨 있을 이유가 없잖아요?"

이에 형사들은, 저런 문고리는 안에서 실수로 누르고 나오면 잠 기기도 한다며, 재차 아주머니에게 잘 생각해 보라고만 했다. 소파 에 앉아 딴생각하는 동안 남편이 나왔을지도 모르고, 그게 아니라 면 환기창으로 나갔을지도 모른다며 말이다. 그래도 뜻을 굽히지 않자, 형사들은 일단 베이커리 아저씨의 실종을 이 시(市) 일대에서 일어난 연쇄 실종 사건의 연장선으로 보고 수사를 펼칠 계획이라고 했다. 나는 아주머니에게 기다려 보라는 위로의 말만 남기고 베이커리를 나와야 했다. 그리고 자전거에 케이크를 싣고 집으로 향하는 동안 스물다섯 번째 실종자가 돼 버린 아저씨를 생각했다. 아저씨의 표정과 행동과 말을 생각하고 아저씨의 눈빛을 생각한 나는 나지막이 말했다. 미안해요, 아저씨. 아저씨한테 매년 케이크를 주문하는 게 아니었는데, 라고.

나는 안타까운 마음을 뒤로하고 카메라를 내려놓는다. 하나 남은 성냥을 긋는다. 성냥불을 초에 갖다 대려는데 악마의 초인종이 또 울린다. 절묘한 타이밍이 아닐 수 없다. 우연이라 하기엔 너무 절묘해서 이 상황은 마치 의도된 장면처럼 느껴진다. 내 부엌을 훔쳐보고 있는 누군가 지금이야! 어서 초인종을 눌러, 라고 기자란 남자에게 말해 준 것 같아 소름이 돋는다. 거머리 같은 직업을 가진 사람답게 그는 작정하고 초인종을 누르고 있다. 나는 재생된 화면처럼 성냥불을 끄고 다시 부엌문을 나선다. 대문 앞에 서 있는 그가 보인다. 초등학생도 아니고, 정말 유치하기 짝이 없다. 그런다고 열어 줄 것 같아! 나는 마당에 굴러다니는 돌멩이 하나를 주워 그를 향해 던진다.

"가!"

그러나 돌멩이는 대문을 맞추기는커녕 빨간 벽돌 길 중간에도 못 미쳐 뚝 떨어지고 만다. 마당이 쓸데없이 넓은 탓이다.

"방해 말고 가!"

그녀는 여전히 자신의 소중한 시간을 방해해 불쾌하다는 표정을 지으며 현관문을 닫고 들어가 버린다. 왜 아무도 저 여자를 인터뷰할 수 없었는지 이제야 좀 알 것 같다. 염병! 그깟 소설 하나 당선된 게 뭐 그리 대수라고. 그녀의 소설이 당선된 건 작년 여름, 한 유수의 출판사가 내건 문학상 현상 공모에서였다. 국내 문단에 장편 바람을 일으켜 보자는 취지에서 시작된 그 공모는 상금이 무려 1억 원이나 되었다. 그런데 놀라운 파격은 그 뒤부터였다. 당선작은 절대평가에 의해 가려질 것이며, 절대 수준을 넘는 작품이 없을 시 당선작을 내지 않기로 하되 상금은 다음 회로 이월한다는 것이었다. 이월에는 제한을 두지 않는다고 했다. 거기다 상금을 상회할 경우 인세를 지급함은 물론, 영상물 제작과 같은 2차 저작권까지 당선자에게 주겠다는 것이었다. 응모자 수가 넘쳐 난 건 당연했다. 하지만 절대 수준을 넘는 작품이 없었는지 두 해 동안 당선작은 나오지 않았고, 상금은 총 3억 원으로 늘어났다. 사람들은 이렇게 가다 간 세 번째, 네 번째도 당선작이 나오지 않을 거라고 수군대기 시작했다. 상금이 많아질수록 작품에 거는 기대치 역시 높아질 텐데 어떻게 당선작이 나오겠느냐는 것이었다.

그런 와중에 세 번째 공모가 치러졌다. 그런데 상금만큼 비대해져 가던 응모 편 수에 뺨을 갈기듯, 이번에도 당선작이 나오지 않을 거라는 다수의 냉소적인 반응에 이의를 달기라도 하듯, 그녀의 소설이 당선된 것이었다. 『뒤꿈치』라는 꽤 도발적인 제목의 소설이었다. 사람들은 절대 수준에 달하는 작품과 그 주인공이 누구인지 궁금해했다. 3년 만에 나온 당선작이었기에, 게다가 무려 3억 원이란 상금을 거머쥔 작품이었기에 그랬다. 하지만 그녀만은 지나치게 조용했다. 그러한 영광 뒤에 쏟아져 나오는 게 인터뷰 기사일진대, 웬일인지 어떤 언론 매체에도 모습을 드러내지 않았다. 신비주의네, 뭐네 하며 출판사 측의 전략을 의심하는 자들도 있었지만, 취재 결과 그런 건 아니었다. 출판사 역시 매우 곤혹스러워하고 있었기 때문이다. 아무튼 시간은 흘러 『뒤꿈치』는 출간되었고, 어디 얼마나 잘 썼는지 읽어 보자는 반응과 그 잘난 낯짝 한번 보자는 반응이 합세해 책은 불티나게 팔려 나갔다. 그러나 그녀 개인에 대한 궁금증은 여전히 해소될 수 없었다. 이유인즉 책날개에 실린 약력은 이름과 출생 정보뿐이었으며, 프로필 사진만으로는 그녀의 얼굴을 정확히 알아볼 수 없었기 때문이다. 사진 속의 그녀는 고개를 숙인 채 무언가를 내려다보고 있는 모습이었는데, 옆에서 찍은 거라 얼굴은 3분의 1밖에 보이지 않았다. 한마디로 그녀는 『뒤꿈치』라는 소설을 제외하고는 뚜렷한 게 하나도 없었다. 그 때문에 사람들은 고요다란 이름도 본명이 아닐 거라는 둥 얼굴 한쪽에 무슨 문제가 있을 거라는 둥 팔이나 다리 하나를 못 쓰는 불구라는 둥 되는 대로 지껄였다. 심지어 남자일지도 모른다는 말까지 나돌았다. 그럼에도 해명이나 정정을 위해 나서는 사람은 없었다. 그녀는 물론이고 출판사도 마찬가지였다. 그러니 우리 같은 사람, 특히 팀장 같은 사람만 안달이 날 수밖에.

그런데 우리를 더 안달하게 한 것은 사실 따로 있었다. 수상 소감을 겸한 「작가의 말」 끄트머리에 써 놓은 그녀의 문장, 이 소설은 내 생애 처음이자 마지막 소설이 될 것이며, 다시는 소설 따윈 쓰지 않을 것이다! 라는 선언 조의 문장이 그것이었다. 그것은 꽤나 유혹적이고 매력적인 선언처럼 보였다. 도대체 무슨 이유로 소설 따윈 쓰지 않겠다는 거지? 앞으로가 기대되는 작가였기에 영광스러운 당선과 함께 터져 나온 그녀의 절필 선언은 뜻밖의 아이러니로 다가왔다. 그러니까 나는 이해할 수도 납득할 수도 없는 그 아이러니를 해부하기 위해 그녀의 집 앞에 서 있는 것이었다.

오랫동안 햇볕을 쬐고 있어서 그런지 현기증이 느껴진다. 허기진 상태라 더 그렇다. 이렇게 계속 땀만 흘리다가는 무슨 사달이 나도 날 것 같다. 팀장한테 전화를 걸어, 지금 당장 돌아가겠다고 말해 버리고 싶다. 뭐, 그런다고 그래, 그만하고 돌아와, 라고 할 사람은 아니지만 말이다. 그나저나 어쩐다. 마땅한 대책이 떠오르지 않는다. 낙서를 하다 보면 번뜩이는 아이디어가 튀어나올지 모른다. 태극기 깃대로 땅바닥에 그녀의 이름을 써 본다. 고요다. 사람들 말처럼 본명 같지는 않다. 고요다를 깨부술 수 있는 방법이란 뭘까. 발로 그녀의 이름을 짓이긴다. 고요다라…… 고요다, 고요, 고요? 고요를 깨는 건 결국 시끄럽게 구는 것밖에 없다. 그래, 뭐든 삼세번이라 했다. 초인종을 다시 눌러 보는 거다! 사실 인터뷰를 따내는 데 있어 끈질긴 방문과 잦은 접촉만큼 좋은 방법은 없다. 그런데 짓이겨진 그녀의 이름 사이로 흰색의 뭔가가 보인다. 구두코로 흙을 걷어 낸다. 의도적으로 파묻은 건 아닌 듯, 금세 모습을 드러낸 그것은 하얀색 페인트를 칠한 나무판자다. 뭐라고 써 있는 것 같아 흙먼지를 닦아 내자 세로로 쓰인 붉은색 글자가 드러난다.

"방 을 빌 려 드 립 니 다?"

방을 빌려 주겠다니. 나는 휘둥그레진 눈으로 대문을 훑는다. 이 팻말이 저 대문에 걸려 있던 거라면, 어디쯤에 팻말을 걸어 둔 자리가 남아 있을 것이다. 살펴보니 역시나 우편함 밑으로 삐져나온 두꺼운 철사 하나가 보인다. 철사 끝은 무언가 걸어 두기 좋게끔 갈고리 모양으로 구부러져 있다. 팻말을 철사 고리에 걸어 본다. 제대로다. 그럼 정말로 빈방 장사를 했단 얘기? 저렇게 크고 좋은 집을 짓고 사는 사람이 돈 몇 푼 벌자고? 그런데 방을 빌려 주겠다는 팻말 때문인지, 성을 닮은 그녀의 집이 왠지 고급 모텔처럼 보이기도 한다. 여관이나 모텔이 필요한 나로서는 뜻하지 않은 반가운 소식이긴 하지만, 그렇다고 그녀가 나한테 방을 빌려 줄 것 같진 않다. 어쨌든 마지막으로 한 번 더 부딪쳐 보는 거다!

나는 대문에서 팻말을 떼고 카메라 가방을 대각선으로 멘다. 전장에 나서는 사병처럼 태극기를 집어 들고 초인종을 누른다. 그녀가 나올 때까지 계속 누를 참이다. 휴대폰도 받지 않던 유회도 쉴 새 없이 눌러 댄 초인종 소리에는 모습을 드러냈다. 의도대로 그녀의 현관문이 열린다. 그녀가 씩씩거리며 걸어 나온다. 어떡하지. 화를 내면 뭐라고 하지. 물 좀 달라고 할까. 아니면 이 팻말을 들이밀며 방 하나만 빌려 달라고 할까. 오! 하느님! 진땀이 난다.

*

저 거머리 같은 기자 놈 때문에 생일은 엉망이 돼 버렸다. 설마 초인종을 또 누르진 않겠지, 했는데 억지스럽게도 초인종은 또 울렸다. 오늘 중으로 케이크에 불을 붙일 수나 있을지 모르겠다. 팔짱을 낀 채 대문 앞에 선다. 그의 표정은 처음 봤을 때보다 더 긴장돼 보인다. 안절부절못하는 그의 모습은 측은해 보이기까지 한다. 그깟 냉정, 냉동실에서 잠시 꺼내 놓은들 어쩌랴 싶지만, 마음은 역시 관계의 끈이 될 만한 여지를 줘서는 안 된다는 쪽으로 돌아서고 만다. 서로 주고받게 될 관심이 나중에 어떤 모습으로 돌아갈지 알 수 없는 일이다.

"계속 이럴 거예요!"

"죄송합니다. 제가 꼬박 하루를 잠도 못 자고 이틀째 제대로 먹지도 못했거든요."

"그래서요?"

"그러니까 물이라도 좀……."

그의 말대로 그는 잠도 못 자고 먹지도 못한 사람처럼 보인다. 침대를 내주면 당장 잠에 곯아떨어질 사람이었다. 그래도 곤란하다.

"이 국도를 타고 올라가면 모텔이 나올 거예요. 침대하고 물은 거기서 찾아보세요. 자전거로 30분이면 닿으니까 차로는 10분이면 될 거예요."

내가 뒤돌아서자 그가 잠깐만요, 라고 소리치며 내 쪽으로 무언가를 들어 올린다. 방을 빌려 드립니다, 라고 쓰인 나무 팻말이다.

대문에서 떼어 내 국도 너머로 던져 버린 게 7년 전이었으니, 내 기억에도 가물가물해진 팻말이었다. 저걸 어디서 찾아낸 걸까. 행인들 발길에 치이고 치여 어디로 가 버린 줄 알았더니 그게 아니었나 보다. 저 팻말이 만들어진 건 12년 전, 내가 열여덟 살이 되던 해였다. 정확하게는 고양이 다섯 마리와 함께 열한 개의 방이 있는 이집에 들어와 살게 된 지 일주일 되던 날이었다. 더 정확하게는 열한 개의 방 말고는 내게 아무것도 남아 있지 않다는 걸 깨달은 날이었고, 좀 더 정확하게는 배낭을 멘 젊은 남녀가 초인종을 눌러 하룻밤 묵어갈 수 없겠느냐고 물어 오던 날 밤이었다. 그러나 나는 문을 열어 줄 수 없었다. 낯선 사람한테 문을 열어 주는 건 악마한테 문을 열어 주는 거나 마찬가지라는 엄마의 오랜 교육 때문이었다. 그렇게 젊은 남녀를 돌려보내고 난 뒤였다. 뭔지 모를 허전함이 밀려들었다. 그 허전함의 원인을 알 수 없던 나는 생각에 생각을 거듭했고, 그 거듭된 생각이 내놓은 해답은 돈과 사람이었다. 열한 개의 방을 제외하고는 아무것도 남지 않은 내게 그것은 딱 들어맞는 해답처럼 보였다. 그러니 엄마의 교육 따윈 잊는 게 당연했다. 나는 돌아서서 젊은 남녀를 불렀다. 그러나 남녀는 이미 어둠 속으로 사라진 뒤였다. 깨달음을 준 남녀에게 보답할 기회를 잃어 안타까웠지만, 나는 유레카를 외치며 창고로 달려가 팻말을 만들었다. 그게 이 세상에 혼자 남겨진, 열여덟 살 소녀의 삶이 시작된 시점이었다. 내 명의로 된, 열한 개의 방이 있는 이 집에서의 삶은 그렇게 저 나무 팻말과 함께 시작되었다.

"이거 여기 대문에 걸려 있던 거 맞죠?"

그가 살며시 미소를 지으며 묻는다. 나는 시치미를 뗀다.

"아니에요."

"아니긴요. 저 철사 고리에 걸어 보니까 딱 맞던데요."

기자라 그런지 그는 생각보다 주도면밀하다.

"그래서요?"

"그러니까 저한테도 방을……."

"여긴 가정집이지 모텔이 아니라고요!"

"숙박료는 드릴……."

갑자기 그의 말이 끊긴다. 왜 저러지? 하고 의심을 품는 사이 그의 몸이 휘청거린다. 낯빛이 순식간에 백지장처럼 하얘지는 게 뭔가 이상하다. 거기다 한쪽 콧구멍에서는 새빨간 피가 뭉텅이로 흘러나온다. 그의 손에 들려 있던 태극기와 나무 팻말이 바닥으로 떨어진다. 뒤이어 그가 맥없이 쓰러진다. 마치 연기를 끝낸 마리오네트처럼 픽, 하고 말이다.

"이봐요!"

바닥으로 쓰러진 그는 미동조차 않는다. 나는 대문 사이로 팔을 뻗어 그의 바짓가랑이를 잡아당긴다. 움직이지 않는다. 망설이다 대문의 잠금장치를 푼다. 대문을 열고 나가 그의 몸을 흔든다. 몸이 달궈진 프라이팬처럼 뜨겁다.

"이봐요! 정신 차려요!"

그의 뺨을 때린다. 그래도 눈을 뜨지 않는다. 입술까지 창백해진 게 시체 같다. 그의 가슴에 귀를 대 본다. 다행히 심장은 뛰고 있다. 코피는 그의 볼을 타고 계속해서 흘러내린다. 어떻게 해야 할지 모르겠다. 119! 그의 몸을 더듬는다. 그러나 휴대폰은 만져지지 않는다. 이대로 놔두면 큰일이다. 일단 시원한 곳으로 옮겨야 한다. 그의 상체를 일으켜 세운다. 감싸 쥔 그의 허리에서 열기가 느껴진다. 들어 올린 팔을 내 어깨로 가져오자 목덜미가 다 뜨거워진다.

"이봐요! 내 말 들려요?"

있는 힘껏 그의 몸을 일으켜 세운다. 간신히 무릎을 펴고 일어나는데 그의 고개가 힘없이 내 쪽으로 쏠린다. 죽은 사람 같다.

"어머머, 왜 이래, 이 사람!"

축 처진 그의 몸을 내 몸에 실으며 빨간 벽돌 길을 걸어간다. 그의 몸에서 시큼한 땀내가 난다. 땀에 전 그의 축축한 머리카락이 내 뺨에 와 닿는다.

*

어지럽다. 갑자기 눈앞이 하얘지더니 의지와 상관없이 몸이 비틀거렸다. 작년 여름에도 이런 적이 있었다. 그때도 비슷하게 현기증이 났지만, 쓰러질 정도는 아니었다.

"정신 들어요?"

그녀의 목소리가 들린다. 방금 전까지만 해도 아무 소리도 들리지 않던 귀다. 눈을 뜬다. 앞이 뚫린 노란 가죽 실내화와 실내화 바깥으로 삐져나온 그녀의 발가락이 보인다. 발톱에도 까만 매니큐어를 발랐다. 그나저나 나는 어디로 가고 있는 걸까. 고개를 쳐든다. 빨간 벽돌 길과 그녀의 어깨에 걸쳐진 내 팔이 보인다. 내 허리를 감싸고 있는 그녀의 팔 힘도 느껴진다. 질끈 묶은 그녀의 머리카락에서 샴푸 냄새가 난다. 아득히 멀게만 보이던 그녀의 현관문이 내 앞으로 다가오고 있다. 믿어지지 않지만 나는 지금 그녀의 집으로 들어가고 있다. 편안히 그녀의 부축을 받으며 말이다. 코피를 흘렸는지 와이셔츠에 점점이 떨어진 피가 보인다. 피로가 쌓이면 종종 코피를 쏟곤 하는데, 이게 이렇게 요긴하게 터져 줄 줄은 몰랐다. 그녀의 현관문이 열린다. 우리 집 화장실보다도 넓은 현관이 나타난다. 현관에는 플라스틱 슬리퍼 한 켤레가 놓여 있다. 신발을 벗어야 하나 말아야 하나 고민하고 있는데, 그녀는 그대로 나를 끌고 들어간다. 아무리 차가운 사람이라도 위험에 처한 타인에게는 관대해지는 모양이다. 현관과 연결된 복도를 지난다. 그 복도를 지나자 양쪽으로 긴 복도가 또 나타난다. 집은 밖에서 봤을 때보다 상상 이상으로 크다. 내가 다다른 곳은 기역 자 모양의 가죽 소파가 놓인 거실이다. 그녀는 소파에 나를 눕힌다. 순간적으로 찾아온 어지럼증은 그녀의 집으로 들어오는 동안 가라앉았지만 나는 애써 아픈 척한다. 그녀가 대각선으로 메고 있던 카메라 가방을 벗겨 바닥에 내려놓는다. 이어 신발을 벗긴다. 발이 시원해진다. 나는 아직 정신이 몽롱한 사람처럼 눈을 힘없이 감았다 뜬다.

"정신 좀 들어요?"

"태극기……."

왜 하필 태극기라는 말이 나왔는지 모르겠다. 유희를 추억할 수 있는 유일한 물건이라 그랬던 걸까.

"태극기요? 태극기 가져다 달라고요?"

나는 눈을 깜빡인다. 나도 모르게 튀어나온 말에 그녀가 내 신발을 들고 현관으로 뛰어나간다. 그녀가 태극기를 가지러 간 사이 나는 그녀의 집을 훑는다. 높은 천장과 반짝거리는 샹들리에와 오래된 페치카가 보인다. 페치카 앞에는 낡은 흔들의자가 놓여 있다. 앉으면 삐걱삐걱 소리가 날 것 같은 의자다. 이국적인 낯선 풍경은 벽에 걸린 괘종시계와 바닥에 깔린 양탄자와 베란다 창으로 들어오는 오후의 긴 햇살에서도 느껴진다. 커피 테이블 위에는 티슈와 은색 호루라기가 놓여 있다. 그 틈으로 낯익은 게 하나 들어온다. 커피 테이블 아래 놓인 그녀의 책 『뒤꿈치』다. 세어 보니 정확히 20권이다. 출판사에서 증정본으로 보내온 것 같은데, 노끈이 그대로 묶여 있다. 책을 아무에게도 주지 않았다는 건 무슨 의미일까. 책을 줄 사람이 한 사람도 없었다는 뜻일까.

그녀가 태극기를 들고 헐레벌떡 들어온다. 나는 이마에 팔을 얹고 멍하니 천장을 응시한다. 그녀가 태극기를 커피 테이블에 내려놓고 커튼을 닫는다. 햇빛이 내게 안 좋다는 걸 안 것이다. 그녀는 내 쪽으로 선풍기까지 틀어 준다. 황송해 미칠 지경이다.

"코피가 계속 흘러요."

그녀가 티슈 두 장을 뽑아 내민다. 필요 이상으로 당황해하는 그녀에게 왠지 미안한 생각이 들어 나는 괜찮습니다, 라고 힘겹게 말한다. 그런데 목이 탄다. 물이 마시고 싶다. 나는 입술을 달싹이며 그녀에게 덧붙인다.

"물……."

그녀가 잊고 있었다는 듯 아, 라고 말하고는 오른쪽 복도로 걸어 간다. 나는 그 틈을 이용해 그녀의 발을 내려다본다. 걸음을 옮길 때마다 올라가는 청바지 밑단 아래로 하얀 살갗이 드러난다. 그러 나 거기까지일 뿐, 한 권의 매혹적인 소설을 탄생시킨 그녀의 온전 한 뒤꿈치는 보이지 않는다. 그녀의 뒤꿈치가 궁금한 데는 다 이유 가 있었다. 그건 「작가의 말」에 쓰인 이 짤막한 문장 때문이었다.

엄마는 내 뒤꿈치를 보며 이렇게 말했다. "너처럼 그렇게 예쁜 뒤 꿈치를 가진 여자는 없을 거야."『뒤꿈치』는 엄마의 그 말 한마디에 서 시작되었다.

그러니 누군들 궁금하지 않겠는가. 아쉽게도 그녀의 뒤꿈치는 청바지 밑단에 가려진 채 오른쪽 복도로 사라진다. 나는 그녀가 건 넨 티슈로 코피를 훔친다. 티슈에서는 은은한 장미 향이 난다. 생 각지도 못한 호사에 어안이 벙벙하다. 나는 돌돌 만 화장지를 콧구 멍에 끼우고는 상체를 일으켜 세워 집 안을 살핀다. 집은 조용하다. 그녀 말고는 아무도 없는 것 같다. 아니, 어쩌면 이 집은 그녀 혼자 사는 집인지도 모른다. 그렇지 않고서야 저 넓은 현관에 신발이 단 한 켤레뿐일 리가 없지 않은가. 방을 빌려 준다는 아까 그 나무 팻 말도 그렇고, 그대로 쌓여 있는 저 책도 그렇고, 궁금한 게 한두 가 지가 아니다.

그녀가 물을 가지고 돌아올 것 같아 다시 소파에 눕는다. 이 집 에서 내쫓기지 않으려면 그래야 한다. 나는 이마에 팔을 얹고 기운

없는 표정을 짓는다. 물을 대령하길 기다리는데 어디선가 유리 깨지는 소리가 들린다. 기회다 싶어 소파에서 일어나 그녀가 사라진 오른쪽 복도로 걸어간다. 빠끔히 열려 있는 문 사이로 고개를 들이민다. 그녀가 냉장고 앞에 쭈그리고 앉아 깨진 유리 조각을 줍고 있다. 그런데 부엌에는 셀 수 없이 많은 고양이들이 우글거리고 있다. 너무 많아 징그러울 정도다. 세상에, 저게 다 몇 마리야? 나는 가만히 부엌문을 밀치고 들어간다.

"괜찮아요? 다친 덴 없어요?"

수많은 고양이들 눈이 동시에 내게로 쏠린다. 순간 소름이 돋는다. 그녀는 묵묵히 쓰레받기에 유리 조각을 쓸어 담는다. 쓰레기통으로 들어간 유리 조각이 쨍그랑, 소리를 낸다. 그녀가 빗자루와 쓰레받기를 쓰레기통 옆에 세워 두고는 되레 내게 괜찮으냐고 묻는다. 환자 신분임을 망각한 나는 기운 없는 척, 재빨리 몸을 늘어뜨리고는 식탁 의자를 잡고 선다.

그녀가 냉장고를 열어 유리컵에 보리차를 따른다. 그사이 나는 그녀의 부엌을 훑는다. 부엌은 호텔 주방만큼이나 넓다. 부엌 한쪽에는 요리 책들이 즐비하게 꽂혀 있다. 요리 책에서 멀어진 시선은 넓디넓은 식탁에 가 멈춘다. 식탁 앞에는 고양이들이 둘씩 짝을 지어 앉아 있다. 그것도 아주 얌전히. 이상한 광경이었다. 고양이들은 모두 길 가다 흔히 볼 수 있는 그런 종이다. 고양이들은 하나같이 똑같은 목걸이를 차고 있다. 그런데 식탁 의자에 앉아 있는 녀석들은 빨간색 목걸이고, 바닥에 운집해 있는 녀석들은 파란색 목걸이다. 암수 구분인 모양이었다. 식탁 위에는 음식과 와인이 놓여 있다. 와인은 그 비싼 샤토 오브리옹이다. 얼마 전, 국내 최초 소믈리에를 인터뷰하다 맛본 바로 그 빈티지 와인이다. 혀끝에 감돌던 그 매혹적인 맛을 잊을 수 없어 밤잠을 설쳤던 기억이 난다. 앞으로 언제 또 그 비싼 와인을 마셔 보나 했더니, 이렇게 빨리 만나게 될 줄은 몰랐다. 입안에서는 벌써 군침이 돈다. 맘 같아서는 물 대신 저 와인을 달라고 말하고 싶다.

식탁 상석에는 하트 모양의 3단 케이크가 놓여 있다. 케이크 상단에 꽂힌 초의 개수를 세어 보니 얼추 서른 개쯤 돼 보인다. 그러니까 오늘은 바로 그녀의 서른 번째 생일인 것이다. 케이크 옆에는 타다 만 성냥 두 개가 가지런히 놓여 있다. 그런데 초 심지들은 새것 그대로다. 옳아! 그녀는 나 때문에 케이크에 불을 붙이려다 실패한 게 틀림없다. 그래서 화가 났던 거다. 방해 말고 가 달라더니, 그녀는 혼자 자신의 생일을 축하하고 있었던 것이다. 이렇게 큰 집에 홀로 앉아 생일을 자축하는 여자라니. 게다가 축객은 고양이들뿐이다. 동화적인 풍경에 할 말을 잃은 나는, 일단 그녀의 화를 풀어 줘야겠다는 데 생각이 미친다. 인터뷰를 따내려면 그 정도 수고는 당연하다. 나는 눈치껏 움직인다.

"오늘이 생일이었군요?"

그녀가 말없이 보리차를 식탁 가장자리에 내려놓는다.

"7월 7일이라…… 기억하기 좋은 날이네요."

나는 케이크에 꽂힌 초 하나를 뽑아 들고 가스레인지 쪽으로 걸어간다. 발밑에서 우글거리던 고양이들이 양쪽으로 갈라지며 길을 내준다. 나를 따라 움직이는 그녀의 시선이 의아해하는 눈빛으로 변한다. 아직 어지럽다는 걸 몸으로 보여 주기 위해 한 번 비틀거려 준다. 그런 다음 점화 레버를 눌러 가스 불을 초에 옮겨 붙인다. 나는, 큰 거 세 개만 꽂을 일이지 귀찮게 저게 뭐야, 라고 속으로 불만을 터트리며 식탁으로 돌아와 불을 붙인다. 이제 멍하니 서 있는 그녀를 케이크 앞에 앉힐 차례다. 그녀의 팔을 잡아끈다. 갑작스러운 신체 접촉에 당황한 그녀가 팔을 빼내며 불쾌하다는 듯 말한다.

"왜 이래요!"

그러나 여기서 멈추면 안 된다. 어깨에 손을 얹어 그녀의 몸을 식탁 쪽으로 민다. 내 완력에 밀린 그녀가 식탁에 앉는다. 나는 쉴 틈을 주지 않고 생일 축하 노래를 부른다.

"생일 축하합니다. 생일 축하합니다. 사랑하는 요다 씨, 생일 축하합니다. 와우! 와!"

나는 박수를 친다. 케이크 상자 옆에 놓인 폭죽 세 개를 한꺼번에 터트린다. 놀란 그녀가 어깨를 들썩인다. 식탁 앞에 앉아 있던 고양이들도 놀라 뛰어내린다. 바닥에 있던 고양이들까지 흩어지면서 부엌에는 작은 소동이 인다. 나는 더 뻔뻔해지기로 한다.

"촛불 끄세요. 소원 비는 거 잊지 말고요."

그녀가 움직이질 않는다. 너무 제멋대로 행동해 화가 난 걸까. 그러나 여기서 물러서면 더 난감해진다. 나는 그녀를 재촉한다.

"케이크에 촛농 떨어지는 거 안 보여요? 빨리요, 빨리."

마지못해 의자에서 일어난 그녀가 서른 개의 촛불을 두 번에 나눠 끈다. 나는 와우! 와! 를 연발하며 아까보다 더 요란하게 박수를 친다.

"마지막으로 케이크 커팅이 있겠습니다."

케이크에서 초를 뽑은 나는 그녀의 손에 나이프를 쥐여 준다. 예기치 않은 또 한 번의 신체 접촉에 흠칫한 그녀가 서둘러 케이크를 자른다. 그런데 정작 그녀에게 줄 선물이 없다. 어떡한다. 지금 내가 갖고 있는 것 중에서 남한테 줘도 상관없는 거라면 태극기뿐인데……. 태극기를 선물로 주면 많이 이상할까. 그래도 뭐든 줘야 한다는 생각에 부엌문을 나선다. 나는 와이셔츠 주머니에 꽂힌 만년필 모양의 녹음기를 내려다본다. 36시간의 녹취가 가능한 이 녹음기는 자연스럽고 편안한 인터뷰를 위해 장만한 것이었다. 완벽해! 나는 가슴을 톡톡 치고는 태극기를 집어 들고 부엌으로 간다. 그사이 케이크 커팅을 끝낸 그녀는 싱크대 선반에서 접시를 꺼내고 있다. 나는 그녀 앞으로 무작정 태극기를 들이민다. 유희를 잊기 위해서라도 유희의 추억이 밴 물건은 없애는 게 좋다.

"생일 축하해요. 선물이에요."

"네?"

"생일 선물요."

*

얼떨결에 나는 태극기를 받아 든다. 태어나서 생일 선물로 태극기를 받아 보긴 처음이다.

"집에 태극기 없죠?"

순간 터져 나오려는 웃음을 꾹 눌러 삼킨다. 이걸 받고 고맙다고 해야 하는 건지, 도통 분간이 서지 않는다. 잘 쓰겠다든지, 하나 사려던 차에 잘 됐다든지, 무슨 말이든 해 줘야 하나 망설이고 있는데, 그가 따라 놓은 보리차를 벌컥벌컥 들이켠다. 그도 이깟 걸 선물이라고 들이민 게 민망한 모양이다. 나는 받아 든 태극기를 말없이 아일랜드 식탁 위에 올려놓고 하던 일을 계속한다. 때론 아무 말도 하지 않는 게 더 좋을 때가 있다. 나는 싱크대에서 꺼낸 접시를 식탁으로 가져간다. 조각 낸 케이크를 접시에 나눠 담아 바닥에 내려놓는다. 이를 지켜보던 그가 접시 나르는 것을 도와주려고 한다. 더는 안 된다.

"됐어요. 그만 나가 주세요."

"둘이 하면 더 빠르죠."

됐다는데도 그는 기어코 케이크 접시를 나른다. 접시를 바닥에 내려놓고 일어선 그의 몸이 비틀거린다. 어지럼증이 완전히 가시지 않은 것이다. 아픈 몸으로 도와주려고 하는데 뭐라 할 수도 없고 난감하다. 그가 케이크 접시를 일정한 간격으로 배열한다. 이를 지켜보던 고양이 44가 갑자기 그에게 달려들어 손등을 할퀸다. 자기들 간식에 손을 대고 있다고 오해한 것이다. 그가 손을 감싸 쥔다.

"그러니까 나가랬잖아요."

나는 괜찮으냐고 물으려다 관두고, 손뼉을 쳐 고양이들을 부른다. 접시로 모여든 녀석들이 케이크를 야금야금 먹기 시작한다.

"신기하게도 오라니까 다들 오네요. 근데 고양이가 케이크도 먹어요?"

자꾸 그에게 말려들고 있다는 생각이 든다. 나는 식탁 위에 있는 음식 접시 두 개를 전자레인지로 가져가 데운다. 그 때문에 치즈를 넣어 만든 음식이 다 굳어 버렸다. 종료 음이 울리자 전자레인지에서 전복치즈구이와 비프 파르미자너 접시를 꺼내 식탁 위에 내려놓고 앉는다. 배가 고프다. 아침에 밥을 미역국에 조금 말아 먹은 것 말고는 아직까지 아무것도 먹지 못했다. 음식 만들랴, 케이크 찾아오랴, 저 남자 상대하랴, 오늘은 여러모로 정신 없는 하루였다. 포크를 집어 든다. 그런데 저 남자를 어쩐다. 없는 사람 취급하기도 좀 그렇고, 같이 먹자고 하기도 좀 그렇고, 상황이 애매하다. 역시 내보내는 수밖에 없다.

"그만 나가 줘요."

"근데 잔이 하나밖에 없네요?"

그의 천연덕스러운 말투에 어이가 없어진다. 방금 그의 말은, 사람을 초대해 놓고 자기 와인 잔은 왜 갖다 놓지 않았느냐는, 우회적인 물음처럼 들린다. 생일 축하 노래도 불러 주고 선물도 줬으니 응당 대접을 받아야 한다는 의미로도 들린다. 그러나 여기 오래 있게 해서는 안 된다. 그만 나가 달라고 다시 말하려는데 그가 싱크대로 걸어간다. 그의 움직임에 케이크를 먹던 녀석들이 흩어졌다 모이기를 반복한다. 어떻게 알았는지 와인 잔이 든 수납장을 단번에 찾아 연다. 남의 집 부엌살림을 훤히 꿰뚫고 있는 사람처럼 자연스레 잔을 꺼내 들고는 와인 따개로 코르크 마개까지 딴다. 두 개의 잔에 와인을 따르는 모습은 레스토랑 종업원처럼 자연스럽다. 그가 내 잔에 자신의 잔을 갖다 부딪치며 말한다.

"생일 축하해요."

보기 드물 정도로 낯짝이 두껍다. 그는 와인을 들이켜며 슬그머니 내 맞은편에 앉는다. 나를 향해 살짝 미소까지 지어 보이는 그. 대문 밖에 서 있던 사람이 어떻게 나와 한 식탁에 앉게 됐는지 모를 일이다. 하지만 여기까지다. 더는 곤란하다. 그런데 음식에 벌써 손을 대고 있다. 뻔뻔하기 이를 데 없다. 못 먹게 할 수도 없고, 어쩐다. 모르겠다. 이왕 이렇게 된 거, 차려 놓은 음식이니 일단 먹게는 할 것이다. 이틀째 먹지도 못했다는데, 게다가 코피까지 흘린 사람인데, 음식 가지고 야박하게 굴 순 없다. 생일 축하 노래도 불러 주고 선물까지 줬으니, 그도 이 음식을 먹을 자격은 있다. 나가 달라는 말은 식사 후에 해도 늦지 않을 것이다. 나는 속이 타서 단숨에 와인을 들이켠다. 빈 잔에 와인을 따르려 하자, 그가 내 손에서 병을 뺏어 든다.

"자작하면 못 써요."

그렇게 말하며 내 잔에 와인을 따라 준다. 고양이한테 할퀸 손등이 붉게 달아올라 있다.

"자작하면 오른쪽에 앉아 있는 사람한테 3년간 애인이 안 생긴대요. 오른쪽에 앉은 건 아니지만, 지금은 저밖에 없으니까 그렇게는 안 돼요."

터져 나오려는 웃음을 겨우 참고 와인을 들이켠다. 웃음을 참는 일도 누군가 옆에 있기 때문에 생긴다는 사실이 깨달음처럼 와 박힌다. 그사이 아빠의 마지막 와인은 내 몸속으로 사라져 간다. 이제 와인 저장고에 아빠의 와인은 없다. 아빠의 와인을 야금야금 빼 먹는 데는 무려 12년이란 시간이 걸렸다. 국적을 불문한 아빠의 와인은 여러모로 쓸모가 많았다. 필요할 때 내다 팔면 목돈이 되어 돌아왔다. 잠이 오지 않을 때는 수면제가 돼 주었고, 가끔은 나나의 화대가 돼 주기도 했다. 그리고 오늘처럼 생일상이 초라하지 않게 해 주기도 했다. 그런데 오늘로 마지막이다.

와인을 들이켠 그가 콧잔등을 찡그린다. 콧구멍에 끼웠던 화장지가 식탁 밑으로 떨어진 줄도 모르고 게걸스레 음식을 먹는다. 이틀간 아무것도 먹지 못했다는 말은 사실인 듯하다. 주로 오른쪽으로 음식을 씹는 나와 달리, 그는 양쪽으로 골고루 씹는다. 좋은 식습관을 가진 남자다. 그를 따라서 양쪽으로 씹어 볼 요량으로 아스파라거스 베이컨말이 하나를 베어 문다. 왼쪽, 오른쪽, 왼쪽, 오른쪽. 역시 잘 되지 않는다. 속도도 나지 않고 음식도 맛이 없다. 턱관절 교합 장치를 만들어 준 치과 의사는 양쪽으로 음식을 씹어야 한다고 했지만 오래된 습관은 쉽게 고쳐지지 않는다.

"요리 솜씨 끝내주네요. 소설만 쓰기엔 아까운 재준데요."

나는 속으로 이렇게 대답한다. 요리 책은 거짓말을 하지 않으니까요. 두 명 이상의 남자 이름이 적힌 엄마의 요리 책이라면 더 그렇겠죠. 속말이 들렸던 걸까. 그가 나를 힐끔 쳐다본다. 나는 그의 시선을 피하기 위해 고개를 돌려 와인을 들이켠다. 누군가와 한 식탁에 앉아 밥을 먹어 본 게 언제인지 모르겠다. 무엇이든 같이 해 주는 일을 그만둔 뒤로 없었던 일이니, 3년 만인 것 같다. 이렇게 생일 음식을 누군가와 함께 나눠 먹은 지는 무려 12년 만의 일이다. 12년 만에 처음으로 다른 사람이 불러 준 생일 축하 노래를 듣고,

생일 선물도 받은 것이다. 그러니 저 남자에게 고마워해야 한다. 고양이들은 내 옆에 있어 줄 줄만 알았지 노래를 불러 줄 줄도, 선물을 줄 줄도 모른다. 쓸모없는 고양이들!

어느새 전복치즈구이 접시가 다 비워진다. 접시에 담긴 1인분의 음식들은 그의 손이 머무는 족족 줄어든다. 마치 노숙자를 데려다 밥을 먹이고 있는 것 같다.

"향이 되게 독특하네요. 이 소스 원료는 뭔가요?"

벌어지려는 내 입. 하마터면 대답할 뻔했다. 타인의 물음에 목말라 있던 나이기에 대답하고 싶은 충동은 당연한 건지도 모른다. 소설이 당선된 뒤로 나를 궁금해하고, 내 얘기를 듣고 싶어 하는 사람은 많아졌다. 하지만 그건 소설로부터 기인된 궁금증이지 나 개인에게서 비롯된 궁금증은 아니었다. 저 남자도 결국 소설이 먼저였기에 나를 찾아온 것이지 내가 먼저였기에 찾아온 건 아닐 테다. 대답이 없어 좀 무안했는지 그가 케이크 한 조각을 접시에 담는다. 포크로 케이크를 잘라 먹더니 그가 눈을 휘둥그레 뜬다.

"케이크 진짜 맛있네요."

이 접시, 저 접시 들쑤시고 다니던 그는 케이크까지 다 먹어 치운다. 무안함을 달랠 겸 분위기 전환용으로 한 말인 줄 알았더니, 정말 맛있었나 보다.

"베리베리 베이커리에서 만든 케이크니까요."

"네?"

대답 같은 건 돌아오지 않을 거라 생각했는지 그가 의외의 표정을 짓는다. 내 얘기를 제외한 것이라면 나는 얼마든지 해 줄 수 있다. 게다가 그는 아저씨의 마지막 케이크를 맛본 사람이다.

"베리베리 베이커리 빵은 매우 매우 부드럽고 매우 매우 달콤하고 매우 매우 질리지 않아요. 거긴 어떤 프랜차이즈 베이커리보다 맛있는 빵을 만드는 곳이죠. 특히 고구마 케이크가 일품이에요."

파티셰보다는 제빵사로 불리길 원했던 베이커리 아저씨. 그 아저씨에게 나는 한 달에도 몇 번씩 빵을 사 가는 손님일 뿐이었다. 아저씨가 내 생일을 기억하고, 말하지 않아도 나이 수대로 초를 넣어 주고, 내가 싫어하는 마늘 빵은 서비스로 넣어 주지 않게 된 것은 12년간 단골이었기 때문이지 다른 게 있어서가 아니었다. 그런데 아저씨는 자기 집 욕실에서 실종되고 말았다.

"맛있으면 많이 먹어 두세요. 다신 먹을 수 없을 테니까요."

"먹을 수 없다니요?"

"어젯밤에 사라졌대요. 그 케이크 만든 사람요. 그 부인 말로는 욕실에서 실종됐다는데…… 어떻게 생각하세요?"

나는 그의 눈을 똑바로 응시한다. 그가 웃는다. 말 같지 않으니 웃음이 나올 수밖에.

"욕실에서는 분명 나오지 않았대요. 욕실 문은 잠겨 있었고요. 근데 문을 따고 들어가 봤더니 없더래요."

"문이란 건 안에서 누르고 나오면 잠기기도 하잖아요? 분명 나왔는데 못 봤을 거예요. 아니면 창문으로 나갔든가…… 그래요, 그거네요."

그는 형사와 똑같은 말을 한다. 나는 그쯤에서 입을 다문다. 이해하려고 하지 않는 얘기를 굳이 이어 갈 필요는 없다. 그는 케이크를 한 조각 더 가져다 먹을 뿐, 내 얘기 따윈 더 이상 궁금해하지 않는다. 그의 지나친 호기심과 궁금증 때문에 하지 말아야 할 말까지 하게 될까 봐 내심 걱정했는데, 차라리 잘 됐다.

식사가 거의 끝나 간다. 나나를 위해 남겨 두기로 했던 음식은 바닥을 드러낸다. 그가 내 눈치를 살피며 마지막으로 손수 와인을 따라 마신다. 그가 자작을 해 버렸으니, 앞으로 3년간 나한테 애인이 안 생기는 건가? 그의 말이 사실이길 바라며 남아 있는 와인을 들이켠다. 이제 그만 그를 내보내야 할 것 같다.

"식사 다 끝났죠? 끝났으면 이제 그만……."

그의 얼굴이 일그러진다. 어디가 불편한 표정이다.

"왜 그래요?"

"배, 배가 좀 아파서요. 화, 화장실 어디예요?"

"네?"

"빠, 빨리요!"

"저쪽 복도 끝에……."

내 말이 떨어지기도 전에 그가 아랫배를 움켜쥐고 부엌에서 뛰쳐나간다. 그의 발소리가 복도 끝으로 멀어져 간다. 신선한 재료를 사다 한다고 했으니 음식에 문제가 있을 리는 없다. 날이 덥긴 하지만 음식이 벌써 상했을 리도 없다. 뭐가 문제인지 모르겠다. 케이크를 다 먹은 고양이들이 그가 열어 놓고 간 부엌문으로 우르르 빠져나간다. 부엌은 금세 숨통이 트인다. 나는 그가 오길 기다리며 남은 와인을 다 따라 마신다. 아빠의 마지막 와인이 식도를 타고 몸 전체로 퍼진다. 그런데 이를 어째. 나 또한 자작을 해 버렸으니, 저 사람에게도 3년간 애인이 안 생기는 건가? 재밌는 논리에 피식, 웃음이 나온다. 그때 3년간 애인이 안 생길지 모르는 그가 식탁에 와 앉는다. 아직도 뭔가 불편해 보인다.

"아직도 그래요?"

그는 대답할 새도 없이 다시 화장실로 달려간다. 고양이들이 길을 막고 있는지, 그는 비켜! 비켜! 라고 소리친다. 같은 음식을 먹었는데 나는 괜찮은 걸 보니, 문제는 그의 몸에 있는 것 같다. 기름진 음식이 체질에 안 맞거나, 장이 예민한 사람일 수도 있다. 그래도 먹으라고 한 적은 없으니, 일단 내 책임은 아니다.

돌아오는 그의 발소리가 들린다. 그가 양미간을 찌푸리고 부엌 문턱을 밟는다.

*

배를 움켜쥔 채 다시 방향을 튼다. 그리고 그녀 귀에 들리게끔 후다닥 내달린다. 식탁에 앉아만 있던 그녀도 이번엔 화장실 앞까지 따라와 걱정스레 묻는다.

"많이 안 좋아요?"

나는 얼굴을 찡그리며 화장실로 들어간다. 세 번 정도 왔다 갔다 했으면 됐지 싶다. 그녀가 화장실 문에 바짝 다가와 뭐가 문제냐고 묻는다. 뭐가 문제지? 뭐라고 둘러대야 그럴듯할까. 나는 보편적인 양념을 떠올려 본다.

"혹시 음식에 후추 넣었어요?"

"네."

"장이 후추에 좀 민감해요."

그녀의 음식엔 아무 문제가 없었다. 간도 적당했고 소스도 좋았다. 처음 먹어 본 음식들이라 포크를 가져가는 것 자체가 즐거웠다. 케이크를 별로 좋아하지 않는 내가 두 조각이나 먹었다는 것도 믿어지지 않는다. 그녀 말대로 그 케이크는 매우 매우 질리지 않는 케이크임이 분명했다. 와인 역시 끝내주게 좋았다. 입안과 식도를 타고 가슴 전체까지 퍼져 나간 그 와인의 향은 또다시 밤잠을 설치게 할지도 모른다. 그나저나 타이밍은 잘 잡았는지 모르겠다. 배를 움켜쥐고 일어나지 않았다면 그녀는 분명 내게 이렇게 말했을 것이다. 식사 다 끝났죠? 끝났으면 이제 그만 나! 가! 주! 세! 요! 라고. 어떻게 들어왔는데, 쉽게 나갈 내가 아니다.

화장지를 소리 나게 풀어 입가를 닦고 변기에 넣는다. 변기 물을 내리고 화장실에서 나간다. 복도 중간에 서 있는 그녀가 보인다. 나는 화장실을 한 번 더 가 줘야 할 것 같은 몸짓으로 그녀에게 다가간다. 다행히 그녀는 내게 좀 미안해하는 것 같다. 자기가 만든 음식을 먹고 탈을 일으켰으니 당연하다. 이럴 때일수록 부탁은 즉각 들어주게 돼 있다.

"저기요, 좀 눕고 싶은데…… 어떻게 안 될까요?"

그녀가 곤란해한다.

"잠깐만 누울게요."

"안 돼요."

"잠깐도 안 돼요?"

"네. 그쪽을 위해서예요. 여기 오래 있어 봤자 좋을 거 없어요."

"저놈들한테 또 공격이라도 당할까 봐요? 괜찮아요."

"그런 뜻이……."

"아, 안 되겠어요. 좀 누워야겠어요."

나는 현관에서 가장 가까운 방문을 열고 무작정 들어간다. 들어가자마자 모로 누워 아랫배를 쓸어내린다. 방은 우리 집 거실보다 크다. 창문에는 하얀 바탕에 노란 꽃무늬가 그려진 커튼이 걸려 있다. 방 가운데에는 캣타워가 세워져 있고 바닥에는 고양이 장난감들이 널브러져 있다. 가구 같은 건 없다. 다른 방도 다 이런지 궁금했다. 방으로 따라 들어온 그녀가 팔짱을 낀 채 나를 내려다본다. 잔뜩 화난 표정이다.

"정말 이럴 거예요!"

"정말로 미안해요."

"진짜 무례하네요!"

"진짜로 미안해요."

"지금 말장난할 기분 아니거든요!"

"그럼 숙박료 드릴게요. 그래도 안 돼요?"

"뭐요?"

"대가 지불하겠다고요."

"지금 누굴 장사꾼으로 알아요!"

"아파서 못 움직이겠는 걸 어떡해요."

그녀가 한숨을 내쉰다.

"그럼 30분만이에요?"

"알았어요."

하는 수 없다는 걸 안 그녀가 방문을 닫고 나가려고 한다. 나는 그런 그녀를 불러 세운다. 그녀가 허리에 한쪽 손을 얹고 언짢은 심사를 노골적으로 드러낸다. 또 뭐냐 하는 표정이다.

"부탁이 있어요. 약을 좀 먹어야 할 것 같은데…….'

"배탈 약 같은 건 없어요."

"저한테 있어요. 비상약 갖고 다니거든요. 근데 그게 차에 있어서…….'

"설마 저보고 갖다 달라는 말은 아니죠?"

그녀가 어이없어한다. 나는 안 되겠다 싶어 자리에서 일어나 그녀에게 말한다.

"또 나오려고 해요."

나는 주머니에서 차 열쇠를 꺼내 그녀의 손에 억지로 쥐여 준다.

"앞 좌석 트렁크에 있어요. 근데 뒤섞여서 찾기 어려울 텐데…… 게다가 비밀번호로 여는 거라…… 그냥 트렁크째 가져다 주시면…… 부탁해요."

"이봐요!"

나는 급히 화장실로 뛰어간다. 그녀는 어이없어하면서도 억지로 걸음을 떼 현관으로 나간다. 의외로 잘 먹혀든다. 비상약은 출장 가방을 꾸릴 때면 가장 먼저 챙기는 것이었다. 비상약 주머니에는 삐콤, 타이레놀, 훼스탈, 올가, 겔포스, 콘택, 후시딘, 밴드닥터, 이름이 기억나지 않는 멀미약과 피로 회복제와 소염 진통제 등이 들어 있다. 모두 처방전 없이 살 수 있는 것들이었다. 무엇보다 트렁크 안에는 전원을 꺼 둔 휴대폰이 있었다.

그녀가 트렁크를 들고 오는 모습이 문틈으로 보이자 화장실에서 나간다. 그녀에게서 트렁크를 건네받은 나는 기진맥진한 자세를 취하며 방으로 들어간다. 트렁크까지 이 집으로 들어왔으니, 이제 됐다. 나는 비상약 주머니에서 소화제 한 알과 피로 회복제 한 알을 꺼낸다. 배 터져 죽을 것 같고, 피곤해 죽을 것 같다. 진짜로 약을 꺼내는지 확인하고 난 그녀는 두 손, 두 발 다 들었다는 듯 부엌에서 물을 가져온다. 아까도 느낀 바지만, 천성이 나쁜 여자는 아니었다. 그녀에게 고마움의 표시로 꾸벅 인사를 하고 물과 함께 약을 삼킨다. 나는 그녀가 더 미안해지라고 후시딘 연고를 꺼내 손등에 바른다. 고양이가 할퀸 자리에 피가 배어 나와 있다. 나는 빈 물컵을 들고 나가려는 그녀를 다시 불러 세운다. 배도 채웠고 피로 회복도 했겠다, 이제 남은 건 샤워를 하는 것이다. 이틀간 씻지 못한 몸은 근질근질해 미칠 것 같다.

"또 뭐요!"

"제가 화장실 드나들다 팬티에 실수를 좀……."

지저분해 죽겠다는 그녀의 표정이다.

"배 가라앉는 대로 좀 씻었으면……."

그녀는 흠, 이라는 체념 섞인 콧소리로 어쩔 수 없는 허락의 뜻을 전달하고는 방문을 소리 나게 닫고 나가 버린다. 샤워까지 예약해 놨으니 하룻밤 자는 건 이제 시간문제다. 나는 피곤에 지친 몸뚱이를 바닥에 눕힌다. 포만감에 젖은 위장과 시원한 방바닥과 절반의 임무 완수까지, 완벽하다. 나는 트렁크에서 휴대폰을 꺼내 전원을 켠다. 일이 어떻게 돼 가는지 궁금해하고 있을 팀장이다. 역시나 팀장은 기다렸다는 듯 전화를 받는다.

—어떻게 됐어?

—지금 그 여자 집에 누워 있다면 믿겠어요?

—진짜? 어떻게 한 거야?

—말하자면 길어요.

—사람은 어때? 소문대로야? 뒤꿈치는 봤어?

—청바지 때문에 아직요. 팔다리도 멀쩡하고 얼굴도 멀쩡해요. 성질은 좀 차가운 것 같은데, 아직 잘 모르겠어요. 까만 매니큐어 말고는 크게 이상한 건 없어요.

나는 검정색 매니큐어를 칠하는 여자들의 심리를 도통 이해할 수 없었다. 유희한테 물어봤지만 유희도 그게 궁금하다고 했다. 유희는 아예 매니큐어를 바르지 않는 여자였다.

—근데 자네 몸조심해야겠어.

—왜요?

—방금 뉴스 보니까 또 터졌더라고. 그 실종 사건 말이야. 인터뷰에 정신 팔려 자네 간 데가 거기란 걸 이제야 알았지 뭔가. 몇 년 잠잠하더니만.

케이크 먹을 때 그녀가 했던 말이 생각난다. 나는 팀장에게 실종자 신상에 대해 묻는다.

—김성만이란 사람인데, 빵 가게 주인이라든가? 아무튼 이번에도 남자야. 스물다섯 번째라니, 대체 무슨 일인지 모르겠어.

그녀가 말한, 매우 매우 질리지 않는 케이크를 만든다던 바로 그 제빵사였다.

—욕실에서 실종됐다나 봐. 그 제빵사 부인 말이 그래.

—에이, 욕실에서 무슨. 창문으로 나갔겠죠.

—그렇지? 내 생각도 그래. 아무튼 자네도 몸조심해.

—걱정 마세요. 전 이 집에서 한 발짝도 안 나갈 테니까요.

—그래, 그러는 게 좋겠어. 그럼 수고하고, 무슨 일 있으면 전화 줘.

그러고 보니 나 또한 인터뷰에 정신이 팔려, 이 일대와 연쇄 실종 사건을 연계 짓지 못하고 있었다. 그녀의 집을 찾아오는 동안에도 그랬다. 몇 년 잠잠했던 일이라 더 잊고 있었는지도 몰랐다. 일명 미스터리로 불리는 그 연쇄 실종 사건은 10년 넘게 수사가 이어져 오고 있었다. 오랜 수사에도 불구하고 단서 하나 찾아내지 못했으니, 미스터리는 미스터리였다. 그러다 최근에야 실종자들의 공통점을 알아낸 모양이었다. 그런데 찾아낸 공통점이라는 것도 딱히 납득할 만한 것은 아니었다. 실종자들 모두가 이 일대에 한번 와 봤다거나, 혹은 이 일대에 있었다는 거였는데, 그건 마치 서울에 한번 가 봤던 사람이, 혹은 서울에 있었던 사람이 실종됐다는 말과도 같아서 신빙성은 없어 보였다. 욕실에서 실종이라……. 모르겠다. 잠이나 자자. 나한테 중요한 건 그녀의 인터뷰지 그깟 제빵사가 아니다. 스르르 눈이 감긴다. 입안에 남아 있는 값비싼 와인 향이 잠을 알큰하게 이끈다.

그리고 몇 시간 후, 초인종 소리에 잠에서 깼을 때 창밖에는 어둠이 내려앉아 있었다. 방 안에까지 스며든 어둠에 당황한 나는 휴대폰을 열어 시간을 확인한다. 막 저녁 8시가 넘어가고 있다. 어찌나 피곤했던지 꿈도 꾸지 않고 잘 잔 것 같다.

그녀가 현관문을 열고 나가는 소리가 들린다. 누가 온 모양이다. 자리에서 일어나 창밖을 내다본다. 그녀가 열어 준 대문으로 웬 사내 하나가 들어온다. 누굴까. 나는 벽의 스위치를 찾아 형광등을 켜고 트렁크를 연다. 갈아입을 옷과 면도기, 세면도구 등을 챙긴다. 샤워하러 나가는 척하며 마주치면 조금이나마 알게 될 일이다. 그녀와 사내가 현관으로 막 들어서는 순간 방문을 열고 나간다. 용케 그들과 마주친다. 나를 발견한 사내가 내 몸을 위아래로 훑는다. 상당히 건방져 보이는 눈빛이다. 그러더니 사내는 내 귀에 들릴 정도로 누구야? 라고 그녀에게 묻는다. 꽤 친밀해 보이는 말투다.

"어? 어, 투숙객."

"방 다시 빌려 주려고?"

"아니, 그렇게 됐어. 올라가."

그녀와 사내가 복도 끝으로 걸어간다. 뒤따라간 나는 화장실 앞에 멈춰 선다. 그들은 나선형 계단을 밟아 위층으로 올라간다. 남편인가? 애인인가? 친구인가? 멀쩡한 남자도 있는데 그녀는 왜 혼자 생일을 보냈던 걸까.

*

배는 좀 괜찮아졌느냐고 물어본다는 걸, 나나가 말을 거는 바람에 놓친다.

"투숙객 아니지? 누구야? 뭐하는 사람이야?"

"당신이 궁금한 것도 다 있어? 오래 살고 볼 일이네."

"누구냐니까?"

"나 인터뷰하겠다고 찾아온 기자. 사정이 생겨 자게 좀 됐어. 곧 내보낼 거야."

"당신 성격에 인터뷰에 응했을 리는 없을 테고."

"잔말 말고 들어가."

3층으로 올라온 나나와 나는 가운데 방으로 들어간다. 3층에는 모두 세 개의 방이 있다. 나나와의 섹스는 언제나 가운데 방에서 행해진다. 나나와 나는 말없이, 그리고 동시에 옷을 벗는다. 나나의 페니스는 벌써 발기돼 있다. 나나가 이 방에 처음 들어섰을 때인 9년 전에도 나나의 페니스는 저랬다. 태어나서 남자의 물건을 처음 보게 된 스물한 살의 나. 영화 속이 아닌 실재하는 남자의 그것. 처음 본 나나의 그것은 저돌적이란 표현이 맞을 정도로 크고 단단했다. 마치 바나나 같았다. 아니, 이스트를 넣은 바나나 같았다. 남자란 인간은 어떻게 자신의 신체 일부를 부풀릴 수 있는 걸까. 그것은 평소 내가 갖고 있던, 남자에 대한 궁금증 중 하나였다. 페니스가 빵빵해질 때의 느낌은 어떨까. 아플까. 저릴까. 묵직할까. 스물한 살의 나는 처음 만난 나나에게 묻고 싶었다. 그러나 그 질문 대신 이렇게 물었다.

"나나라고 부르고 싶은데, 어때요?"

나나는 고개를 갸웃거리며 나나? 그건 여자 이름이잖아, 라고 반말로 되물었다. 만나자마자 듣게 된 반말임에도 기분은 나쁘지 않았다. 오히려 긴장된 관계가 편해진 것 같아 좋았다.

"뭐라 부르든 상관없어. 근데 왜 나나야?"

나나는 계속 반말로 물어 왔고, 그래서 나도 반말로 대답해 버렸다.

"『나나』란 소설을 읽고 있는데, 누구에게든 그 이름을 붙여서 불러 보고 싶었어. 그뿐이야."

하지만 그때 나는 에밀 졸라의 『나나』가 아닌 『목로주점』을 읽고 있었다. 통성명을 끝낸 나나와 나는 수줍게 옷을 벗었다. 저렇게 크고 단단한 것이 어떻게 내 작은 질 속으로 들어온다는 건지 이해할 수 없었다. 저 굵은 막대기가 내 질을 파고들 때의 느낌은 어떨까. 아플까. 따가울까. 고통을 감수하고도 남을 만큼의 쾌감이란 과연 어떤 걸까. 두려움 반, 궁금증 반으로 시작된 내 생애 첫 섹스는 나나를 연발하며 진행돼 갔다. 5월, 성년의 날이 지난 화요일이었다. 그것으로 나는, 스물한 살 성년이 되면 너 하고 싶은 대로 뭐든 해도 좋다는 엄마의 말을 지킨 셈이었다. 섹스를 해 봐야 진짜 성인이 되는 거라고 말하던 엄마. 엄마의 그 말 때문이었을까. 나나와의 첫 섹스를 끝내고 났을 때 나는 진짜 성인이 된 기분에 마구 폭소를 터뜨렸다. 그런데도 그때 나나는 왜 그러느냐고 내게 묻지 않았다. 나나는 이름을 물은 뒤로는 나에 대해 아무것도 궁금해하지 않았다. 그래서 나나가 맘에 들었다. 아무것도 궁금해하지 않는 관계는 사랑으로 발전할 가능성도 낮았기 때문이다.

"콘돔."

"오늘은 괜찮아."

벌거벗은 나나가 먼저 침대 위로 올라간다. 나도 뒤따라 올라간다. 나는 질끈 묶은 머리를 풀어 헤치고 침대에 누워 한껏 가랑이를 벌린다. 가랑이 사이로 나나의 페니스가 들어온다. 언제부턴가 전투적으로 변해 버린 나나와의 섹스. 관성에 젖어 버린 기계식 섹스에 만족할 여자는 없다. 오늘 나나를 해고하려는 이유는 이런 식의 섹스에 염증을 느꼈기 때문이다. 부드러운 애무도, 달콤한 키스도, 다양한 체위도 없는 섹스는 죽은 섹스나 마찬가지다. 연구와 발전이 없는 잠자리는 어떤 이에게는 이별 사유가, 어떤 이에게는 이혼 사유가 되기도 한다. 하물며 우린 섹스 파트너로 만난 관계이다. 그런데 서로의 성감대가 어디인지도 모른 채 심드렁한 섹스나 하고 있으니 진작 관뒀어야 했다. 사실 해고의 이유는 하나 더 있었다. 몇 주 전부터 나나의 입에서 풍기기 시작한 역겨운 입 냄새! 헐떡일 때마다 나나의 숨에서 섞여 나오는 그 지독한 입 냄새를 더 이상 참아 낼 수 없었다. 숨을 참아 가며 해야 하는 섹스란 고문에 가까웠다. 나는 그제야 깨달았다. 비싼 화대를 지불해 가면서까지 재미없는 섹스를 이어 갈 필요는 없다는 걸. 게다가 냄새는 냄새대로 맡아 가면서 말이다. 사실 9년이면 오래되기도 됐다.

나나의 공이질이 시작된다. 고개를 옆으로 틀어 숨을 참는다. 흰머리가 섞인 나나의 귀밑머리가 보인다. 서른여섯의 나나. 나를 만나 오는 동안 나나는 초등학교 선생이 됐고, 결혼을 했고, 세 아이의 아빠가 됐다. 그리고 홀어머니를 여의었다. 9년 동안 나나에게 변함 없이 이어져 온 거라곤 화요일 저녁마다 내 집을 방문해야 한다는 것, 그뿐이었을 테다. 나나가 9년 동안 화대 대신 받아 간 와인은 총 몇 병이나 될까. 나나는 정말로 나를 사랑하지 않았던 걸까. 왜 나나는 나에 대해 하나도 궁금해하지 않았던 걸까. 나나는 나나는……. 오르가슴이 올라온다. 내 숨이 차오르는 만큼 나나의 숨도 거칠어진다. 나나는 정말로 내게 아무것도 묻지 않았다. 가족과 이 집에 대해서도, 혈액형과 키와 시력은 물론, 고양이와 생일과 모든 습관과 기호에 대해서도 묻지 않았다. 그래서 나는 나나가 맘에 들었다. 어쩌면 그래서 더 쓸쓸했는지도 몰랐다. 궁금증과 호기심이 없는 관계에 결코 사랑이 끼어들 수 없음을 나는 나나를 통해 알게 됐다. 나나는 그저 눈에 보이는 것만 받아들이고 이해했다. 나나는 대문에 걸린 팻말을 보고는 방을 빌려 주는구나, 라고 이해했다. 왜? 라는 물음은 하지 않았다. 나나는 방이 많으면 방이 많구나, 라고 생각했다. 그리고 혼자니까 혼자 살겠지, 라고 생각했다. 아마 나나는 다음 주부터는 오지 마, 라고 말하면 알았어, 라고 대답해 버릴 것이다. 나나는 그런 사람이었다. 내게 가장 안전한 섹스 파트너였던 나나. 그래서 나나를 버리는 일은 일종의 모험이 될 거란 생각도 들었다.

한여름 밤, 나나와의 마지막 섹스가 끝나 간다. 사정을 끝낸 나나가 몸을 부르르 떨며 가랑이에서 빠져나온다. 가쁜 숨을 정리하기 위해 엎드리나 싶던 나나가 아, 라고 말하고는 침대에서 일어난다. 나나는 벗어 놓은 옷을 헤집어, 옷가지에 묻혀 있던 자신의 가방을 연다. 나나의 손에 딸려 나온 건 『뒤꿈치』다. 나나는 얼마 전에야 내 소설이 문학상 공모에 당선됐다는 걸 알았다. 베이커리 아저씨도 마찬가지였다. 『뒤꿈치』의 영화화로 원작에 대한 관심이 높아지면서 뒤늦게 알게 된 사실이었다.

"사인해 줘."

나나가 『뒤꿈치』와 펜을 들고 침대 위로 올라온다. 『뒤꿈치』에 실린 프로필 사진은 작년에 나나가 찍어 준 것이었다. 사진 좀 찍어 달라는 부탁에 나나는 어디에 쓸 사진인지도 묻지 않은 채 열심히 셔터를 눌러 줬다.

"당신이 고요다였다니. 내가 찍어 준 사진인데 그것도 몰라보고. 나 참 둔하지? 재밌게 읽었어. 나도 당신 뒤꿈치 보면서 예쁘다고 생각했는데, 그걸 소설로 풀어내다니. 늦었지만 축하해. 저 방에서 책만 읽더니 결국 일을 내고 말았어. 근데 사진 누가 찍어 줬는지 정말 예술이다."

나나가 피식 웃는다. 『뒤꿈치』 표지를 열어 면지에 사인을 한다. 베이커리 아저씨한테 해 준 사인에 이어 두 번째 사인이다. 나는 휘갈겨 쓴 고요다란 이름 밑에 7월 7일이라고 쓴다.

"당신 그거 알아? 당신을 만나는 동안 7월 7일이 화요일이었던 적 한 번도 없었다는 거. 오늘이 처음이라는 거."

"그래서?"

"그냥, 그렇다고."

결국 나는 오늘이 생일이라는 걸 나나에게 말하지 못한다. 마지막인 마당에 그딴 얘긴 해서 뭐하나 싶어서다. 사인을 끝낸 나는 사이드 테이블 서랍을 열어 준비해 둔 봉투를 꺼낸다. 『뒤꿈치』에 두툼한 봉투를 끼워 나나에게 건넨다. 그러고는 옷을 주워 입는다. 브래지어 호크를 채워 주는 건 늘 나나 몫인데, 나나는 마지막까지 잊지 않고 호크를 채워 준다. 나나도 옷을 주워 입는다. 나나는 절대 이 집에서 샤워를 하지 않는다. 결혼을 하고 나서부터 그랬다. 그게 나나의 아내가 나나를 의심하지 못하는 이유다. 나나가 마지막 와이셔츠 단추를 채우자, 나는 나나에게 말한다.

"오늘은 좀 많이 넣었어. 이제 안 와도 돼."

나나는 대답이 없다. 내 짐작대로 알았어, 라고 말해 버리기엔 9년이란 시간은 너무 길었는지도 모른다. 나나가 굳은 얼굴로 나를 쳐다본다. 그러더니 메마른 웃음을 짓는다.

"잘 됐네. 나도 내심 불안했거든. 게다가 난 선생이잖아."

나나는 역시 쿨하다. 하루아침에 아르바이트 자리가 사라진 꼴이니 지저분하게 굴 법도 하건만 나나는 그냥 웃는다. 왜? 라는 촌스러운 질문도 하지 않는다. 나나는 끝까지 내 맘에 든다. 그래서 끝까지 날 쓸쓸하게 만드는 사람이다. 나나가 손을 내민다.

"마지막으로 악수 한 번은 해야지?"

나나가 내민 손을 잡는다.

"근데 왜 내가 서운해지려고 하지? 마치 당신, 내 입에서 그 말이 나오길 기다린 사람 같아. 나란 여자가 그렇게 지겨웠어?"

"그래 보여? 그건 아닌데."

"아무튼 당신은 참 대단해. 어떻게 9년 동안 만나 오면서 날 사랑하지 않을 수 있지?"

"그걸 어떻게 알아? 내가 당신을 사랑했는지 안 했는지?"

"느낌."

"사랑했다면?"

"거짓말 마. 날 사랑해 주지 않아서 고마웠어."

"그게 무슨 말이야? 난 당신을 사랑했어."

나나의 말이 거짓이란 걸 알기에 나는 소리 없이 웃는다. 방을 나선 나나와 나는 복도를 지나 나선형 계단을 내려간다. 나나가 혼잣말처럼 중얼거린다.

"앞으로 그럼 이 시간에 뭘 하며 보낸다……."

"당신 부인하고 하든가, 애들하고 놀아 주면 되잖아. 설마 할 일하나 없겠어?"

나나가 쓸쓸하게 웃는다. 목적성을 띤 유한한 만남이라지만, 9년이란 수식어를 떨쳐 내기엔 나나에게 주어진 시간은 너무 짧고 갑작스럽다.

"당신은 앞으로 이 시간에 뭐할 거야?"

"글쎄."

나나의 빈자리는 스물한 살의 또 다른 나나가 채워 줄 것이다. 나나보다 몇 배는 젊은, 이제 막 성년이 된 또 다른 나나. 내일 오기로 한 또 다른 나나하고는 몇 년의 시간을 보내게 될까. 문득, 나도 엄마를 닮아 가고 있다는 생각이 든다.

"요즘 악질 강도가 기승이래. 문 함부로 열어 주지 마."

"나 걱정해 주는 거야?"

"9년간의 옛정을 생각한 염려 정도?"

현관문을 열고 빨간 벽돌 길을 걸어 나간다. 벽돌 길 중간쯤에 멈춰 선 나나가 내게 또 한 번 악수를 청한다. 그가 있는 방에 불이

꺼져 있다. 다시 자는 걸까.

*

커튼 뒤로 고개를 내민다. 사내가 그녀에게 악수를 청한다. 아주 헤어지는 사람들의 행동 같다. 그녀와 사내는 3층으로 올라가자마자 섹스를 했다. 거칠게 새어 나오던 저들의 숨소리. 저들을 따라 위층으로 올라가지 않았다면 샤워 도중 수음 같은 건 하지 않았을 것이다. 그녀와 짧은 악수를 나눈 사내가 대문을 열고 나간다. 차에 올라탄 사내가 차창 밖으로 손을 흔들며 사라진다. 사내가 사라진 쪽을 한참 바라보고 섰던 그녀가 마당으로 들어선다. 어쩔지 몰라 나는 바닥에 웅크리고 눕는다.

*

현관문을 열고 집 안으로 들어간다. 나나가 마지막으로 내게 남긴 말은, 이제 당신도 사랑하는 사람 만나 결혼해야지, 라는 것이었다. 그 말을 듣는 순간 울컥 눈물이 쏟아졌다. 다행히 어두워서 나나는 눈치채지 못했다. 우는 여자에게서 종종 사랑을 느낀다던 나나. 나나가 지금의 아내와 결혼하게 된 것도 걸핏하면 쏟아 내는 아내의 그 눈물 때문이었다고 했다. 그래서 나나 앞에서만은 절대 울

66

수 없었다. 나는 눈가를 훔치며 그가 자고 있는 방에 노크를 한다. 그만 내보내야 하는데, 응답이 없다. 방문을 열어 고개를 들이민다. 그는 잔뜩 웅크린 채 코를 골며 자고 있다.

"저기요!"

대답이 없다.

"이봐요! 그만 일어나요!"

몸을 뒤척이나 싶더니 다시 코를 곤다. 깊이 잠든 것 같다. 어쩐다. 자기 방을 빼앗겼다고 생각한 녀석들이 문 앞에서 야옹댄다. 나는 녀석들에게 하루만 참으라고 말하고는 3층 가운데 방으로 올라간다. 침대 위에는 내 것인지 나나 것인지 모를 음모들이 떨어져 있다. 나는 음모들을 남김없이 주워 쓰레기통에 버린다. 그리고 속옷을 챙겨 들고 욕실로 들어가 샤워를 한다. 나나와 나나의 아내가 애용한다는 보디 클렌저를 타월에 묻힌다. 예민한 후각을 가졌을 나나의 아내를 위해 쓰기 시작한 클렌저였지만, 향은 그다지 맘에 들지 않았다. 보디로션도 마찬가지였다. 나는 아직 절반이나 남아 있는, 나나와 나나의 아내가 앞으로도 계속 쓰게 될 클렌저와 로션을 마지막으로 쓰고는 쓰레기통에 버린다. 내 취향에 맞는 보디 클렌저와 보디로션은 내일 다시 살 것이다. 그러지 않아도 내일은 동물 병원에 가 봐야 하는 날이다. 고양이 35의 안약이 떨어진 지 이틀이나 지났다. 케이크 찾아올 때 들렀어야 했는데, 베이커리 아저씨의 실종 소식에 잊고 말았다.

나는 몸에 남아 있는 나나의 흔적을 씻어 내고 엄마 방으로 들어간다. 책상 서랍을 열어 청 테이프를 꺼낸다. 침대 위에 떨어진 머리카락을 청 테이프로 찍어 낸다. 머리카락이 떨어진 침대에서 잠을 자면 나는 어김없이 악몽을 꾼다. 징크스라는 건 우연의 반복이 만들어 낸 덫이다. 헤어 나오려고 하면 할수록 그 덫에 걸려 들게 만드는 묘한 마력의 소유자 징크스. 그 어쩔 수 없음에 오늘도 나는 청 테이프로 머리카락을 훔친다. 머리카락 세 가닥이 붙은 청 테이프를 쓰레기통에 버린다. 세 개의 악몽을 버린 것이다. 침대에 눕기 전 사이드 테이블 위의 유리병을 연다. 딸기 잼이 들어 있던 이 유리병은 턱관절 교합 장치를 보관하는 데 안성맞춤이었다. 유리병에서 장치를 꺼낸다. 마우스피스처럼 생긴 교합 장치에는 "○○ 치과 병원 김희진"이라고 신명조체로 쓰여 있다. 소설이 당선된 뒤로 나는 고요다가 되었다. 베이커리 아저씨와 아주머니에게도 나는 금방 고요다가 되었다. 이름은 생각보다 지조가 없었다.

윗니에 장치를 끼우고 커튼을 닫는다. 침대에 누운 내 몸에서 나나와 나나의 아내가 애용하는 보디로션 냄새가 난다. 침대 옆에 세워 둔 태극기가 넘어지는 소리가 들린다. 오늘은 12년 만에 처음으로 누군가에게 생일 선물을 받아 본 날이다. 기분이 좀…… 이상하다.

편두통 때문에 잠에서 깬다. 꿈을 꾸었다. 고양이들이 그녀의 집을 점거하는 꿈이었다. 꿈속에서도 여전히 이 방에서 잠을 자고 있었다. 그런데 꿈속에서 또 꿈을 꾸고 있었다. 유희와 사막 한가운데서 막 사랑을 나누려는 꿈이었다. 꿈속에서 또 꿈을 꿔 보긴 처음이야, 라고 말하며 유희 몸으로 들어가려는 그때, 그녀가 나를 흔들어 깨웠다. 어서 일어나요! 고양이들이 쳐들어와요! 그녀의 손엔 빗자루가 들려 있었다. 마녀들이 타고 다니는 빗자루와 비슷해 보였다. 저 고양이들은 사랑의 훼방꾼이에요! 빨리 쫓아내지 않으면 안돼요! 그녀가 들이닥친 고양이 떼를 향해 빗자루를 휘둘렀다. 안되겠어요. 탑으로 올라가요! 그녀를 따라 옥상 탑으로 올라갔다. 경사진 철제 계단이 보였다. 나는 궁금해서 그녀에게 물었다. 저 많은 고양이들은 어디에서 오는 거죠? 몰라요! 근데 왜 도망가야 하는데요? 사랑의 훼방꾼이라고 했잖아요! 빨리요! 그녀가 재촉했다.

그런데 발이 떨어지지 않았다. 그녀가 빗자루를 내밀었다. 잡아요! 그때 고양이 떼가 내 등을 덮쳤고, 잠은 거기에서 깼다. 꿈이란 건 이상하게도 그다음이 궁금해지는 순간 깨고 만다. 그 순간에 잠을 깨서 그다음이 궁금해지는 건지도 모르지만, 어쨌든 꿈은 꼭 중요한 타이밍에 주인공을 몰아낸다.

어떻게 들어왔는지 방에는 고양이들 천지다. 반쯤 열려 있는 방충망을 발견하고 나서야 녀석들의 영리함에 혀를 내두른다. 방금 꾸었던 꿈도 그렇고, 조심하는 게 나을 것 같아, 나는 얼른 방에서 나와 버린다. 복도에는 고양이들이 앉아 얼굴 세수를 하고 있다. 밥은 어디서들 먹고 나오는 걸까. 때마침 고양이 한 마리가 복도 끝 방에서 나온다. 가 보니 방에는 밥그릇과 물그릇이 일렬로 배열돼 있다. 방 한쪽 구석에는 고양이 사료 포대와 깡통 들이 쌓여 있다. 그러니까 복도 끝 방은 녀석들의 부엌인 셈이다. 이 방에서 배를 채우고 난 고양이들은 각자 자기들만의 장소로 이동해 자기들만의 시간을 보낸다. 고양이는 거실 소파에도, 커튼 뒤에도, 층계와 창틀 위에도 앉아 있다. 집 안 곳곳에 응큼하게 앉아, 조용하지만 때론 은밀하게 나를 쳐다본다. 그래서 감시당하는 기분이 든다.

다른 방들이 궁금해진 나는 옆방 문을 열어 본다. 역시나 그 방에도 캣타워가 세워져 있고, 바닥에는 고양이 장난감들이 널브러져 있다. 2층 방들도 모두 이럴 터였다. 돌아서려는데 여섯 개의 서랍이 달린 서랍장에 눈길이 간다. 호기심에 서랍장을 열어 본다. 서랍 안에는 고양이 기르는 데 필요한 온갖 용품들이 들어 있다. 그녀의 고양이들이 한결같이 목에 걸고 있던 목걸이도 보인다. 얼추 세어 보니 새 목걸이는 스무 개쯤 되는 것 같다. 맙소사! 그녀는 길에 돌아다니는 고양이란 고양이는 모두 데려다 키울 생각인 게 분명했다. 사람이 착한 건지 미련한 건지 모르겠다. 나는 고양이 한 마리 키우는 데 얼마나 많은 비용이 드는지 잘 알고 있었다. 친칠라 고양이 두 마리를 키웠던 유희 때문이다. 유희는 고양이에게 예방 주사를 접종하거나 비싼 먹이를 사 먹일 때마다 말했다. 고양이는 유한계급한테나 어울리는 동물이야, 나한텐 너무 버거워! 그래서 유희는 나와 헤어진 지 한 달도 안 돼 유한계급의 남자와 결혼해 버린 걸까. 혼자 친칠라 고양이를 키우는 게 버거워서? 그럼 유희가 날 떠난 것도 그 고양이 때문이란 말인가. 갑자기 꿈속에서 그녀가 했던 말이 떠오른다. 저 고양이들은 사랑의 훼방꾼들이에요! 꿈속의 그녀 말대로 유희로부터 나를 몰아낸 것도, 7년간의 사랑을 어긋나게 한 것도 유희의 그 친칠라 고양이였던 걸까. 하지만 나는 고양이 두 마리도 키우지 못할 만큼 가난하진 않았다. 그럼 뭐였을까. 나는 유희에게 추궁했다. 내가 부자가 아니라 그러니? 유희는 아니라고 했다. 갑자기 내가 어디가 어떻게 싫어진 거니? 유희는 내가 싫어진 것도 아니라고 했다. 그럼 뭐가 문제야? 유희는 문제 같은 것도 없다고 했다. 어쨌든 이유는 있을 거 아니야? 유희는 그냥이라고 했다. 어떻게 그냥이 이유가 될 수 있는지 도저히 납득할 수 없었다. 결국 나는, 그만 만나자는 이유를 끝내 알아낼 수 없었다. 그래서 더 미칠 것 같았다. 나쁜 년! 넌 진짜 나쁜 년이야! 나는 서랍을 닫고 방에서 나간다. 너른 마당으로 나오자 유희 때문에 답답했던 가슴이 조금 뚫린다. 끓어오르던 분노는 마당을 거니는 동안 점차 사

그라진다.

감나무 아래에 벤치가 보이자 그쪽으로 가 앉는다. 식사를 마친 고양이들은 모래 위에 대소변을 보고 있다. 고양이를 위해 마당에 모래까지 간 그녀였다. 번뜩, 인터뷰 제목으로 쓸 문구가 떠오른다. '고양이를 사랑한 소설가, 고양이가 사랑한 소설가, 고요다.' 왠지 낭만적인 게, 나쁘지 않다. 모래로 뒤덮인 마당은 사막처럼 보인다. 꿈에서 봤던, 유희와 사랑을 나누던 그 사막 말이다. 그녀가 꿈속에서 나를 깨우지만 않았어도 사막에서의 격정적인 정사는 이루어졌을 것이다. 그러고 보니 꿈에서도 저놈의 고양이가 문제였다.

"사랑의 훼방꾼이라……."

나는 벤치에 등을 기댄다. 수령이 꽤 돼 보이는 감나무에 가려 하늘은 보이지 않는다. 그런데 이 넓은 마당에 심어진 나무는 감나무 한 그루뿐이다. 한여름인데도 그녀의 집이 황량해 보이는 이유다. 메마른 수돗가와 녹슨 그네가 그 황량함에 힘을 보탠다. 창고 앞에는 하얀색 바구니가 달린 자전거가 세워져 있다. 그녀가 타고 다니는 자전거인가 본데, 그 역시 낡았다. 내 시선은 그녀의 3층 방으로 향한다. 사내가 돌아간 뒤로 그녀의 집에는 아무도 오지 않았다. 그녀는 철저히 혼자인 게 분명했다. 혼자 생일을 보내야 하는 그녀, 고양이 말고는 곁에 아무도 없어서 자기가 쓴 책을 줄 사람도 없는 그녀였다. 오늘부터 나는 그런 그녀에게 인터뷰를 시도해 볼 것이다. 외로운 사람에게 물음은 다른 방식의 친구가 될 수 있음을 나는 잘 알고 있었다. 유희와 갑작스레 헤어지고 난 뒤, 내가 그 시간을 견뎌 낼 수 있었던 건 타인에게서 받은 수많은 질문 덕분이었다. 내 얘기를 들어 줄 때마다 그들에 의해 조금씩 깎여 나간 외로움의 조각들을 나는 아직도 기억하고 있다. 그 경험을 바탕으로 나는 그녀에게 보여 줄 것이다. 인터뷰는 곧 그녀의 고독 처방제이자, 내가 그녀를 이해하는 하나의 방식이 될 거라는 걸.

언제 다가왔는지 고양이 두 마리가 내 발에 얼굴을 비비고 있다. 저런 건 친근감의 표시거나 놀아 달라는 행동이야, 라고 했던 유희의 말이 생각난다. 온순한 놈들이라 그런지 만져도 도망가지 않는다. 나는 이때다 싶어 녀석들 목걸이에 달린 펜던트를 들여다본다. 펜던트에는 그녀의 집 전화번호와 함께 고양이 56, 고양이 70이라고 쓰여 있다. 그게 녀석들 이름인가 보다. 하긴 저 많은 고양이에게 일일이 이름을 붙여 주는 것도 버거운 일이다. 나는 나와 놀고 싶어 하는 녀석들을 위해 감나무 가지를 꺾어 흔들어 준다. 녀석들은 서로 가지를 잡으려고 안달이다. 그때 저만치에서 체구 좋은 고양이 한 놈이 다가온다. 녀석은 창고 앞에 세워진 그녀의 자전거 짐받이로 폴짝 뛰어오르더니 잽싸게 다시 뛰어내린다. 그 반동에 자전거가 옆으로 쓰러진다.

"이놈!"

나는 벤치에서 일어나 쓰러진 자전거 앞으로 간다. 자전거를 일으켜 세우려는데 잔꾀가 발동한다. 주차된 차가 없는 것으로 봐서, 그녀에게 이 자전거는 중요한 교통수단임에 틀림없다. 그렇다면……. 나는 그녀의 3층 방을 주시하며, 들고 있던 감나무 가지를 체인 사이에 찔러 넣는다. 페달을 살살 돌려 주자 뒷바퀴에 야무지게 걸려 있던 체인이 빠져나온다. 자전거는 이제 고장 났다. 완전범

죄를 위해 기름때가 묻은 가지를 담장 너머로 던진다. 그러고는 그네 쪽으로 걸어간다. 두 마리의 온순한 녀석들도 날 따라온다.

그네에 엉덩이를 붙이고 앉는다. 녹슨 그네에서는 삐걱 소리가 난다. 그 소리에 잠이 깬 건지, 그녀의 방 커튼이 열린다. 그녀가 나를 내려다본다. 땅에 발을 디뎌 그네를 멈춰 세운다. 그사이 그녀는 창가에서 사라진다.

*

커튼 뒤로 몸을 숨긴 채 쌍안경으로 창밖을 내다본다. 그네 옆에는 고양이 56과 고양이 70이 나란히 앉아 있다. 낯을 가리는 녀석들인데, 별일이다. 면도로 깔끔해진 그의 얼굴이 확대돼 들어온다. 그만 내보내야 하는데……. 그가 또 한 번 나를 올려다본다. 잽싸게 커튼 뒤로 숨는다. 휴, 다행히 시선이 마주치진 않은 것 같다. 나는 그만 쌍안경을 내려놓고 책상 서랍을 열어 손에 잡힌 매니큐어 하나를 꺼낸다. 저 삐걱 소리가 아니었다면 계속 자고 있을 뻔했다.

아침에 일어나자마자 내가 가장 먼저 하는 일은 매니큐어를 바르는 것이다. 매니큐어를 바르는 동안만은 외롭지 않아요. 예전에 이 집에 묵어간 어떤 여자의 말이었다. 그 여자는 가방에 늘 매니큐어를 가지고 다니며, 자신이 외롭다고 느낄 때마다 매니큐어를 바른다고 했다. 아침마다 매니큐어를 바르기 시작한 건 그 무렵부터였다. 이제는 습관을 넘어 강박적이 되어 버린 매니큐어. 그런데 이렇게까지 된 데는 사실 이유가 따로 있었다. 깜빡 잊고 매니큐어를 바르지 않았던 날 발생한 고양이 27의 사고와 죽음. 아마 그때부터였던 것 같다. 나는 매니큐어로 하루를 시작하지 않으면 불행이 끼어들 것만 같아 불안해졌다.

더 이상 불행해지지 않기 위해 오늘도 나는 화장 솜에 리무버를 묻혀 손톱과 발톱의 까만 매니큐어를 지운다. 87개의 매니큐어 중 오늘은 펄이 들어간 분홍색이 그 자리를 차지한다. 일순간 방 안에 퍼진 매니큐어 냄새가 엄마 방에 밴 책 냄새를 삼켜 버린다. 엄마 방에서 나는 책 냄새는 내가 가장 좋아하는 냄새다. 시간이 흐를수록 저 책들이 뿜어내는 냄새는 점점 진해지고 있었다. 먼지 냄새와는 다른 냄새, 그것은 눅눅한 듯 눅눅하지 않은 이상야릇한 냄새였다. 좋은 냄새가 아님에도 그 냄새가 싫지 않다는 게 나는 더 이상했다. 그게 바로 책에서 나는 냄새라는 걸 알았을 땐 뭔지 모를 편안함마저 느껴졌다. 그렇게 책 냄새를 알게 된 날, 나는 엄마 방을 내 방으로 정해 버렸다. 그러고는 예전에도 몇 번 들락거린 방인데 그때는 왜 이런 냄새를 인지하지 못했던 것인지에 대해 곰곰이 생각했다. 그때 내가 내린 해답은 후각도 성장을 한다는 것이었다. 예전에 몰랐던 냄새에 매료되는 건, 사람이 자라면서 오감도 같이 자라기 때문이다. 입맛이 변하는 것도, 좋아하는 색이 달라지는 것도 모두 그 때문이다. 그게 바로, 인간이 세상에 진력내지 않고 계속 살아가게 되는 이유였다.

이제는 내 방이 돼 버린 엄마 방에는 1만여 권의 책이 꽂혀 있다. 엄마 서가에 꽂힌 모든 책에는 엄마의 장서표가 붙어 있다. 표지

하단 오른쪽 귀퉁이에 붙여진 정사각형 모양의 깜찍한 장서표. 그 장서표에는 엄마의 파란색 타자기가 그려져 있다. 그리고 그 타자기 옆에는 엄마의 이름 석 자가 세로로 쓰여 있고, 그 아래는 "Ex-Libris"라는 꼬부랑글자가 쓰여 있다. 엑스리브리스. 그것은 '책으로부터'라는 뜻의 라틴어로 아주 옛날부터 장서표에 쓰여 온, 그러니까 국제 공용의 표식 같은 거라고 엄마는 어린 내게 설명해 주었다. 그 작은 장서표 속의 타자기 그림에는 종이가 끼워져 있다. 그런데 재밌는 것은 그 타자기 속 종이에 몇 개의 글자가 쓰여 있다는 사실이다. 그다지 길지 않은 단 한 줄의 문장. 돋보기의 도움 없이 그 글자를 읽어 내기란 어려웠지만, 엄마의 장서표에는 이렇게 쓰여 있다. 끔찍한 밤이었다. 그것은 엄마가 태어나서 처음으로 쓴 소설의 첫 번째 문장이었다. 변호사에겐 첫 번째 변론이, 권투 선수에겐 첫 번째 펀치가, 아나운서에겐 첫 번째 멘트가 잊을 수 없는 기억이 돼 버리듯, 엄마에겐 첫 번째 문장이 바로 그랬다. 그러니 엄마만의 장서표에 엄마 생애 첫 문장을 써넣은 건 무리도 아니었다.

책 냄새에 반하던 바로 그날, 나는 이 방에서 처음으로 책을 꺼내 읽었다. 나는 그때 알았다. 책을 읽을 때는 누구나 혼자이고, 혼자 해야만 하는 행위 중에서 유일하게 외롭지 않은 것이 바로 책을 읽는 일이라는 걸. 그때부터 열심히 책을 읽기 시작했다. 밤낮없이 이어진 독서는 고등학교 졸업을 포기한 나로서는 꽤나 의미 있고 가치 있는 일이었다. 책을 다 읽고 나면 엄마의 장서표를 떼어 냈다. 엄마는 엄마 수중으로 들어온 책이라고 해서 무조건 책에 장서표를 붙이진 않았다. 아주 오래된 책이든 새로 구입한 책이든, 읽은 책이 아니고서는 절대 장서표를 붙이지 않았다. 엄마는 책의 내용까지 엄마 것이 돼야만 그 책의 진정한 주인이라고 생각했다. 그러니까 엄마에게 장서표는 그 책의 주인임을 나타냄과 동시에 그 책을 읽었다는 표시인 것이었다. 그래서 반대로 나는, 책을 다 읽었다는 표시로 엄마가 붙여 놓은 장서표를 하나씩 떼어 내기로 했다. 엄마의 장서표는 찌꺼기 하나 남지 않고 깔끔하게 떼어지는 그런 스티커였다. 벗길 때 하얀 종이 찌꺼기가 남아 버리는 스티커는 정말 재수 똥인데, 다행이었다. 그때 나는, 이렇게 말끔하게 떼어지는 장서표라면 떼어 낼 때마다 짜증을 부릴 필요는 없을 거라고 생각하며 기뻐했던 것 같다. 그리고 엄마가 붙여 놓은 장서표를 다 떼어 내고 나면, 1만여 권의 책을 읽게 된다는 사실에 가슴이 설레기도 했던 것 같다. 그때가 되면 진짜 어른이 돼 있겠지? 라는 생각에서였다. 하지만 진짜 어른이 된 지금, 내가 떼어 낸 엄마의 장서표는 절반도 채 되지 않는다. 저 장서표를 모두 떼어 내려면 죽기 전의 엄마 나이가 돼야 하는 건지도 몰랐다. 결국 책을 읽는 건 내가 아니라 나이라는 생각이 들었다.

손톱과 발톱에 만발한 분홍 꽃을 말리기 위해 책상 위로 다리를 뻗어 올린다. 발끝이 파란색 타자기에 가 닿는다. 장서표에 그려진 그 타자기다. 엄마는 저 타자기로 소설을 썼다. 쓰고 지우는 버릇을 없애기 위해, 신중한 문장을 써내기 위해 엄마가 생각해 낸 방법이었다. 엄마의 소설은 그래서 늘 더디게 진행돼 갔다. 하루 종일 타자기 앞에 앉아 겨우 한 줄의 문장을 써낸 적도 많았다. 그 때문에 소설을 쓰는 엄마를 보고 있으면 지루하고 답답해서 잠이 쏟아질 지경이었다. 그게 엄마가 죽기 전까지 고작 한 권의 소설집과 두 권의 장편소설을 남긴 이유이기도 했다. 엄마의 소설은 지루했다. 철학적이고 관념적인 데다 작가의 충분한 설명이 배제돼 있어서 늘 난해하다는 평이 뒤따랐다. 아빠조차도 엄마의 소설은 읽지 않았다. 판매 부수 또한 대부분 초판 1쇄로 끝나 버리는 바람에 돈이 안 되는 건 물론이었다. 죽은 엄마로부터 저작권을 물려받았지만 생활에는 전혀 보탬이 되지 못했다. 그래서 한때 나는 빈방 장사를 해야 했고, 무엇이든 같이 해 주는 여자로 살아야 했다.

방문 긁는 소리가 난다. 고양이 1일 것이다. 이제 할아버지가 돼 버린 고양이 1은 아침을 먹고 나면 꼭 이 방으로 들어온다. 침대에 누운 녀석은 한 시간 정도 자다 아래층으로 내려간다. 언제부터 그 랬는지는 기억에 없다. 원래 저 녀석의 이름은 라테였다. 고양이 1부터 고양이 10까지는 슈슈, 푸리, 코지와 같은 보통의 이름들이 있었다. 고양이다운 이름을 버리고 녀석들에게 숫자 이름을 붙여 주기로 한 건, 고양이가 열 마리를 넘어가면서부터였다. 더 이상 나는 예쁘고 부르기 쉬운 이름을 찾아낼 자신이 없었다.

방문을 열어 주고 다시 책상 앞에 앉는데 훼방꾼은 또 나타난다. 노크 소리다. 이어 방문이 열린다. 그가 방문 사이로 빼꼼히 고개를 들이밀더니 아예 방 안으로 들어온다. 역시 기자답다. 어제의 뻔 뻔함은 아직까지 살아 있었다.

"와! 여기가 요다 씨 서재군요."

"뭐예요!"

그는 내 말에 아랑곳하지 않고 휘둥그레진 눈으로 서가를 둘러

본다.

*

"책이 굉장히 많네요. 이 많은 걸 다 읽었겠죠?"

"나가 줘요!"

"작업실이 근사해요."

그녀는 파란색 타자기 앞에 앉아 있다. 소설을 쓰려는 건가? 아니다. 소설 따윈 쓰지 않겠다던 그녀다. 그런데 요즘 세상에 타자기라니. 책상 한쪽에 노트북 컴퓨터가 놓여 있어서 그런지 타자기는 그녀에게 무슨 필연적인 이유처럼 보인다. 소설이 아니라면 그녀는 지금 뭘 쓰려는 걸까. 나는 서가를 둘러보는 척하며 책상 가까이 다가간다. 그녀는 타자기로 무언가를 쓰고 있었던 게 아니라 매니큐어를 바르고 있었던 것이다. 매니큐어는 분홍색으로 바뀌어 있다. 저 색이 훨씬 정상적으로 보인다. 타자기 옆에는 쌍안경이 세워져 있다. 그녀는 좀 전에도 저 쌍안경으로 날 내려다봤다. 내가 고개를 쳐들자 그녀는 커튼 뒤로 몸을 숨겼다. 언제나 나보다 반 박자 느린 그녀였다. 내 눈은 책상 밑으로 뻗어 나온 그녀의 다리로 옮겨진다. 반바지를 입고 있는 그녀. 그녀의 뒤꿈치를 볼 수 있을 거란 기대에 흥분이 고조된다. 창가를 등진 채 앉아 있어서 지금은 보이지 않지만, 확률은 어제보다 높아진 셈이다. 그녀의 침대 위에는 고양이 한 마리가 자고 있고, 침대 옆에는 어제 내가 준 태극기가 세워져 있다. 쓰레기통에 처박힐 줄 알았더니, 다행이다. 나는 서가 쪽으로 고개를 돌린다. 물큰 오래된 책 냄새가 난다.

"책 냄새가 좋네요. 책 냄새는 언제 맡아도 좋아요. 그렇죠?"

그냥 책 냄새가 좋다고 말한 것뿐인데, 나를 쳐다보는 그녀의 눈빛이 달라진다. 왜 저러지? 그건 그렇고, 공통의 관심사로 빨리 대화를 끌어내야 한다. 저러다 또 나가라고 말해 버리면 끝장이다. 책 얘기로 시작할까. 뭐가 좋을까. 그녀의 얼굴을 힐끔거린다. 입에 무언가를 물고 있는 듯, 그녀의 하관이 이상하다. 치아 교정 중인 사람한테 나타나는 그런 입 모양이다. 어제는 저렇지 않았던 걸 보면, 치아 교정 중인 건 아니다. 그리고 그녀의 치아는 교정을 해야 할 만큼 심란하진 않았다. 그렇다면 턱 교정 중인 거다. 일단 넘겨짚어 본다.

"턱이 좀 안 좋은가 봐요?"

살짝 벌어진 그녀의 입술 사이로 마우스피스 같은 게 내비친다. 내 예상이 맞았다.

"밥 먹을 때 한쪽으로만 씹어 먹었죠? 편두통도 심했고요? 스트레스 받으면 얼굴 전체가 무너질 것처럼 아팠을 테고요."

속마음을 들킨 사람처럼 그녀가 어? 하는 표정을 짓는다.

"실은 제가 그랬거든요. 6개월 교정 치료 받았더니 정말 좋아진 거 있죠. 몸에 밴 습관이라 처음엔 어려웠는데, 시간 지나니까 양쪽으로 씹어 먹는 것도 자연스러워지더라고요."

내가 그런 건 아니었다. 같은 잡지사에 근무하는 후배 기자의 얘기였다. 같은 경험과 습관을 가졌다는 사실은 그녀와의 거리를 좁

혀 줄 것이다. 반응은 즉각 나타난다. 그녀가 입에 물고 있던 교정 장치를 빼 책상 위에 내려놓는다. 그녀가 물어볼 말이 뻔해, 나는 미리 선수를 친다.

"정말 좋아졌느냐 묻고 싶은 거죠? 좋아졌어요. 의사가 하라는 대로만 하면 돼요. 매일 15분씩 찜질해 주는 것도 중요한데, 귀찮아서 안 하죠?"

대답을 안 하는 걸 보니, 정말 그런 모양이다.

"그러면 안 돼요. 턱은 생활 질환이라 재발 확률이 높아요. 귀찮아도 좋다는 건 미리미리 습관화하는 게 좋아요."

말없이 턱을 매만지며 내 말에 귀를 기울이는 그녀. 성공이었다. 그런데 그때, 그녀가 입을 연다. 예상 밖의 움직임이다.

"배는……."

"네?"

그녀가 나한테 질문을 던졌다. 하지만 생각해 보면 그건 당연한 물음이다. 자기가 만든 음식을 먹고 탈을 일으켰으니, 빌어먹게 못 된 여자가 아니라면 당연히 물어봐야 할 질문이었다.

"어제 배탈……."

"아, 덕분에요."

나는 바보처럼 웃어 보인다. 그녀가 나에게 관심을 보이고 있다. 긍정적인 변화다. 턱을 공략하길 잘했다는 생각이 든다. 얘기를 더 끌어갈 수 있는 매개물이 필요하다. 나는 그녀의 서가로 눈을 돌린다. 심호경 작가의 형광빛 소설들이 한눈에 들어온다. 형광색을 유별나게 사랑했던 소설가 심호경. 그 때문에 저 작가의 책은 모두 저렇게 형광색으로 출간되었다. 그래서 서점에서든 도서관에서든 심호경 소설은 단번에 눈에 띄었다. 그걸 두고 일각에서는 팔리지 않는 작가의 발악이라는 둥 본인 사생활을 닮아 표지 색깔도 요란하다는 둥 말이 많았다. 하지만 심호경은 자기를 둘러싼 모든 말과 소문에 너희는 지껄여라 나는 들을 테니, 라는 태도로 일관했다. 한마디로 타인을 의식하지 않는 쿨한 작가였다. 작품 경향이며 사생활까지, 저 작가라면 할 얘기가 충분할 터였다.

"심호경을 좋아하는군요?"

"……."

"심호경 소설을 모두 소장하고 있는 사람은 처음이라서요. 독자를 힘들게 하는 작가 중 하나였죠, 아마? 고집스레 자기만의 소설을 쓴 작가이기도 했고요. 그래서 저 작가를 좋아한다는 말은 곧 고급스럽고 지적인 문학 취향을 가졌다는 말로 통하기도 했죠."

"전 심호경을 좋아하지 않아요!"

이런, 낭패다! 그녀의 대답은 너무 단호하다. 하지만 여기서 물러서면 안 된다.

"저도 딱히 좋아하진 않아요. 독자와 타협하지 않는 작가란 좀 골 때리잖아요. 표면적으로 드러나진 않았지만 어린 남자들하고의 섹스 스캔들도 눈살 찌푸리게 했죠. 죽기 전에 심호경이 했던 말 중에 제가 가장 공감했던 말이 뭔 줄 알아요? 섹스야말로 내 문학의 자양분이다! 정말 솔직한 말이었어요. 사생활이야 어떻든, 전 소설가는 소설만 잘 쓰면 된다고 생각해요. 요다 씨 생각은 어때요?"

"그건 아니죠. 그 말은 마치 살인을 하든 유괴를 하든 소설가는 소설만 잘 쓰면 된다는 말처럼 들리네요."

아무래도 작가 선정을 잘못한 것 같다. 형광색 표지에 홀리지 말 았어야 했다.

"뭐, 저도 전적으로 그렇단 얘긴 아니에요. 근데 남편과의 사고 는 정말 단순 사고였을까요?"

역시나 그녀는 별 흥미를 보이지 않는다. 보편적으로 누구나 좋 아할 만한 작가를 화제로 삼을 걸 그랬다. 그래도 나는 계속해서 말을 이어 나간다. 얘기가 중단되면 죽도 밥도 아니게 된다.

"그냥 사고는 아닌 것 같죠? 제 생각엔 동반 자살 같아요. 남편 사업은 쫄딱 망했죠. 어린놈들하고 놀아난다는 소문에 출판사는 하나둘 등을 돌렸죠. 게다가 살던 아파트까지 경매로 넘어갔으니 자살밖에는 길이 없었을 거예요."

"저와 상관없는 얘긴 그만하죠."

"그럼 요다 씨와 상관있는 얘긴 해도 된단 말이에요?"

그녀는 말이 없다. 긍정의 뜻일지도 몰라 더 적극적으로 달려들 어 보기로 한다. 그녀가 잔뜩 힘이 들어간 눈으로 나를 쏘아본다. 나는 애써 그녀의 시선을 피한다.

"전 『뒤꿈치』보다 요다 씨 삶이 궁금해서 찾아온 사람이에요."

앞으로 소설 따윈 쓰지 않겠다는 사람에게 소설에 대해 물을 순 없다. 물론 나도 그 이유가 궁금했다. 누구보다 화려하게 등장한 그 녀였기에 묻고 싶었다. 왜 소설을 쓰지 않겠다는 거죠? 차기작에 거 는 기대가 부담스러웠나요? 그 재능을 단 한 권의 책에만 쏟아붓 는다는 게 아쉽거나 아깝진 않나요? 하지만 인터뷰를 하고 돌아갈 생각이라면 한 발 물러서는 듯한 자세를 보이는 것도 필요하다. 뭐, 결국 질문과 얘기가 꼬리에 꼬리를 물고 이어지다 보면 저런 궁금증에 대한 대답은 자연스레 흘러나오게 돼 있다.

"전 『뒤꿈치』가 어떻게 쓰였는지 그런 건 하나도 안 궁금해요. 제가 궁금한 건 요다 씨 인생이에요. 요다 씨의 일상이나 습관 같은 것들 말이죠. 가령 고양이에게 숫자 이름을 붙여 주게 된 계기라든가, 케이크에 나이 수대로 초를 꽂는 이유라든가, 매니큐어 색깔을 바꾸고 났을 때의 기분이라든가, 뭐 그런 거요."

뭔가 골똘히 생각하는 그녀. 생각이 움직인 걸까. 동요하는 눈빛이 보이자 마지막으로 한마디 더 덧붙인다.

"요다 씨가 지금까지 어떻게 살아왔는지, 저는 그게 궁금할 뿐이에요."

그러고는 서가에 꽂힌 책을 손에 잡히는 대로 한 권 빼 든다. 뭔가 강요하고 있다는 인상을 지우기 위해서다. 나는 그냥 서가를 둘러보며 계산되지 않은 말을 하고 있을 뿐이니 그렇게 알아라, 하는 내 나름의 제스처였다. 그런데 갑자기 그녀가 의자에서 일어선다. 그 반동에 반 바퀴 몸을 비튼 회전의자가 창가 쪽으로 밀려난다.

"책은 손대지 말아 줘요!"

놀란 나는 빼 든 책을 곧바로 제자리에 꽂는다. 손을 뒤춤으로 보내고는 서가에서 물러난다. 곤히 자고 있던 고양이도 놀라 눈을 뜬다.

"미안해요. 책 만지는 거 싫어하는 줄 몰랐어요."

"그만 나가 줘요!"

"방해가 좀 길었네요. 하시던 거 계속하세요."

나는 그녀의 방에서 나간다.

*

이 집에서 나가 달라는 말이었는데, 그는 이 방에서 나가 달라는 뜻으로 알아들은 것 같다. 정말 골 때리는 사람이다. 방금 그가 빼든 책은 엄마의 장서표가 붙어 있는 책이었다. 엄마의 장서표를 보게 된다면, 눈치 빠른 그는 심호경과 나와의 관계를 단번에 알아채고 말 것이다. 나는, 그 바닥에서 꽤나 요란한 인물이었던 심호경을 나와 연계하고 싶지는 않았다. 심호경이란 이름이 가져다줄 손가락질도 싫었다. 과연 그 이름이 꼬리표처럼 따라다녔어도 내 책이 그렇게 잘 팔렸을까. 나는 아니라고 본다. 일단 매니큐어부터 바르고 보자. 저 남자는 시내 나갈 때 해치워도 늦지 않다. 뒤로 밀려난 의자를 다시 끌어다 앉은 후 매니큐어를 덧바른다. 그나저나 아직도 엄마, 아빠의 죽음을 기억하고 있는 사람이 있다니. 그가 짐작한 대로 엄마, 아빠는 운 나쁜 사고로 죽은 게 아니었다. 완벽한 동반 자살이었다. 하지만 엄마, 아빠의 죽음을 기억하고 있는 대부분의 사람들은 재수 없는 사고사로 알고 있었다. 차체 결함에 의한 단순 사고임이 경찰 측 조사 결과 드러났기 때문이다. 그러니까 엄마, 아빠는 세상 사람들을 완벽하게 속이고 죽은 것이었다. 속지 않은 건 나뿐이었다.

아빠 회사는 철저히 무너졌다. 사재를 몽땅 털어 내는 노력에도 불구하고 힘없이 주저앉고 말았다. 그때는 아빠 회사뿐만 아니라 다른 영세한 건설 업체들도 줄줄이 도산을 당하던 해였다. 나라 안이 도미노 파산으로 시끄러울 즈음 엄마에게도 곪고 곪아 온 스캔들이 터졌다. 파르투즈라고 했다. 쉽게 말해 그룹 섹스를 지칭하는 프랑스어가 엄마 이름 뒤에 따라다닌 것이었다. 세 명의 젊은 남자와 난교 파티를 즐긴다는 사실은 소문처럼 떠돌아다녔다. 소문이 사실처럼 떠돌아다닌 게 아니라, 사실이 소문처럼 떠돌아다닌 것이었다. 그렇게 소문처럼 떠돌아다니던 사실이 기정사실화 되는 데는 얼마 걸리지 않았다. 혀를 거쳐 간 헛소문이 사실이 돼 버리는 세상이니, 그것은 시간문제일 뿐이었다. 엄마는 한순간에 고급 문학을 생산하는 몇 안 되는 작가에서 섹스에 미친 여자로 추락하고 말았다. 그래도 엄마는 침묵으로 일관했다. 시간이 모든 걸 해결해 줄 거라 믿었기 때문이다. 하지만 시간이 흐를수록 엄마를 둘러싼 말들은 또 다른 말들로 확대 재생산될 뿐이었다. 이대로는 안 되겠다고 생각한 엄마는 죽기 전 한 매체와의 인터뷰에서 이렇게 말했다. 파르투즈? 부정하진 않겠다. 하지만 그건 남편의 동의하에 즐기는 나만의 라이프 스타일일 뿐이다. 내 문학의 자양분은 섹스다. 나는 섹스를 통해 문학을 알았다. 섹스는 곧 사랑이고, 사랑은 모든 예술의 원천이다. 당신은 섹스를 하지 않나? 당신도 어젯밤에 즐겼잖은가. 모두가 다 하는 섹스인데 왜 문제가 되는지 모르겠다. 누구와 하든 몇 명과 하든 그건 취향의 문제일 뿐이다. 한 개인의 지극히 사적인 성적 취향이란 말이다. 단지 남들보다 자유롭다고 해서,

남들과 조금 다르다고 해서, 그게 지탄받을 대상은 아니라고 본다. 그런데 지금 나는 섹스에 미친 여자로도 모자라 문단의 창녀로 불리려 하고 있다. 이건 너무 비이성적이다! 격앙된 인터뷰 말미에 엄마는 마지막으로 이런 말을 남겼다. 세상에서 가장 불행한 사람은 더 이상 사랑이란 걸 할 수 없게 돼 버린 사람인지도 모른다. 그런데 어쩌면 그게 나인지도 모르겠다. 그리고 그 인터뷰를 끝낸 다음 날 엄마, 아빠는 박살 난 차 안에서 발견되었다. 피가 범벅인 채였다. 따뜻한 봄날에 죽고 싶다던 엄마의 평소 바람대로 엄마는 개나리와 벚꽃이 만발한 계절에 죽었다. 그날은 토요일이었고, 네가 좋아하는 꽃게탕 해 놓고 기다리고 있을 테니 수업 끝나는 대로 곧장 집으로 오라던 날이었다. 엄마와의 약속대로 나는 학교 수업이 끝나는 즉시 집으로 달려갔다. 하지만 집은 텅 비어 있었다. 식탁 위에는 점심이 차려져 있었고, 다 식어 버린 꽃게탕 옆에는 편지 봉투가 놓여 있었다. "엄마, 아빠가"라고 쓰인 봉투였다. 그런데 왠지 읽고 싶지 않았다. 그래서 나는 콧노래를 흥얼거리며 가스 불에 꽃게탕을 올렸다. 꽃게탕이 데워지길 기다리는 동안 나는 편지를 내려다보며 애써 생각했다. 갑자기 급한 약속이 생겨 나간다는 내용일 거야. 그러니까 미안하지만 점심은 너 혼자 먹으라는, 뭐 그딴 내용일 거야. 안 봐도 뻔해. 그런데 아무리 기다려도 꽃게탕은 끓어오르지 않았다. 저 편지를 읽지 않으면 꽃게탕을 데워 주지 않겠다는, 가스 불의 시위 같았다. 기다림을 견디다 못한 나는 어쩔 수 없이 편지를 꺼내 읽었다. 타자기로 쓴 편지였다.

미안하다. 이렇게밖에 할 수 없어서 미안하다. 그래도 따뜻한 봄날이어서 다행이지? 봄날은 슬픔을 견디기에 가장 좋은 계절이잖아.

그 집으로 가라. 거긴 네 집이니까 아무도 건드리지 못할 거야.

고양이도 함께 부탁한다. 불쌍한 녀석들이야. 절대 버리지 말아 줘. 알겠지?

행복해야 한다.

편지는 짧고 간결했다. 그래서 다행이라는 생각이 들었다. 그보다 더 많은 말을 남겼더라면, 나는 꽃게탕을 먹으며 눈물을 흘렸을지도 몰랐다. 무엇보다 나는 그깟 고양이를 부탁하고 죽어 준 엄마, 아빠가 고마웠다. 남은 미련이 별로 없어 보였기 때문이다. 고작 고양이나 부탁하고 죽을 만큼, 죽음을 대하는 엄마, 아빠의 태도가 가벼워 보였기 때문이다. 편지를 다 읽고 나자 잠잠하던 꽃게탕이 부글부글 끓어오르기 시작했다. 나는 꽃게탕을 식탁으로 옮겼다. 그리고 가스 불에 엄마, 아빠의 편지를 던졌다. 나는 활활 타오르는 편지를 지켜보며 3인분의 꽃게탕을 아무런 감정 없이 먹어 치웠다. 입천장이 데도록 몽땅 먹어 치우고 났을 때 이마에 맺혀 있던 땀방울이 뺨으로 흘러내렸다. 나는 가끔 생각했다. 그때 흘러내린 게 땀이 아닌 눈물이었다면 지금 내 삶은 어떻게 바뀌었을까, 하고. 엄마의 마지막 요리를 눈물범벅인 채로 먹고 있는 모습은 아무리 생각해도 신파적이었다.

매니큐어 바르는 시간이 끝나 간다. 나는 매끄러워진 손톱을 엄지손가락으로 매만지며 자리에서 일어난다. 오늘은 고양이 35의 안

약을 받으러 동물 병원에 가 봐야 한다. 약이 떨어져 이틀째 안약을 넣어 주지 못했다. 나는 집 열쇠와 지갑을 챙겨 들고 방을 나선다. 고양이 1이 잠에서 깨면 자기 방으로 돌아갈 수 있도록 방문은 조금 열어 둔다. 현관문을 열고 마당으로 나간다. 그네에 앉아 있는 그와 눈이 마주친다. 나는 그에게 소리친다.

"저 나가 봐야 해요. 당장 짐 들고 나와요!"

그는 대답이 없다.

"빨리요!"

나는 자전거가 세워진 창고 앞으로 간다. 하얀색 바구니 안에 지갑을 넣고 자전거 받침대를 올린다. 자전거를 끌고 가려는데 이상한 소리가 난다. 자전거 뒷바퀴에 걸려 있어야 할 체인이 빠져 있다. 지난주에도 이러더니 또 말썽이다. 그때는 타고 가는 도중에 체인이 빠지는 바람에 애를 먹었다. 나는 감나무 가지를 꺾어 자전거 앞에 쭈그리고 앉는다. 자전거 없이 시내에 가는 건 무리다. 등 뒤에서 그의 발소리가 들려온다.

*

쭈그려 앉은 그녀의 엉덩이 아래로 그녀의 뒤꿈치가 보인다. 유혹의 신체 도구이자 에로티시즘의 상징으로 쓰였던 소설 속 그녀의 뒤꿈치. 여자 주인공을 가장 행복하게 만든 이유였고, 가장 불행하게 만든 이유이기도 했던 그녀의 뒤꿈치가 바로 눈앞에 있다. 정말로 매끄러운 계란을 닮았다. 적당히 튀어나온 복숭아뼈와 뒤꿈치는 새하얀 피부에 에워싸여 있다. 살갗 위로 사뿐히 노출된 그녀의 아킬레스건은 가늘어 보이지도 두꺼워 보이지도 않는다. 앙상하고 신경질적인 뒤꿈치와는 사뭇 다르다. 굳은살은 물론이고 상처의 흔적 하나 없는 게, 책에 묘사된 그대로다. 그녀가 그려 낸 『뒤꿈치』의 주인공은 굳은살과 상처 하나 없는 뒤꿈치를 만들기 위해 모든 신발의 뒤축을 꺾어 신고 다녔다. 그리고 계절과 상관없이 밤마다 발에 보습제를 발랐고, 일주일에 한 번 뒤꿈치의 각질을 제거했다. 게다가 한여름에는 모기에 물리지 않도록 비닐봉지로 발을 감싼 채 잠이 들었다. 어쩌면 그녀 역시 『뒤꿈치』의 주인공처럼 자신의 뒤꿈치에 각고의 노력과 시간을 투자하고 있는지도 모른다. 소설가에게 소설의 일정 부분은 자전적일 수밖에 없는 거니까.

나는 마른침을 삼키며 그녀 가까이 다가간다. 그러니까 바로 저 뒤꿈치에 입을 맞춘단 말이지. 『뒤꿈치』에 등장한 남자들이 주인공에게 했던 것처럼 그녀의 뒤꿈치에 키스를 퍼부어 대는 나를 상상한다. 다소 변태적인 데다 악취미적인 행위로 여겨졌던 소설 속 장면이 이해되는 순간이다. 그렇다면 소설에서처럼 그녀의 성감대도 바로 저 뒤꿈치에 있는 걸까. 소설의 주인공과 그녀를 동일시하려는 의도가 없음에도 생각은 자꾸 그쪽으로 흘러간다. 계란을 닮은 저기를 혀로 핥아 주면 자동인형처럼 그녀의 입에서 신음이 새어 나온단 말이지. 나는 온갖 상상을 뒤로하고 그녀에게 묻는다.

"자전거에 문제라도 생겼어요?"

내 목소리는 내가 듣기에도 너무 능청스럽다.

"체인이 빠졌군요. 제가 해 볼까요?"

"됐어요."

"이리 줘 봐요."

"상관 마요."

그녀는 끝까지 고집을 피운다. 나는 그런 그녀의 손에서 나뭇가지를 억지로 뺏어 든다. 그녀가 못 이기는 척 옆으로 자리를 비켜준다. 그 모습이 꽤 귀엽다. 슬리퍼 밖으로 삐져나온, 분홍색 매니큐어를 칠한 그녀의 발가락이 보인다. 뒤꿈치 못지않게 예쁜 발가락이다. 소설의 주인공처럼 그녀의 엄지발가락도 두 번째 발가락보다 길다. 유희는 두 번째 발가락이 엄지발가락보다 더 길었다. 유희는 그게 싫다고 했다. 왠지 기형으로 보인다는 이유 때문이었다. 내가 보기엔 아무렇지 않았지만 유희한테는 그게 적잖은 콤플렉스였던 모양이다. 내 앞에서는 절대 양말을 벗지 않았으니 말이다. 그래서 나는 유희에게 물었다. 결혼해서도 벗지 않을 거야? 유희는 대답했다. 아마도. 그러자 나는 유희와 빨리 결혼이 하고 싶어졌다. 내 앞에서 양말을 벗지 않으려 하는 여자와 사는 건 왠지 흥미로울 것 같아서였다. 늘 무언가를 감추려 드는 아내란 얼마나 유혹적인가. 유희는 그 유한계급의 남자 앞에서도 양말을 벗지 않을까. 갑자기 유희가 보고 싶어진다.

"자전거가 많이 낡았네요. 이건 한번 빠지기 시작하면 습관적으로 빠지더라고요. 타고 가다가 빠지면 정말 골 때리는데."

"맞아요."

그런 적이 있었는지, 그녀가 바로 공감을 표한다. 내 말에 너무 즉각적으로 반응했다 싶었는지 그녀가 딴 데로 시선을 돌린다. 나는 속웃음을 지으며 열심히 자전거를 고치는 척한다. 손에는 약간의 기름때가 묻는다. 나는 걸릴 듯한 체인을 일부러 틀어 버리기를 반복한다.

"어째, 잘 안 되네요."

나는 한 번 더 시도해 보는 척한다. 체인이 제대로 맞물리려는 순간 역시 틀어 버린다.

"녹이 슬어서 그런지 잘 안 걸려요."

이쯤에서 그만 끝내는 게 좋겠다. 나는 자전거에서 손을 떼고 일어난다.

"많이 바빠요? 바쁘면 제 차로 가는 건 어때요? 그게 낫겠어요."

쉽게 응할 그녀가 아니기에 나는 바구니에 있는 그녀의 지갑을 냅다 집어 든다. 그녀가 저기요! 를 외치며 내 뒤를 따라온다. 대문 앞에는 예의 그 나무 팻말이 나뒹굴고 있다. 나란 인간은 그녀의 몇 번째 투숙객이었을지 궁금해하며 차 문을 열고 운전석에 올라탄다. 나는 보조석 대시보드 위에 그녀의 지갑을 올려놓고 차창 유리를 내려 소리친다.

"빨리 타요!"

그녀는 대문 앞에 망설인 채 서 있다. 지갑이 차 안에 있으니 차를 타지 않고는 못 배길 것이다. 나는 그녀를 재촉한다.

"빨리요!"

그녀가 어쩔 수 없이 대문을 닫고 차 쪽으로 걸어온다. 엉거주춤 차에 올라탄 그녀가 대시보드 위에 올려 둔 지갑을 자신의 무릎 위로 가져간다. 차에 태웠으니 이제 됐다.

"어느 쪽으로 가면 되죠? 이대로 쭉 앞으로 가면 되나요?"

그녀가 네, 라고 마지못해 대답한다.

"에어컨이 고장 난 차라 좀 더울 거예요. 그래도 고장 난 자전거
보단 낫죠?"

나는 차창 유리를 내리고 액셀을 밟는다. 차창 안으로 들어온 바
람이 그녀의 머리카락을 흩트린다. 바람의 양이 많았는지 그녀가
차창 유리를 조금 올린다.

"자전거로 30분이면 시내에 닿는다고 했죠? 왕복 한 시간이면
꽤 힘들었겠네요. 매번 그렇게 자전거로 움직이세요? 면허증 없어
요? 차가 있으면 편하고 좋을 텐데."

그녀는 차창 밖만 쳐다보고 있다. 무슨 질문을 던져야 그녀가 거
부감 없이 자연스레 입을 열까. 집에 대해 물어볼까? 아니면 고양이
에 대해? 가족부터 물어보는 건 실례겠지? 일단 집 얘기로 대화를
시도해 보자.

"집이 굉장히 좋아 보여요. 집이라기보다 마치 성 같아요."

나는 백미러를 보는 척하며 그녀의 얼굴을 훔쳐본다. 대답할 기
미는 보이지 않는다. 그녀의 집에는 모두 열한 개의 방이 있다. 그녀
가 매니큐어를 바르는 동안 나는 그녀의 집을 둘러봤다. 방은 1층
과 2층에 각각 네 개가 있고, 3층에 세 개가 있다. 예상대로 2층의
방들도 1층처럼 모두 고양이들을 위한 방으로 꾸며져 있었다. 그녀
의 집에는 지하실도 있다. 지하는 와인셀러였다. 그것도 아담한 바
와 화장실까지 딸린, 꽤 널찍한 곳이었다. 천장에 거꾸로 걸린 와

인 잔에 먼지가 쌓여 있다는 것과 형광등이 한 번씩 깜빡인다는 것만 빼면 아주 근사해 보였다. 참았던 탄성은 엄청난 양의 와인을 발견하는 순간 터져 나왔다. 칸칸의 와인 랙에 자리를 잡고 누운 와인은 세기가 버거울 정도였다. 그러나 병은 모두 비어 있었다. 다 마셔 버린 와인임에도 병에는 코르크 마개가 끼워져 있었고, 병 하단에는 직사각형 모양의 스티커가 붙어 있었다. 날짜가 적힌 스티커였다. 그래서 나는 어제 그녀와 나눠 마셨던 샤토 오브리옹을 찾아보기로 했다. 와인셀러 쪽 전등은 아예 켜지지 않아 휴대폰 액정 불빛을 의지해야 했지만, 찾는 건 어렵지 않았다. 먼지가 묻지 않은 가장 깨끗한 병이었기 때문이다. 짐작대로 그 병에는 어제 날짜가 적혀 있었다. 그리고 날짜 아래 "with 강인한"이 덧붙여 있었다. 나는 호기심에 다른 병들도 살펴보기 시작했다. 혼자 마신 와인이 대부분인 듯 스티커에는 거의 날짜만 적혀 있었다. 더 찾아보면 with가 붙은 와인을 찾을 수 있을 거란 생각에 의자를 밟고 올라가, 가까스로 세 개의 with를 찾아낼 수 있었다.

내가 찾아낸 with는 모두 남자 이름이었다. 그녀와 와인을 마셨던 그들은 누구였을까. 그녀의 애인이었을까. 어젯밤 그 사내도 그중 하나였을까. 나는 그런 궁금증을 끌어안고 지하실에서 나왔다.

하지만 나의 생각과 관심은 이내 그 수많은 와인을 홀로 마셔 왔을 그녀의 지난 시간 속으로 침투해 들어갔다. 그 지하실에서부터 나는, 소설과 연계된 그 어떤 것보다도 비밀스러워 보이는 그녀의 삶 자체가 궁금해지기 시작했다. 인터뷰를 떠나서 말이다. 나는 대답 없는 그녀에게 계속해서 질문을 던진다.

"저런 큰 집에 살면 무섭지 않아요?"

"……."

"여기 찾아올 땐 몰랐는데, 알고 보니 이 일대가 연쇄 실종과 연관된 곳이더군요. 여자 네 명에 남자 스물한 명이라……. 이런 데 살면 오싹하겠어요?"

"……."

"근데 왜 여자보다 남자 피해자가 더 많은 걸까요? 시체 한 구 발견된 적도 없다면서요?"

"……."

"그 제빵사 일은 유감이에요. 근데 정말로 욕실에서 실종됐대요?"

그녀는 별 반응을 보이지 않는다. 어제 자기가 말할 땐 귓등으로도 안 듣던 얘기를 새삼스레 꺼내서 못마땅한 모양이다. 나는 다시 그녀의 집 얘기로 화제를 바꿔 보기로 한다.

"집이 커서 청소하는 데 며칠은 걸리겠어요?"

"……."

"방이 꽤 많아 보이던데, 몇 개예요?"

"……."

"근데 옥상에 세워진 그 탑의 용도는 뭐예요? 처음 요다 씨 집을 봤을 때 전 그게 제일 궁금했어요."

"별……."

"네?"

그녀의 입이 열렸다. 그녀가 말을 했다. 기대에 없던 그녀의 대답에 나는 서둘러 되묻는다.

"별 뭐요?"

"별 보는 곳…… 천체망원경이 있어요, 거기에……."

"정말요? 저도 볼 수 있을까요?"

그녀가 머뭇거린다. 한 번만 더 말하면 될 것 같아, 보고 싶다는 욕구를 강하게 드러낸다.

"진짜로 보고 싶은데, 어떻게 안 될까요?"

"관람료가 필요해요."

"네?"

그녀의 입술 끝이 미세하게 올라간다. 그녀가 웃고 있다. 그녀는 방금 나한테 농담을 던졌다. 그건 분명 조크였다. 역시 이 세상에 뚫을 수 없는 방패란 없다.

"농담 아니에요. 관람료 없인 곤란해요."

"알았어요. 줄게요. 그럼 관람료 내기만 하면 진짜로 보여 주는 거죠? 약속했어요? 나중에 딴말하기 없기예요."

이것으로 저녁때까지 그녀 집에 머무를 수 있는 구실 하나는 확보한 셈이다. 내 입에서는 절로 휘파람이 새어 나온다.

그가 휘파람을 분다. 눈을 감고 들으면 좋을 것 같아, 가만히 눈
을 감아 본다. 그런데 왜 그런 말과 그런 약속을 해 버렸는지 모르
겠다. 하지만 그건 농담이 아니었다. 투숙객을 상대로 관람료를 받
고 별을 보여 준 일은 꽤 짭짤한 돈벌이 중 하나였으니까. 나는 투
숙객이 들어오면 단돈 5000원에 별을 보여 드립니다, 라는 말로 사
람들을 유인했다. 호기심을 가진 대부분의 투숙객들은 나를 따라
탑으로 올라왔다. 신비롭고 놀라운 경험에 투숙객들은 하나같이 환
호성을 질러 댔고, 다들 5000원이 아깝지 않다는 표정으로 내려갔
다. 그렇게 번 돈으로 나는 고양이들 먹이를 샀다.

내게 부수입을 안겨다 준 그 천체망원경은 아빠의 마지막 생일
선물이었다. 그리고 아빠에게 받은 생일 선물 중에서 빨간딱지가
붙지 않은 건 열한 개의 방이 있는 집과 천체망원경이 전부였다. 차
압은 엄마, 아빠가 죽은 지 사흘도 안 돼 칼같이 들어왔다. 팔면 돈
이 될 만한 집 안 살림에는 온통 빨간딱지가 붙었다. 매정하게도 내
가 만질 수 있는 건 아무것도 없었다. 나는 그제야 알았다. 엄마, 아
빠가 왜 편지에다 그 집으로 가라고 했는지를. 엄마, 아빠는 거긴
내 집이니까 아무도 건드리지 못할 거라고 했다. 그래서 나는 짐을
꾸렸다. 그리고 고양이 다섯 마리와 함께 열한 개의 방이 있는 그
집으로 향했다.

봄바람이 불던 날 밤이었다. 혼자 대문을 열었고, 혼자 빨간 벽
돌 길을 걸어 들어갔다. 집은 아주 고요했다. 나는 그날의 고요를

지금도 잊을 수가 없다. 세상에 혼자 남겨졌다는 공포와 함께 나를 에워싼 고요는 잔인하게 내 살을 후벼 팠다. 그때 보인 게 밤하늘의 별이었다. 올려다본 밤하늘엔 수천 개의 별들이 초롱초롱 소리를 내고 있었다. 그래, 이 집엔 별이 있었지. 망원경이 있었어! 나는 짐 가방을 내려놓고 탑으로 올라갔다. 서울 도심에서는 별을 제대로 관측할 수 없어 옮겨 놓은 망원경에, 압류에서 용케 살아남은 그 망원경에 눈을 갖다 댔다. 온 우주가 보였다. 나를 찰나의 존재로 만들어 버리는 별, 나를 아무것도 아닌 존재로 만들어 버리는 별들도 보였다. 그래, 아무것도 아닌 나한테 일어난 일이니 이건 아무것도 아니야. 나를 위로하는 별들의 말이 내 입을 통해 흘러나왔다. 그러자 엄마, 아빠의 죽음 따윈 정말 아무것도 아닌 것처럼 여겨졌고, 고요 속의 공포도 이겨 낼 수 있을 것만 같았다. 나는 이제 고요 같은 건 하나도 무섭지 않다.

그의 휘파람 소리가 멈춘다. 눈을 떠 고개를 튼다. 계속 불어 달라고 청하고 싶을 정도로 그의 휘파람 소리는 감칠맛이 난다. 나는 한참 망설이다 그에게 말한다.

"휘파람 소리 듣기 좋네요."

"네?"

"듣기 좋다고요. 저절로 눈이 감길 만큼요."

그는 말없이 웃는다. 그러나 웃음은 그리 밝아 보이지 않는다. 눈빛 또한 휘파람 불기 전과는 달라져 있다. 갑자기 왜 저러는 걸까. 계속해서 질문을 쏟아 내던 그가 아무 말도 하지 않자 분위기는 머쓱해진다. 오히려 내가 그에게 질문을 던져야 할 것만 같다.

잠깐의 침묵이 이어지는 동안 차는 시내로 접어든다. 여기서 좌회전해 달라는 말에 그가 핸들을 왼쪽으로 꺾는다. 왼쪽으로 들어서면 바로 동물 병원이 나오고, 그 동물 병원을 지나 조금만 걸어 올라가면 베리베리 베이커리가 나온다. 아주머니가 어떻게 하고 있을지 궁금하다. 아저씨가 돌아왔을 리는 없을 것이다.

"저기 동물 병원 앞에 세워 주세요."

차에서 내린 나는 병원 유리문을 밀치고 들어간다. 단골이라 수의사는 알아서 안약을 내준다. 수의사가 여자라 맘에 드는 병원이다. 안약을 약봉지에 넣어 준다는 걸 마다하고 병원에서 나와 곧바로 베이커리로 걸어간다. 베이커리 통유리에는 "파티셰 구함"이라고 쓰인 종이가 붙어 있다. 아저씨가 돌아오지 않았다는 뜻이다. 유리문을 밀고 안으로 들어간다. 출입문에 걸린 종이 쨍그랑, 소리를 낸다. 문이 닫힐 새라 차에서 내린 그도 뒤따라 들어온다.

베이커리 안에는 예전처럼 바흐 음악이 흐르고 있다. 빵은 계속 팔려 나간 듯, 빵 진열대에는 듬성듬성 빈자리가 보인다. 곧 있으면 아저씨의 빵도 모두 사라질 거란 얘기다. 나는 베이커리 안을 훑어본 다음 아주머니를 부른다. 어제보다 더 초췌해진 몰골로 아주머니가 모습을 드러낸다. 나는 애써 밝게 웃어 보이며 아주머니에게 묻는다.

"아저씬……."

다 이어지지 못한 물음에 아주머니가 고개를 가로젓는다. 무슨 말을 어떻게 해 줘야 할지 모르겠다. 그래도 뭐든 물어야 한다. 슬픔에 잠긴 사람에게는 오히려 그게 위로가 될 수 있다.

"파티셰 구하시게요?"

"단골 떨어지기 전에 어떻게든 손을 써야 할 것 같아서요."

"그럼 빵 맛도 달라지는 건가요?"

"글쎄, 모르겠어요. 근데 누구?"

아주머니가 내 뒤에 서 있는 그를 눈으로 가리키며 묻는다. 누군가와 동행한 건 처음이라 궁금했던 모양이다. 그냥 좀 아는 사람이라 둘러대고는 빵을 쟁반에 골라 담는다. 어제 케이크를 선물로 받았으니 그에 대한 보답이 필요하다. 다 먹지도 못할 빵을 무리하게 사 가려 한다는 걸 알아챈 아주머니가 날 나무란다.

"사람이 그러면 못 써요. 뭐든 칼같이 갚으려 들면 그게 무슨 재미예요."

나는 적당히 핑계를 댄다.

"저녁때 꼬마 손님들이 올 거거든요."

한가득 빵이 담긴 쟁반을 카운터로 가져간다.

"손님이 오긴, 제가 그 말을 믿을 것 같아요?"

"계산해 주세요."

아주머니가 비닐봉지에 빵을 담는다. 그때다. 부스럭대는 비닐봉지 소리 사이로 가냘픈 고양이 울음소리가 끼어든다. 어린 고양이 한 마리가 살림집으로 통하는 문에서 불쑥 튀어나온다. 못 보던 고양이다. 아주머니에게 웬 고양이냐고 묻는다.

"아침에 셔터를 올리는데 안으로 뛰어들어 오더라고요. 내쫓을 수도 없고 해서 빵하고 우유를 조금 줬더니 저렇게 안 나가고 있네요."

어린 고양이가 내게로 다가온다. 나는 쭈그려 앉아 녀석의 머리를 쓰다듬는다. 빵 값을 계산하려고 자리에서 일어나 발을 떼자 녀석도 따라 움직인다. 이를 본 아주머니가 내게 빵을 건네며 말한다.

"요다 씨가 좋은가 봐요."

나는 녀석을 내려다보며 말없이 웃는다. 그 웃음이 마치 데려다 키우고 싶어 하는 듯한 속마음으로 비쳤는지 아주머니가 넌지시 데려다 키울래요? 라고 물어 온다.

"아, 아니요."

"요다 씰 따르는 것 같지 않아요?"

"그런가요? 아주머니가 한번 키워 보시지 그래요. 동물한테 정 붙이고 사는 것도 나쁘지 않은데……."

"지금 저런 거 키울 정신이 어딨겠어요. 손님들 보기에도 그렇고, 생각 있으면 데려다 키워 봐요."

아주머니의 말을 알아들었는지 어린 고양이가 내게로 바짝 달라붙는다. 나는 녀석을 들어 올린다. 솜털처럼 가벼운 녀석이 내 품에 안긴다. 연약한 갈비뼈가 만져진다. 가냘픈 숨소리도 들린다.

"데려가시게요?"

나는 가만히 고개를 끄덕인다.

"적잖이 신경 쓰였는데, 잘 됐네요. 고마워요, 요다 씨."

나는 아주머니에게 인사를 건네고 베이커리 유리문을 밀친다. 그가 뒤따라 나온다.

*

바로 저런 식이다. 그녀는 저런 식으로 고양이 수를 늘려 가고 있었던 것이다. 매몰차게 거절할 법도 하건만 그녀는 나서서 고양이를 책임지려 하고 있었다. 그런데 왜 내가 화가 나는 걸까. 참다못한 나는 그녀에게 소리친다.

"당신 바보 아니에요!"

그녀가 뒤돌아 나를 쳐다본다.

"지구 상의 길 잃은 고양이란 고양이는 모두 데려다 키울 작정인 것 같아서요."

그녀는 입가에 쓴웃음만 드리울 뿐 아무 말이 없다. 어쩔 수 없는 일이라는 듯, 그러니 나보고 어쩌란 말이냐고 무언의 항변이라도 하는 듯하다. 그녀는 대답 대신 어린 고양이의 머리를 연방 쓰다듬는다. 동물에 대한 집착은 단절된 인간관계로부터 시작된다고 했다. 아니, 그녀는 그 반대인 것 같았다. 고양이에 대한 집착이 그녀의 인간관계를 어그러뜨려 놓은 게 분명했다. 이 세상에 혼자 생일을 보내고 싶어 하는 사람이 어딨겠는가. 자기도 모르게 그렇게 돼버린 것이지 자처한 건 아닐 것이다. 스스로 자신을 외롭게 만들고자 하는 인간은 세상에 없을 테니까. 내 말에 화라도 난 것인지 그녀가 차에 타지 않고 어딘가를 향해 걸어간다. 그녀를 따라가 보기로 한다. 공든 탑을 이대로 무너뜨릴 순 없다.

"바보라고 해서 화났어요?"

"……."

"그건 그냥 안타까워서 나도 모르게 나온 말이었어요. 미안해요."

"……."

"근데 어디 가세요?"

고양이 때문인지 그녀가 들고 있는 빵 봉지가 불편해 보인다. 나는 그녀에게서 빵 봉지를 뺏어 든다.

"이리 줘요."

"됐어요."

"줘요."

그녀는 이번에도 못 이기는 척 손에 쥐고 있던 힘을 푼다. 다행히 화가 난 건 아니었다.

"그럼 요 녀석 이름은 어떻게 되나요? 고양이 180쯤 되나요?"

그녀는 끝내 말이 없다. 내 명함을 구겨 버렸을 때의 차가운 그녀로 돌아간 것 같아 진땀이 난다. 그녀가 모퉁이를 돌자 따라서 돈다. 돌아선 모퉁이에 마트가 나타난다. 그녀가 마트로 들어간다. 단순히 쇼핑을 즐기려는 건 아닌 듯, 그녀는 사고자 하는 물건을 찾아 곧바로 직진해 간다. 목욕 용품이 진열된 곳에서 그녀의 발길이 멈춘다. 그녀는 취향에 맞는 냄새를 찾기 위해 보디 클렌저와 보디 로션의 뚜껑을 열어 일일이 냄새를 맡는다. 유희도 저랬다. 여자들만의 공통된 습성은 어디에나 존재한다. 다른 여자에게서 내 여자를 떠올리게 만드는 구조가 우습긴 하지만 나쁘지는 않다. 왜냐하면 여자들만의 공통된 습성으로 인해 이별을 겪은 남자는 금세 다른 여자에게 익숙해질 수 있는 것인지도 모르기 때문이다. 그래서 다시 사랑을 하게 되고, 사랑의 상처는 그렇게 치유되는 것이다. 이 지구에 사랑이 넘쳐 나는 이유다.

선택을 끝낸 그녀가 이번엔 화장품 코너로 간다. 쇼핑 공간 속 여자들은 모두 저렇게 럭비공이 된다. 화장품 코너 다음엔 또 어디로 튈지 궁금해하며 그녀의 뒤를 밟는다. 이때 그녀의 뒤꿈치가 들어온다. 다시 봐도 매끈한 뒤꿈치다. 입을 벌리고 그녀의 뒤꿈치를 한입 베어 무는 나를 상상한다. 새콤달콤한 과즙이 내 입가에 흘러넘친다. 그녀의 신음 소리가 들려온다. 자극에 몸부림치는 그녀의 몸뚱어리가 눈앞에 어른거린다. 오르가슴에 다다른 그녀의 몸이 내 페니스를 자극한다. 그런데 그녀의 뒤꿈치로 시작된 성적 상상이 정말로 내 바지 속 페니스로 전달된다. 빌어먹을! 페니스가 말을 듣지 않는다. 나는 들고 있던 빵 봉지로 사타구니를 가린다. 유희의 하얀 목덜미를 봤을 때도 이랬다. 나는 얼른 새끼손가락을 귓속에 찔러 넣는다. 면봉으로 귓속을 건드려 주면 곤추선 페니스를 진정시킬 수 있다는 말을 어디선가 들은 것 같다. 있는 힘껏 귓속을 후벼 판다. 그러나 별 소용없다. 차선책으로 숨을 깊이 들이마셨다 내쉬기를 반복하며 동요를 불러 본다. 동요 한 곡을 끝까지 부르고 나자 진정의 기미가 보인다. 어떻게 보는 것만으로도 이런 자극이 일어나는지, 여자들의 육체는 정말 경이롭고 불가사의하다.

어느새 자리를 이동한 그녀는 화장품 코너 앞에 수북이 쌓인 매니큐어를 내려다본다. 그녀가 매니큐어를 고를 수 있도록 그녀의 손에 들린 보디 클렌저와 보디로션을 뺏어 든다. 이번엔 좀 고마워하는 눈치다. 고마움 뒤에는 반드시 보답이 따라오게 돼 있다. 이

색, 저 색 만지작댄 끝에 그녀는 노란색 매니큐어를 집어 들고 계산
대로 간다. 그녀의 쇼핑은 생각보다 싱겁게 끝난다.

그녀가 지갑을 연다. 나는 그녀의 뒤꿈치에 또 홀릴까 봐 시선을
그녀의 상체로 끌어 올린다. 그녀가 지폐를 꺼내려는 순간 그녀의
팔에 안겨 있던 고양이가 계산대 위로 폴짝 뛰어내린다. 예기치 못
한 고양이의 움직임에 지갑이 바닥으로 떨어진다. 지갑에서 빠져나
온 지폐와 명함 들이 바닥으로 흩어진다. 그녀가 고양이를 들어 올
려 품에 안는 사이, 그녀 대신 떨어진 것들을 줍는다. 여러 장의 명
함 사이로 새빨간 명함 한 장이 눈에 들어온다. "고요다"라고 쓰인
그녀의 명함이었다. 웬 떡인가 싶어 그녀의 명함을 얼른 바지 뒷주
머니에 감춘다. 그러고는 그녀에게 지갑과 주운 것들을 건넨다. 그
녀는 이번에도 고마워하는 눈치다.

계산을 마친 그녀가 먼저 마트를 빠져나간다. 뒤따라 나가며 그
녀의 명함을 꺼내 본다. 새빨간 바탕에 하얀색 글씨가 쓰인 명함
이다.

무엇이든 같이 해 주는 여자라니. 명함을 뒤집어 본다. 명함 뒤에

는 세 줄의 문장이 쓰여 있다.

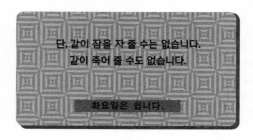

단, 같이 잠을 자 줄 수는 없습니다.
같이 죽어 줄 수도 없습니다.

화요일은 쉽니다.

재밌는 명함이었다. 아니, 재밌는 직업이었다. 그렇다면 구체적으로 무엇을 같이 해 준다는 말일까? 아마 그녀의 휴대폰으로 전화를 걸어 같이 텔레비전 좀 봐 줄래요? 라고 하면, 그녀는 당장 달려가 함께 텔레비전을 봐 주는 식일 것이다. 사람에겐 낯선 누군가를 붙잡고라도 무언가를 같이 하고 싶을 때가 있기 마련이다. 일생에 한 번 정도는 말이다. 나 또한 그랬다. 유희와 헤어진 다음 날이었다. 매주 일요일마다 손을 잡고 같이 산에 오르던 사람이 없어져버린 것이다. 내게 말을 걸어 주고 날 웃게 해 주던 사람이, 오래된 습관처럼 늘 옆에 있어 주던 사람이 갑자기 사라진 데서 오는 텅 빈 쓸쓸함에 가슴이 저며 오는 날이었다. 그땐 정말 낯선 누구라도 붙잡고 산에 오르고 싶었다. 유희가 있던 자리만 채워 준다면 그게 누가 됐든 상관없을 것 같았다. 그때 그녀의 명함을 갖고 있었다면 나 또한 그녀를 찾았을 거란 생각이 든다. 저랑 같이 산에 가 줄래요? 알면 알수록 궁금해지는 그녀였다.

나보다 앞서 걸어가던 그녀가 갑자기 걸음을 멈춰 세우더니 뒤돌아본다. 나는 뒷주머니에 손을 찔러 넣는 척하며 그녀의 명함을 감춘다. 할 말이 있는 듯, 그녀가 나를 기다린다. 가까이 다가가자 그녀가 약간 망설이는 몸짓으로 꽃게탕 좋아하느냐고 묻는다. 그녀의 난데없는 물음에 나는 네? 라고 되묻는다.

"제가 저 집 꽃게탕을 좋아해요."

그녀가 고갯짓으로 마트 맞은편을 가리킨다. "끝내주는 해물나라"라는 간판이 걸린 음식점이다.

"시내에 나오면 꼭 먹고 가는 건데. 같이…… 갈래요? 차 태워 줬으니까 제가 살게요."

뜻밖의 친절에 얼떨떨해진 나는 순간 말문이 막힌다. 보답은 생각보다 빨리 돌아온다.

"싫어요? 싫으면 말고요."

그녀가 한 치의 여유도 주지 않고 뒤돌아서 휙 가 버린다. 역시 그녀답다.

"아니요. 좋아요, 좋아."

뒤늦게 그녀를 따라잡은 나는 횡단보도를 건너 음식점으로 들어간다. 예스러움이 묻어나는 인테리어로 차분한 분위기가 감돈다. 단골인 모양인지 카운터에 앉아 있던 여주인이 그녀를 보자마자 오셨어요? 라고 인사를 건넨다. 동행이 있다는 사실에 주인이 별일이라는 표정으로 그녀와 나를 번갈아 쳐다본다. 주인은 때마침 8번 방이 비었다며 그녀와 나를 2층으로 안내한다.

그녀가 자주 애용하는 것으로 보이는 8번 방은 꽤 아담하다. 남향이라 햇빛도 들이치지 않는다. 창호지 갓에서 투과된 은은한 조명이 분위기를 안정시킨다. 주인은 드시던 거 2인분 준비해 드리면 되죠? 라고 그녀에게 묻고는 조용히 방문을 닫고 나간다.

"분위기 좋네요."

"여긴 스키다시 대신 주문한 음식이 바로 나와요."

"네."

나는 물수건으로 손을 닦고 컵에 물을 따른다. 그사이 방문이 열린다. 그녀의 말대로 주문한 음식이 바로 들어온다. 종업원이 팔팔 끓는 꽃게탕을 테이블 위에 내려놓는다. 얼큰한 국물 냄새가 방 안 가득 들어찬다. 그제야 그녀는 고양이를 자신의 품에서 내려놓는다.

"냄새부터 얼큰한데요."

"후추는 안 썼을 거예요. 안심하고 드세요."

"네? 아……."

그녀가 개인 접시에 꽃게탕을 덜어 먹는다. 뒤이어 나도 한 국자 덜어 먹는다. 무엇 때문인지 모르지만 국물이 얼큰하면서 담백하기까지 하다.

"국물 맛이 색다르네요. 이래서 이 집 꽃게탕을 좋아하는군요."

상대방이 권한 음식에 대한 칭찬과 감탄은 상대방의 기분을 유쾌하게 만든다. 어떤 음식을 향한 애착에는 과거의 어떤 시점이 양념처럼 들어가 있기 마련이다. 인터뷰의 매개로 이용해 볼 요량으로 나는 더 호들갑을 떤다.

"국물에 밥 말아 먹어도 좋겠어요."

"맛이 똑같아요."

"네?"

예상대로 그녀가 입을 연다. 나는 그녀가 눈치채지 못하도록 와이셔츠 주머니에 끼워 둔, 만년필 모양의 녹음기를 작동한다. 무슨 얘기가 용수철처럼 튀어나올 것만 같은 분위기다.

"이 꽃게탕요. 엄마가 마지막으로 끓여 놓고 간 그 꽃게탕하고 맛이 똑같아요."

"아, 그래서……."

드디어 그녀의 입에서 자연스레 자신의 이야기가 흘러나온다. 그동안의 노력이 빛을 발하는 순간이다. 술 취한 사람처럼 그녀의 표정이 아련한 과거로 빠져드는 게 보인다.

"엄만 꽃게탕에 꼭 비지를 넣고 끓였는데, 이 집이 그래요."

"마지막이라면……."

"죽었어요, 둘 다. 차 사고로. 고등학교 2학년 때요."

"그래서 혼자가 됐나요?"

"혼자요? 엄마, 아빠가 살아 있을 때도 늘 혼자였어요. 생일이 돼야 얼굴 한번 제대로 봤을까요. 아, 방학 때 사나흘간 의무감으로 같이 있어 주긴 했죠."

"일 때문에 부모님이 많이 바쁘셨군요."

"맞아요. 일하랴, 연애하랴 아주 많이들 바쁘셨죠."

"그럼……."

"그만할래요. 전 이 꽃게탕 먹을 때만큼은 아무 말도 하고 싶지 않아요. 혼자 먹어 오던 거라…… 아무튼 그래요."

그녀의 뜻을 존중해 더 이상 그녀에게 말을 걸지 않는다. 나는 그녀 몰래 녹음기를 끈다. 그녀가 젓가락으로 꽃게 살을 파먹는다. 그녀는 먹는 중간에 꽃게 살을 고양이에게도 떼어 준다. 녀석은 꽃게 살을 주는 족족 잘도 받아먹는다. 나는, 여전히 한쪽으로만 음식을 씹는 그녀에게 그것을 알고 있느냐고 말을 건네려다 관둔다. 조용한 식사를 원하는 그녀를 생각해 나도 말없이 꽃게탕만 먹어 댄다.

30여 분이 훌쩍 지나고야 꽃게탕은 국물 하나 없이 비워진다. 위장은 저녁을 따로 먹지 않아도 될 만큼 찰 데로 찼다. 이것으로 길고 지루한 식사가 끝나 간다. 그녀가 물수건으로 입가를 닦는다. 한 손에 고양이를 안은 그녀가 빵 봉지와 마트 봉지를 들고 자리에서 일어난다. 나도 뒤따라 아래층으로 내려간다. 음식 값을 계산하고 나가는 그녀에게 말을 건넨다.

"그거 이리 줘요. 제가 들게요."

"괜찮아요."

됐어요, 라고 하지 않고 괜찮아요, 라고 말하는 거 보니 나에 대한 거부감이 조금 사라진 게 확실하다. 꽃게탕을 같이 먹어서 그러나? 모퉁이를 돈 그녀가 베이커리 앞에 주차해 놓은 내 차를 향해 바삐 걸어간다.

"바쁜 일이라도 있어요?"

"아니요."

"근데 바쁜 사람처럼 왜 그래요?"

그녀가 내 차 앞에 멈춰 선다. 나는 양손이 바쁜 그녀를 대신해 차 문을 열어 주고 운전석에 올라탄다. 그녀의 집으로 돌아가기 위해 횡단보도 앞에서 차를 유턴한다. 차는 동물 병원을 지나 그녀의 집을 잇는 국도로 접어든다. 국도를 달리는 차 안으로 바람이 들어온다. 이때 휘파람 소리가 듣기 좋다던 그녀의 말이 생각난다. 이제 겨우 말문을 튼 그녀를 위해 슬쩍 휘파람을 불어 본다. 그녀가 아까처럼 눈을 감는다. 휘파람은 유희가 좋아했던 팝송들로만 이어진다. 나는 또 한 번 그렇게 프루스트가 되고 추억은 잔인하게 나를 훑고 지나간다.

휘파람으로 팝송 세 곡을 부르고 나자 그녀의 집에 다다른다. 휘파람이 멈춤과 동시에 그녀가 눈을 뜬다. 웬 청년 하나가 그녀의 집 앞을 기웃거리고 있다. 물 빠진 청바지에 반팔 남방 차림의 청년은 가방을 메고 서 있다. 꼬마 손님들이라고 할 수는 없지만, 제빵사 부인에게 한 말처럼 손님이 오긴 온 것 같다. 나는 대문 앞에 차를 주차한다. 차에서 내린 그녀가 청년에게 다가간다. 누군지 궁금해 나도 얼른 차에서 내린다. 청년이 먼저 그녀에게 인사를 건넨다.

"김제훈이라고 합니다. 김희진 씬가요?"

네, 라고 짧게 대답한 그녀가 곁눈질로 내 눈치를 살핀다. 그러더니 반바지 주머니에서 열쇠를 꺼내 대문을 연다. 나는 그들을 따라 마당으로 들어선다. 나를 의식한 그녀가 뒤를 돌아본다. 무슨 말이든 해야 할 것 같아서 그녀에게 말한다.

"자, 자전거 고쳐 놓을까요?"

얼떨결에 튀어나온 말에 나는 자전거가 세워진 쪽으로 걸어간다. 그녀는 청년과 함께 집 안으로 들어간다. 그녀의 진짜 이름은 김희진이었다.

*

어린 나나와 거실로 들어선다. 그는 처음으로 나와 같이 꽃게탕을 먹은 사람으로 기억될 것이다. 언제가 누군가와 함께 꽃게탕을 먹게 된다면 엄마, 아빠 얘기를 하게 되지 않을까, 생각하곤 했다. 그런데 정말로 그렇게 됐다. 내 의지와 상관없이 엄마, 아빠 얘기가 튀어나온 걸 보면, 꽃게탕에는 여전히 그날의 봄기운과 그날의 편지와 그날의 슬픔이 상징처럼 남아 있는 게 분명하다. 나한테 꽃게탕은 이제 꽃게탕일 뿐이라고 생각했는데, 그게 아니었다.

"저기 앉아 기다려 줄래요?"

나나가 꾸벅 고개를 숙이며 소파에 앉는다. 나는 어린 고양이를 방으로 들여보내고는 부엌으로 간다. 냉장고에 빵을 넣어 두고 다시 거실로 돌아오자 나나가 소파에서 벌떡 일어난다. 예의 바른 청년이다. 그런 나나에게서는 풋풋함이 묻어난다. 쌍꺼풀 없는 눈이 맘에 든다. 윗입술이 아랫입술보다 얇은 것도 맘에 든다. 내가 처음으로 사랑했던 남자도 저런 입술이었다. 나는 흔들의자 위에 앉아 있는 고양이 35의 눈에 안약을 넣어 주고는 어린 나나에게 말한다.

"위층으로 올라갈까요?"

나나가 나를 따라 3층으로 올라간다. 마당과 집 안 곳곳을 어슬렁거리는 고양이 수에 나나는 내심 놀란 눈치다.

"고양이가 좀 많죠?"

나나는 대답 대신 미소를 짓는다. 발소리를 내지 않으려고 사뿐히 걷는 나나. 귀엽다.

"저 방에 들어가 기다려 줄래요?"

나나를 가운데 방으로 들여보내고 엄마 방으로 들어간다. 노란색 매니큐어를 책상 서랍에 넣고 나온다. 그러고는 욕실로 들어가 마트에서 사 온 보디 클렌저와 보디로션을 세면대 위에 올려놓고 양치질을 한다. 혓바닥과 입천장까지 쓱쓱 문질러 닦아 입안에 남아 있는 꽃게탕 냄새를 지운다. 민트 향을 머금은 채 나나가 있는 방으로 들어간다. 침대에 걸터앉아 있던 나나가 또 벌떡 일어나려 한다.

"그냥 앉아 있어요."

나는 창가 쪽으로 가 커튼을 젖히고 창밖을 내려다본다. 자전거를 고치고 있는 그의 등이 보인다. 아침에도 그러더니 고양이 56과 고양이 70으로 보이는 녀석이 나란히 앉아 그를 쳐다보고 있다. 재밌는 풍경이다. 나는 창가에 엉덩이를 걸치고 앉아 나나에게 묻는다.

"스물한 살이라고 했죠? 하는 일이 뭐예요? 학생?"

"네. 지금은 휴학 중이에요."

"전공은?"

"조각요."

"멋있네요. 나나라고 부르고 싶은데, 어때요?"

"나나요? 뭐라고 부르든 상관은 없어요. 근데 그거 여자 이름 아닌가요?"

"누구랑 똑같은 말을 하네요. 전 나나란 이름이 좋아요. 부르기 쉽잖아요. 상관없다니 그냥 그렇게 부르는 걸로 하죠. 매주 오늘, 그러니까 수요일이 되겠죠? 저녁 8시에 오는 걸로 해요. 시간 괜찮죠? 일당은 당일 현금으로 지급될 거예요. 이런 일 처음 해 보나요?"

"네."

"여자 경험은요?"

"두 번……."

"신선하네요. 맘에 들어요. 콘돔을 따로 준비해 올 필요는 없어요. 그건 필요할 때마다 제가 준비할 거예요."

자전거를 고치던 그가 내 방 창문을 올려다본다. 나는 창가에서 내려와 커튼을 닫는다. 그리고 나나 곁으로 다가간다.

"학교는 왜 휴학했어요? 학비 때문에?"

"그런 것도 있고…… 여러 가지……."

나나 옆에 앉는다. 입술을 달싹이며 긴장하는 나나. 나는 그런 나나의 고개를 들어 올린다.

"입술이 참 예뻐요."

나나의 윗입술을 살짝 깨문다. 나나의 벌어진 입술 사이로 혀를 밀어 넣는다. 나나의 혀 또한 내 입술 사이로 들어온다. 여기 오기 전에 양치질을 했는지 나나의 입에서도 치약 냄새가 난다. 상큼한 프렌치 키스가 이어지는 동안 나나의 손을 잡아 올린다. 땀이 밴 나나의 손을 내 상의 밑으로 가져온다. 브래지어 속으로 파고든 나나의 촉촉한 손이 젖가슴에 와 닿는다. 나나가 있는 힘껏 내 젖가슴을 움켜쥔다. 혀끝에서 멀어져 간 나나의 입술이 내 목으로 내려온다. 쇄골까지 내려온 나나의 입술이 내 젖가슴을 파고든다. 우리는 누가 먼저랄 것도 없이 서로의 옷을 벗기기 시작한다. 나는 나나의 허리띠를 풀어 준다. 그러자 나나는 내 브래지어 호크를 풀어 준다. 나나가 일어서자 나는 나나의 팬티를 벗겨 내린다. 한껏 발기된 나나의 페니스가 보인다. 이어 나나가 내 팬티를 벗긴다. 우리는 침대가 아닌 시원한 바닥으로 자리를 옮긴다. 나나가 먼저 바닥에 눕는다. 섹스를 해 본 이래 처음으로 나는 남자의 허벅지 위로 올라가 엉덩이를 내려놓는다. 가랑이를 벌려 발기된 나나의 페니스를 잡아 질 속으로 밀어 넣는다. 나는 두 손을 나나의 가슴팍에 올리고 엉덩이를 서서히 상하로 움직인다. 내 겨드랑이 사이로 나나의 손이 들어온다. 허공에서 춤을 추는 내 두 개의 젖가슴이 나나의 손에 잡힌다. 엉덩이를 위로 들어 올릴 때마다 나나는 박자를 맞추듯 내 젖가슴을 움켜쥔다.

숨이 가빠진다. 빨라지는 엉덩이의 움직임만큼 나나의 숨소리도 거칠어진다. 나나가 뱉어 내는 입김 사이로 상큼한 치약 냄새가 올라온다. 이때 오르가슴이 만들어 낸 경련이 온몸을 파고든다. 절정을 맛본 순간 나는 나나의 가슴 위로 얼굴을 파묻는다. 나나와 나는 서로의 몸에서 일어난 격렬한 반응과 변화를 만끽하기 위해 몇 초간 움직이지 않는다. 나나의 심장박동 수가 좀 잦아든 듯하자, 나는 고개를 쳐들어 나나의 얼굴을 내려다본다.

"앞으로 우린 이렇게 즐기기만 할 거야. 감정 같은 거 신지 마. 우린 그냥 기계처럼 몸을 움직이기만 하면 돼. 내 말 무슨 뜻인지 알겠어?"

이해하지 못하겠다는 표정으로 나나가 나를 올려다본다.

"이건 나나한테 일일 뿐이잖아. 그러니까 일로만 끝내라는 거야. 여자 친구 있지?"

"네."

"그럼 그 여자 친구만 사랑하면 돼. 나는 그냥 일주일에 한 번 만나는, 그래 리얼돌쯤으로 생각해 주면 돼. 내 말 무슨 뜻인지 알겠어?"

아직 사정을 하지 않은 나나가 대답 대신 내 몸을 옆으로 밀친다. 나나의 페니스가 내 안에 들어와 있는 상태에서 정상 체위로 바뀐다. 나나의 격렬한 허리 운동이 시작된다. 나는 가랑이를 벌려 나나의 페니스 운동을 돕는다. 몇 분간 지속된 공이질 끝에 나나의 사정이 이루어진다. 몸의 것을 시원하게 배출하고 난 나나의 상체가 내 젖가슴 위로 힘없이 떨어진다. 나는 나나의 머리채를 두 팔로 꽉 끌어안으며 나나에게 말한다.

"세 번째치곤 아주 훌륭했어. 앞으로 기대되는걸?"

내 칭찬에 기분이 좋아진 나나가 혀로 내 몸을 핥는다. 귓불을 핥고 내 팔을 들어 올려 겨드랑이를 핥는다. 가슴골과 젖꼭지를 핥고 배꼽을 핥는다. 나나의 혀는 사타구니에 이어 내 음모 속까지 파헤치고 들어온다. 허벅지와 무릎을 지나 발가락으로 내려온 나나의 혀는 결국 내 뒤꿈치에까지 다다른다. 나는 나나를 위해 몸을 뒤집어 발을 들어 올린다. 나나의 입속으로 내 뒤꿈치가 들어간다. 나나의 뜨거운 숨결이 뒤꿈치에 느껴진다.

"뒤꿈치가 예쁘네요."

"우리 엄마도 그랬어. 내 뒤꿈치가 예쁘다고."

"제 생각이 맞았네요? 아까 거실에 있던 책 봤어요. 그 책 쓰신 분 맞죠, 그렇죠? 영광이에요. 아주 매혹적인 소설이라고 생각했어요."

"고마운데? 근데 한 가지 약속해 줄 게 있어. 난 이름이 알려진 사람이야."

"무슨 말인지 알아요. 전 비밀을 좋아해요. 제 입 때문에 곤란해 질 일은 없을 거예요."

뒤꿈치에 머물러 있던 나나의 혀가 이번엔 종아리를 거쳐 엉덩이로 올라온다. 등뼈를 지난 혀의 애무는 최종적으로 목덜미에서 끝이 난다. 나나가 내 허리를 잡아 올리며 한 번 더 하고 싶다고 말한다. 나는 엉덩이를 들어 올린다. 그새 또 단단해진 나나의 페니스가 내 엉덩이 살을 비집고 들어온다. 질 속으로 파고든 나나의 페니스에서 젊고 신선한 힘이 느껴진다. 후텁지근해진 방 안에는 나와 나나의 숨소리가 번갈아 이어진다. 숨이 목구멍까지 차오르고 나서야 나나가 내 몸에서 빠져나온다. 나나와 나는 동시에 바닥으로 쓰러진다. 온몸에 흐르던 땀은 방울져 바닥으로 떨어지고, 격정에 물들었던 몸에 나른함이 틈입한다. 거칠었던 숨이 잔잔해지자, 나는 나나 쪽으로 고개를 튼다. 어느새 감겨 버린 나나의 눈.

"자?"

나나는 대답이 없다. 나는 천장으로 고개를 돌린다.

"이 집은 섹스하기 좋은 집이야. 엄만 많은 남자들하고 이 집에서 섹스를 했어. 아빠도 마찬가지였지. 이 집 어딘가엔 엄마, 아빠의 체액이 남아 있을 거야. 물론 엄마의 남자들과 아빠의 여자들 것도 남아 있겠지. 그들이 배출한 체액은 얼마나 될까?"

"……."

"나 사랑하면 안 돼. 알았지?"

"……."

"난 이제 아무도 사랑하지 않을 자신 있어. 정말이야."

눈꺼풀이 무거워진다. 모로 누워 나나의 가슴에 가만히 손을 얹는다. 팔딱대는 나나의 심장이 느껴진다. 나나의 심장박동이 이끌어 낸 잠은 한여름 오후의 긴 섹스보다 더 달콤하게 내 알몸을 감싼다.

얼마나 잤을까. 허리띠 버클 소리에 눈을 떴을 때 방 안은 이미 어두워져 있었다. 내 몸에는 침대 이불이 덮여 있다. 어둠 속으로 청바지를 입고 있는 나나의 움직임이 보인다.

"우리 얼마나 잤지?"

"밖이 어두워질 만큼요."

"샤워하고 가."

"너무 늦었어요."

나는 나나가 덮어 준 이불을 걷어 내고 자리에서 일어난다. 팬티를 주워 입고 브래지어를 걸친다. 예전의 나나처럼 어린 나나도 브래지어 호크를 채워 준다. 나나가 말한다.

"꿈을 꿨어요."

"꿈? 고양이라도 나왔나 보지?"

"어떻게 알았어요?"

"이 집 말이야. 고양이 꿈을 불러오는 집이거든."

"그런 집이 있나요?"

"호호호, 농담이야. 집에 고양이들이 좀 많아?"

옷을 다 입은 나는 침대의 사이드 테이블 서랍에서 봉투를 꺼내 나나에게 건넨다.

"받아. 다음 주부턴 저녁 8시라는 거 잊지 말고."

봉투를 가방에 챙겨 넣은 나나가 어두운 복도를 나선다. 나나를 배웅하기 위해 아래층으로 내려간다. 거실에서는 불빛이 새어 나온다. 그가 거실 소파에 누워 잠을 자고 있다. 고양이 70이 그의 발밑에 웅크리고 누워 있다.

*

인기척에 눈을 뜬다. 그녀와 청년이 현관문을 열고 나간다. 깜빡 잠이 들었던 모양이다. 몸을 일으키자 발밑에 누워 있던 고양이 한 놈이 놀라 달아난다. 꿈을 꾸었다. 이번엔 좀 끔찍한 꿈이었다. 감나무에 고양이 열매가 열렸다며 그녀가 나를 마당으로 끌고 갔다. 나가 보니 정말로 감나무에 고양이들이 대롱대롱 매달려 있었다. 나는 그녀에게 말했다. 저건 고양이 열매가 아니라 고양이잖아요. 그녀가 대답했다. 무슨 소리예요? 저건 고양이 나무라고요. 매년 여름이 되면 저 나무에 고양이 열매가 열리는 걸요. 한번 먹어 볼래요? 그녀가 나무에서 고양이 한 마리를 땄다. 고양이 몸에서 피가 뚝뚝 떨어지는 게 보였다. 나는 그녀에게 소리쳤다. 거봐요! 열매가 아니라 진짜 고양이잖아요! 나무에 매달린 고양이들이 야옹대기 시작했다. 나는 무서워서 두 귀를 틀어막았다. 피가 흐르는 고양이를 들고 그녀가 나를 쫓아오기 시작했다. 멀리 달아나고 싶었지만 발이 떨어지지 않았다. 그녀가 마녀처럼 웃으며 소리쳤다. 이건 사랑의 열매야, 사랑의 열매라고! 잠은 거기에서 깼다. 정말 기분 나쁜 꿈이었다.

그녀가 현관문을 열고 들어온다. 자전거를 손보고 3층으로 올라가 봤을 때 그녀와 청년은 절정을 만끽하고 있었다. 매일 집으로 남자를 끌어 들이는 여자라니. 내일은 또 어떤 남자가 찾아올지, 이제는 기대가 된다.

"아직 안 갔어요?"

같이 꽃게탕 먹은 것으로 좀 친해졌다 생각했는데, 그녀는 여전히 날 내보내려 하고 있다.

"자전거 고쳐 놨어요."

그래서요? 라고 그녀의 시니컬한 표정이 말한다. 때마침 별을 보여 주겠다던 그녀의 약속이 구원처럼 생각난다.

"해 지길 기다렸어요. 별 보여 주기로 했잖아요."

나는 소파에서 일어난다.

"그거 보겠다고 여태 기다린 거예요? 그건 일방적인 약속이었어요."

발뺌할 줄 알았다. 어째 약속이 쉽다, 그랬다.

"관람료 내면 보여 준다 그랬잖아요. 어디예요? 저쪽으로 올라가면 되나요?"

나는 무작정 복도 끝으로 걸어간다. 그녀가 저기요! 라고 퉁명스레 나를 부른다. 뒤도 돌아보지 않자 내처 달려온 그녀가 나를 앞지른다. 어쩔 수 없어 하는 그녀의 표정에 성공을 예감한다.

"좋아요. 대신 보고 나면 바로 돌아가는 거예요?"

나는 일단 그러겠다고 대답하고는 그녀를 따라 3층으로 올라간다. 계단 끝 철문을 열고 나가자 드넓은 옥상이 나타난다. 시원한 밤바람이 불어온다. 그녀가 세 개의 탑 중에서 가장 높은 가운데 탑으로 올라간다. 그런데 이건 어디서 본 장면이다. 그렇다. 꿈이다. 게다가 꿈에서 봤던 것처럼 경사진 철제 계단이 꼭대기 층에 연결돼 있다. 나는 그녀에게 꿈 얘기를 해 보기로 한다.

"아침에 꿈을 꿨어요. 출몰한 고양이 떼를 피해 이 탑으로 올라가는 꿈이었어요. 요다 썰 따라서요. 방금 전에도 꿨는데, 그건 더 이상한 꿈이었어요. 왜 자꾸 고양이들이 꿈에 나오는 거죠?"

"고양이 꿈을 불러오는 집이라서요."

"고양이 꿈을 불러오는 집이라뇨?"

"농담이에요. 고양이들이 우글거리는 집이니 꿈에 고양이들이 나올 수밖에요. 다 왔어요."

꼭대기 층은 사물을 분간할 수 있을 정도로 환하다. 전망 창으로 들어온 달빛 때문이다. 그녀 말대로 꽤 비싸 보이는 천체망원경이 하늘을 올려다보고 서 있다. 바닥에는 별자리 관련 책자가 두 권 놓여 있다. 사진으로만 봐 오던 별을 직접 보게 되다니. 초등학생처럼 가슴이 두근거린다. 나는 곧바로 망원경 렌즈에 한쪽 눈을 갖다 댄다. 달의 분화구가 보인다. 총천연색의 별들도 보인다. 신비로움을 떠나 가슴이 멍해지는 순간이다.

"와! 저게 은하순가요? 아니, 성단이라 그러나요?"

"……."

"진짜 예쁘네요. 숨어 있는 별들이 저렇게나 많다니. 우리가 보는 게 전부는 아닌가 봐요. 그렇죠?"

"……."

"이상하게 별을 보고 있으면 욕망이나 집착 따위가 싹 사라져요. 요다 씨도 그러나요?"

"그래서 저는 별이 좋아요. 아무것도 아닌 존재로 살아가게 만들어 주니까요."

"아무것도 아닌 존재라……. 그래도 이 세상에 아무것도 아닌 존재는 없는 것 같아요. 다 태어난 이유들이 있을 거란 말이죠. 하다못해 개미 한 마리를 살려 내기 위해 태어났다든가, 버려질 뻔한 강아지를 키우기 위해 태어났을 수도 있어요. 혹은 누군가에게 중요한 서류를 전달하기 위해, 어떤 이의 친구가 되기 위해, 또 어떤 이의 사랑을 위해 태어나고 존재하는 것일 수도 있고요."

"어떤 이의 사랑을 위해 태어나고 존재한다……."

"어떤 이의 사랑을 받기 위해 태어나고 존재하는 것일지도 모르죠."

"그럼 전 고양이를 키우기 위해 태어난 사람일지도 모르겠네요."

"아니에요. 요다 씬 멋지고 매혹적인 소설을 70만이란 독자에게 선사하기 위해 태어난 사람이에요. 그러니까 아무것도 아닌 존재일 순 없어요. 모르죠. 어쩌면 전 요다 씰 인터뷰하기 위해 태어난 사람일지도."

망원경을 움직인다. 나는 별을 관측하는 척하며 다른 쪽 눈으로 달빛에 비친 그녀의 얼굴을 훔쳐본다. 그녀는 자신의 가치에 대해 전혀 생각해 보지 않은 듯 그냥 팔짱을 낀 채 그렇게 서 있다. 나는 안타까워 계속해서 입을 연다. 그녀의 가치에 대해 좀 더 띄워 줄 필요가 있다는 생각에서다. 자신이 얼마나 소중한 사람인지 알게 된다면, 그녀는 이 인터뷰의 가치 또한 알게 될 것이다.

"70만 부가 팔려 나갔다고 들었어요. 상금보다 더 많은 돈을 인세로 받아 갔다는 소린데, 그건 아무한테나 오는 행운은 아니에요. 요다 씬 하루아침에 단 한 권의 책으로 부와 명예를 거머쥔 신예 중의 신예예요. 그것만으로도 요다 씬 전무후무한 존재 가치를 지닌, 우주에 단 하나뿐인 사람이에요. 그런 사람을 인터뷰하기 위해 태어난 사람이 저라면, 저 또한 우주에 단 하나뿐인 사람인지도 모르죠."

"……."

"그러니까 요다 씨한테 감사해야 할 사람은 바로 저예요. 졸지에 우주에 단 하나뿐인 사람이 됐으니까요."

그녀가 내 말의 의도를 알아먹었는지 의문이다. 나는 그만 망원경에서 눈을 뗀다. 그녀가 더 보지 왜 벌써 끝내느냐며 의아스레 묻는다.

"아껴 뒀다 다음에 보려고요."

"네?"

당황해하는 그녀의 목소리다. 나는 서둘러 철제 계단을 내려간다. 달빛이 미치지 않는 철제 계단은 어둡다. 떨어져서 다치기에는 아주 좋은 장소다. 이렇게까지 해야 하나 싶지만, 이런 식이 아니고서는 딱히 그녀 곁에 머무를 방법이 없다. 기자 정신을 발휘해 내

한 몸 불살라 보리라 다짐한 나는 난간을 붙잡는다. 이때 뒤따라 내려오던 그녀가 나를 부른다.

"저기요!"

무슨 말을 하려는 걸까. 날 내쫓으려는 게 분명하다. 모르겠다. 지금이다! 나는 뒤돌아서 그녀를 올려다본다. 그러고는 발을 헛디딘 척하며 암흑 같은 철제 계단 아래로 굴러떨어진다. 그런데 이게 웬일! 몸이 제어되지 않는다. 어두워 아무것도 보이지 않는 데다 심한 경사 때문에 생긴 뜻밖의 불상사다. 내가 의도하고자 한 사고는 이런 게 아니었다. 일명 할리우드 액션 같은 거, 그래, 그런 거였다. 그런데 몸은 중력의 충실성을 발휘한 채 끝없이 아래로 떨어지고 있다. 그녀의 외마디 비명과 함께 내 몸은 결국 시멘트 바닥에 처박히고 만다. 뭔가 심상찮다. 어깨에 심한 통증이 느껴진다. 무릎과 꺾인 발목은 물론 팔꿈치에서도 통증이 인다. 치졸한 꼼수를 부리려다 되레 벌을 받은 느낌이다. 그녀의 다급한 발소리가 들려온다.

"괜찮아요? 무슨 남자가 그렇게 조심성이 없어요!"

그녀가 나를 나무란다. 어둠 속으로 내 몸을 더듬는 그녀의 손길이 느껴진다.

"자꾸 이러면 고의라고밖에 생각할 수 없어요!"

그녀의 일침에 순간 뜨끔한다.

"고의라뇨? 지금 누구 때문에 굴러떨어졌는데요!"

"그럼 저 때문이라는 거예요?"

"못 봤어요? 요다 씨가 절 부르는 바람에 뒤돌아보다 이렇게 됐잖아요. 아아!"

"일단 일어나 봐요."

*

나는 그를 일으켜 세운다. 이 남자 정말 구제 불능이다.

"일어날 수 있겠어요?"

"아 씨, 몰라요!"

"왜 짜증이야! 지금 짜증 낼 사람이 누군데. 일어나 보라고요!"

그가 힘겹게 내 몸에 힘을 싣는다. 절뚝거리며 한 발, 한 발 내딛는 것이 단순 타박상은 아닌 듯 보인다. 그와 나는 옥상과 철문을 지나 나선형 계단을 밟고 아래층으로 내려간다. 거실까지 간신히 와서 그를 소파에 앉힌다. 그의 입에서 신음이 터져 나온다. 찢긴 이마에서는 피가 흘러내린다. 찰과상을 입은 팔꿈치에는 시퍼런 멍이 퍼져 있다. 그가 바지를 걷어 올린다. 퉁퉁 부어오른 발목과 찢어지고 멍든 무릎이 드러난다. 티슈를 뽑아 이마에 흐르는 피를 닦아 준다. 그가 소파 등받이에 상체를 기댄다. 소스라치게 소리를 지르며 그가 자신의 왼쪽 어깨를 움켜쥔다.

"어깨도 다쳤어요? 사람이 왜 그렇게 조심성이 없어요! 벗어 봐요."

"네?"

"얼마나 다쳤는지 봐야 할 거 아니에요."

그가 옷 벗기를 주저한다.

"창피해요?"

"그게 아니라……."

그가 와이셔츠 단추 하나를 푼다. 그러더니 겨우 어깨만 살짝 드러낸다.

"누가 보면 계집앤 줄 알겠네요."

그가 민망해한다. 그의 왼쪽 어깨는 피멍이 더 심하다. 얼음찜질이라도 해야 할 것 같아 자리에서 일어나려는데 그가 먼저 얼음 팩좀 만들어 달라고 말한다. 순간 얄미워진다. 한 대 때려 주고 싶다. 나는 어금니를 깨문 채 말한다.

"저도 그럴 참이었거든요!"

"웬 짜증이에요?"

"지금 짜증 안 나게 생겼어요!"

"그렇게 따지면 다친 제가 더 짜증이죠. 누구 때문에 다쳤는데."

"그게 왜 저 때문이에요?"

"관두죠, 관둬!"

자리에서 일어나는데 초인종 소리가 들린다. 올 사람은 없다. 나는 못 들은 척 부엌으로 가 냉동실에서 얼음을 꺼낸다. 일회용 비닐봉지로 얼음주머니 두 개를 만들어 가져간다. 하나는 그의 어깨 위에 얹어 주고 하나는 발목에 얹어 준다.

"근데 저 소리 안 들려요?"

"신경 꺼요. 아무도 아니니까."

그러나 초인종 소리는 계속해서 난다. 집 밖으로 새 나간 불빛을 보고 계속 눌러 대는 것이다. 신경이 쓰이는지 그가 말한다.

"계속 눌러 댈 모양인데요."

"댁 같은 사람이 또 있나 보죠."

뒤늦게 내 말뜻을 이해한 그가 헛기침을 한다. 그냥 무시하려는데 그가 계속해서 나가 보라며 재촉한다.

"신경 쓰이잖아요. 얼른 나가 봐요."

하는 수 없이 나는 현관문을 열고 나간다. 그런데 벽돌 길 중간쯤에 검은 실루엣 하나가 서 있는 게 보인다. 가까이 다가가자 90킬로그램도 넘어 보이는 여자가 윤곽을 드러낸다. 어떻게 들어왔는지 모를 일이다.

"누구세요? 어떻게 들어왔어요?"

뚱녀는 절뚝거리는 걸음걸이로 벽돌 길을 걸어 들어오고 있다.

"하룻밤 묵을 방을 찾는 중인디유……."

빈방 장사를 그만둔 뒤로도 종종 찾아오는 손님들이다. 지난주에는 도보 여행 중인 두 여대생이 사정을 해 와 하룻밤 묵어갔다. 방학 철이 되면 유독 빈번해지는 일이다.

"여긴 그런 데 아니에요. 근데 어떻게 들어왔느냐니까요?"

"미니께 대문이 걍 열리던디유."

이 집이 지어질 때부터 쓰던 잠금장치를 아직까지 쓰고 있으니 말썽이 생기는 것도 당연하다. 뚱녀가 문 밖에 버려져 있던 나무 팻말을 내게 들어 보인다. 시내 나갈 때 멀리 던져 버렸어야 했는데 내 불찰이다.

"방을 빌려 준다 혀서요. 하룻밤 신세 쪼까 지면 안 될까유?"

"여긴 그런 데 아니라니까요. 나가 주세요."

"실은 지가 언놈한테 쫓기고 있어서유. 해필이면 발까지 접질렸구면유."

나는 뚱녀의 발을 내려다본다.

"여그 아니면 당장 갈 데가 없구면유. 쪼까 도와주세유."

뚱녀는 불안한 눈으로 자꾸 문밖을 돌아본다. 정말로 누군가에게 쫓기는 사람 같다.

"많이 다쳤어요?"

"하룻밤 자고 나면 괘안아질 거구면유."

많이 다쳤느냐는 물음을 쉬었다 가라는 허락의 의미로 해석한 뚱녀가 재차 고맙다고 말한다. 어쩔 수 없게 돼 버린 것이다. 뭐가 들었는지, 뚱녀의 한쪽 어깨에 짊어진 가방이 빵빵하다. 나는 뚱녀의 손에 들린 나무 팻말을 뺏어 창고에 던져 두고는 집 안으로 들어간다. 뚱녀가 절뚝거리며 따라 들어온다. 뚱녀와 함께 들어선 나를 그가 의아한 눈으로 쳐다본다.

*

이번엔 또 어떤 남잔가 했더니, 웬 거구녀가 그녀와 함께 들어온다. 흘러넘치는 뱃살과 젖가슴이 위협적인 여자다. 집 안을 기웃거리던 거구녀의 시선이 드러난 내 어깨에 꽂힌다. 나를 이 집의 또다른 주인이라고 생각했는지 거구녀가 내게 인사를 건넨다.

"밤늦게 실례가 많구면유. 집이 겁나 으리으리하네유. 그란데 뭔

놈의 고양이가 저리도 많데유?"

거구녀를 방으로 안내하는 걸 보니 투숙객인 모양이다. 발을 다치기라도 했는지 거구녀는 절뚝거리며 방으로 들어간다. 나는 거실로 돌아온 그녀에게 묻는다.

"아직도 방을 빌려 주나 봐요?"

"가끔 여자에 한해서만요. 저 여자, 남자한테 쫓기고 있나 봐요."

"설마요. 남자한테 쫓길 만한 몸으로는 안 보이는데요?"

내 말이 우스웠는지 그녀가 입을 실룩거린다. 터져 나오려는 웃음을 참기 위해 그녀가 입술을 입안으로 오므려 넣는다. 간신히 웃음을 잠재우고 난 그녀가 말한다.

"실은 저도 그렇게 생각했어요."

그녀의 말에 나도 풋, 하고 참았던 웃음을 터뜨린다. 그녀가 따라 웃는다. 우리는 한참을 웃고 또 웃는다. 들썩여진 어깨에서 찌릿한 통증이 일어난다. 화기애애해진 분위기를 틈타 방에 가 누워야겠다고 말한다. 조금 망설이는 듯 보였지만, 그녀는 이내 나를 일으켜 세운다. 얼음주머니를 집어 든 나는 그녀의 부축을 받으며 방으로 들어간다. 그녀가 방 안에 있는 고양이들을 복도로 내보낸다. 또자기 방을 빼앗겼다고 생각한 고양이들이 야옹댄다. 방바닥에 몸을 눕히자 온몸에 숨어 있던 다른 통증들이 들고일어난다. 계단을 좀더 내려간 다음에 몸을 던졌어야 했다. 나는 온갖 엄살을 부리며 트렁크를 끌어당긴다. 보다 못한 그녀가 찾는 게 뭐냐고 묻는다.

"약 좀."

그녀가 대신 트렁크에서 비상약 주머니를 꺼낸다. 후시딘 연고를 찾아 내 팔꿈치와 무릎에 발라 주기까지 한다. 연고를 묻힌 그녀의 손이 이마로 올라오는 순간 그녀와 눈이 마주친다. 나는 얼른 천장으로 눈을 돌린다. 이마에 연고를 발라 준 데 이어 반창고까지 붙여 준다. 갑자기 분위기가 어색해지자 그녀는 애먼 비상약 주머니를 뒤집어 약이란 약은 몽땅 쏟아 낸다.

"이거 소염 진통제 맞죠? 얼음이 벌써 녹았네요."

그녀가 서둘러 얼음주머니를 들고 자리를 뜬다. 나는 그녀가 붙여 준 이마의 반창고를 손으로 만져 본다. 직사각형 모양의, 가장 큰 사이즈의 반창고가 야무지게 붙어 있다. 사고는 친밀해지기 위한 방법으로 제법 괜찮아 보인다. 저번에도 느낀 바지만, 천성이 나쁜 여자는 아니라는 생각이 든다. 그런데 통증이 점점 심해지는 게, 어째 좀 불안하다. 그녀의 발소리가 들린다. 이마에서 손을 뗀다. 방바닥에 물컵을 내려놓은 그녀가 새 얼음주머니를 어깨와 무릎 위에 올려 주고는 바쁘게 자리에서 일어난다. 나는 방문을 닫고 나가려는 그녀를 불러 세운다. 그녀가 문 사이로 얼굴을 돌려 나를 쳐다본다.

"근데 아까 하려던 말 뭐였어요? 별 보고 내려올 때 저 불렀잖아요."

"조심하라고요. 계단."

뭐, 그렇다 해도 일부러 다친 것에 대해 후회하지는 않는다. 의도와 달리 큰 사고로 번지긴 했지만, 이 상처가 그녀를 파헤치는 데 한몫 거들어 줄 거라 믿었다. 그녀가 방문을 닫고 나간다. 나는 소염 진통제 두 알을 물과 함께 삼키고는 와이셔츠 주머니에 끼워진,

만년필 모양의 녹음기를 꺼내 그녀가 했던 말을 재생한다. 일과 연애를 사랑했던 부모의 사망으로 혼자가 됐다는 것 말고는 아직까지 이렇다 할 얘기는 없다. 인터뷰는 생각보다 지지부진해져 가고 있었다. 나는 주머니에 녹음기를 다시 끼워 두고 이마에 붙은 반창고를 만지작댄다. 영광스러운 이 상처 덕분에 그녀와 조금 더 친해졌다는 생각이 든다.

삐비비빅. 바지 주머니 속의 휴대폰이 배터리가 다 돼 간다고 알려 온다. 트렁크에 있는 여분의 배터리를 꺼내려는데, 통증 때문에 만사가 귀찮아진다. 휴대폰을 머리맡에 그대로 밀어 놓고는 눈을 감는다. 그런데 고양이 꿈을 불러오는 집이란 건 무슨 뜻일까. 반창고가 찌푸려진 이맛살을 팽팽하게 잡아당긴다.

"일어나!"

낯선 목소리가 들린다. 엄마, 아빠의 죽음 이후 이런 식으로 나를 깨운 사람은 없었다. 내 잠을 깨운 건 자명종이나 창밖에서 들려오는 새의 울음소리였지 누군가의 목소리는 아니었다.

"일어나라고!"

그런데 목에서 느껴지는 이 금속성의 차가움은 뭘까. 눈을 뜬다. 달덩이 같은 얼굴 하나가 나를 내려다보고 있다. 누구지? 아, 기억난다. 어젯밤 그 뚱녀다. 그런데 투숙객 주제에 주인인 내 방에 들어와 나를 깨우는 이유는 뭘까. 저 무례한 행동과 목에서 느껴지는 이 차가움은 뭘까. 설마, 하며 눈을 내리깐다. 부엌 칼집에 꽂혀 있어야 할 식칼이 뚱녀의 손에 쥐여 있다. 뚱녀는 지금 칼로 내 목을 겨누고 있다. 도대체 왜?

"눈을 떴으면 재깍 일어나야 할 거 아니야!"

구수한 충청도 사투리를 구사하던 뚱녀의 말투가 오늘은 좀 이상하다. 나는 손을 들어 올리고 침대에서 내려선다. 사지와 입이 떨려 온다. 입에 문 교정 장치가 아랫니와 부딪치며 탁탁 소리를 낸다.

"나가!"

"왜, 왜 이래요?"

"나가란 말 안 들려!"

"이유를 알아야……."

말을 끝맺기도 전에 뚱녀의 손이 내 뺨으로 날아온다. 눈앞에 불꽃이 지나간다. 고개가 옆으로 틀어지더니 몸이 휘청거린다. 그 충격에 윗니에 끼워져 있던 교정 장치가 입 밖으로 튀어나와 떨어진다. 뺨 한 대 얻어맞았을 뿐인데 몸이 바닥으로 나가떨어진다. 그제야 정신이 든다. 겁에 질린 나는 화끈거리는 뺨을 어루만지며 자리에서 일어나 방을 나간다. 저 거구의 여자를 혼자서 어떻게 해 볼 순 없다. 저 주먹 한 방이면 뼈든 이빨이든 남아나는 게 없을 것이다. 목에 겨눠졌던 칼이 등으로 내려온다. 뾰족한 칼끝이 계단을 내려설 때마다 아슬아슬하게 등을 찌른다. 고양이 117이 밥을 먹고 막 방에서 나온다. 이상한 분위기를 감지한 고양이 117이 뚱녀에게 달려든다. 그러나 녀석은 뚱녀의 발길질 한 번에 나가떨어지고 만다. 접질렸다는 뚱녀의 발은 너무도 멀쩡해 보인다.

"고양이는 놔둬요."

"어디다 대고 명령이야! 어제 어깨 까고 있던 놈 어딨어. 네년 남자 말이야!"

"왜 이래요, 정말."

"몰라서 물어? 입 닥치고 그놈 방으로 가!"

나는 그가 자고 있는 방문을 열고 들어간다. 잠들어 있는 그를 뚱녀가 발로 건드려 깨운다. 그의 머리맡에 녹아 버린 얼음주머니 두 개와 휴대폰이 놓여 있다.

"일어나, 이 새끼야!"

놀라서 눈을 뜬 그가 몸을 일으킨다. 그러나 이내 바닥으로 쓰러진다. 몸이 아직 회복되지 않은 것이다. 그렇게 심하게 다쳤는데 하루 만에 좋아졌을 리가 없다. 뚱녀가 내 몸을 그에게 밀친다. 앉아 있는 그의 몸과 균형을 잃은 내 몸이 부딪친다.

"끌고 나와."

나는 뚱녀가 시키는 대로 그를 부축해 일으킨다. 그의 휴대폰이 보인다. 어떻게든 저거라도 집어 들어야겠다는 생각에 반쯤 일으켜 세운 그의 몸을 일부러 넘어뜨린다. 다친 곳을 건드린 통에 그가 비명을 지른다. 그에겐 미안한 일지만 어쩔 수 없다. 그의 몸과 내 몸이 한데 뒤엉킨다. 나는 그 틈을 이용해 뚱녀 몰래 그의 휴대폰을 트레이닝복 바지 주머니에 감춘다. 다행히 들키진 않는다. 어리둥절해하는 그가 내 귀에다 대고 무슨 일이냐고 묻는다.

"빨리 움직여요."

뚱녀는 또다시 칼끝을 내 등에 들이대고는 방에서 나가라고 윽박지른다. 복도와 부엌을 지난 우리는 뚱녀에 의해 지하 계단 앞에 다다른다. 뚱녀는 어떻게 알고 우리를 지하실 쪽으로 내모는 걸까.

"내려가!"

주춤거리자 뚱녀가 그의 정강이를 사정없이 걷어찬다. 한쪽 무릎이 바닥에 끌리는 동시에 단말마의 비명이 귓속으로 파고든다. 걷어차인 게 내 다리인 것처럼 고통이 나한테까지 그대로 전달된다. 나는 그를 끌고 지하 계단을 서둘러 내려간다. 가늠할 수 없는 뚱녀의 폭력에 겁이 나서다. 철문 앞 층계참에 이르자 뚱녀가 위협적인 목소리로 말한다.

"들어가!"

"네?"

"씨발! 들어가, 이 쌍년아!"

뚱녀의 발에 걷어차인 나와 그의 몸이 창고 안으로 처박힌다. 문이 등 뒤에서 철커덕, 하고 닫힌다. 빗장 거는 소리가 들린다. 내 집에 내가 갇히다니. 무슨 이런 개 같은 경우가 있단 말인가. 나는 철문을 쳐 대며 소리친다.

"왜 이래!"

이를 악문 뚱녀의 목소리가 말한다.

"아가리 닥쳐! 이 씨발년아!"

"원하는 게 뭐야! 돈이야?"

"뭐, 돈? 그래, 처음엔 돈이었지. 근데 애석하게도 내 가방이 꽉 차서 말이지. 집만 컸지 이렇게 실속 없는 집은 내 생전 처음이야."

"근데 왜 이래!"

"남자한테 쫓길 만한 몸으로는 안 보인다며? 그래서 너희 두 연놈들을 쫓아낸 것뿐이야. 어디 어제처럼 깔깔대 보시지!"

"뭐?"

"왜, 억울해? 너희 같은 쓰레기들은 싹 뒈져야 해! 그러니까 얌전히 처박혀 있어, 이 썹년아! 네년 고양이들 걱정되면."

"무슨 말이야!"

"허튼 수작 부리면 네년 고양이들 황천길 보낸다는 소리지 뭐긴 뭐야!"

"아!"

"그래도 나 같은 사람 만난 걸 천만다행으로 알아, 이년아! 적어도 난 사람 목숨은 해치지 않거든. 왜냐? 골치 아프니까. 헤헤헤헤."

실성한 뚱녀의 웃음소리와 지하 계단을 올라가는 뚱녀의 발소리가 들린다. 정말로 우릴 이대로 두고 가 버릴 모양이다. 뚱녀의 발소리가 점점 멀어져 가더니 이내 사라진다. 나는 그 자리에 철퍼덕 주저앉는다. 이때 뚱녀 몰래 집어 온 그의 휴대폰이 허벅지를 짓누른다. 잘 하면 금방 나갈 수 있을지도 모른다. 자리에서 일어나 벽의 스위치를 찾아 불을 켠다. 트레이닝복 바지 주머니에서 그의 휴대폰을 꺼낸다. 한 번씩 깜빡이는 형광등 불빛 사이로 자신의 휴대폰을 알아본 그가 말한다.

"그거 제 거잖아요."

"이럴 줄 알고…… 근데 이거 왜 이래요?"

"왜요?"

"배터리가 없잖아요."

"아!"

액정에 화면이 뜨지 않는다. 그가 내 손에서 자신의 휴대폰을 빼앗아 재차 확인한다. 꼼짝없이 갇히게 됐다는 생각에 화가 치민다.

"다 당신 때문이야!"

"뭐가요?"

"당신이 재촉하는 바람에 나갔다가 저 여자 들인 거잖아요!"

"그게 왜 저 때문이에요? 무턱대고 문을 열어 준 요다 씨 잘못이죠."

"뭐요!"

"아니, 그렇잖아요. 문도 사람을 봐 가며 열어 줬어야죠. 딱 봐도 수상해 보이더만."

"제가 열어 준 거 아니에요! 들어와 있었다고요!"

"어쨌든 문을 제대로 안 잠근 건 요다 씨니까 요다 씨 잘못이죠."

할 말이 없어진다.

"근데 배터리 충전은 왜 안 해 놨어요!"

"이런 일 생길 줄 알았습니까?"

"당신은 정말 구제 불능이야!"

"뭐요!"

"당신 때문에 되는 일이 하나도 없잖아!"

"아, 그래요. 미안해요. 다 제 잘못이네요. 이제 됐어요?"

미안하다는 그의 말에 또 할 말이 없어진다. 그가 내 눈치를 살피며 묻는다.

"근데 무슨 낌새 같은 거 못 느꼈어요?"

"설마 이상하다는 거 알고도 들였겠어요!"

"혹시 저 여자가 그 용의자 아닐까요?"

"네?"

"연쇄 실종요. 피해자가 대부분 남자인 걸 보면 용의자는 여자일 가능성이 커요. 저 정도 체구면 남자 하나는 거뜬히 해치울 수 있어요. 자기 인격을 모독한 사람만 골라 죽인다, 왠지 그럴듯하지 않아요?"

"아니에요."

"이런 식으로 사람을 감금해 죽게 만든 다음, 자기만 아는 제3의 장소로 옮기는 거죠. 시신을 찾을 수 없게요. 맞아요. 그래서 시신을 찾을 수 없었던 거예요."

"아니라니까요."

"요다 씬 뭘 믿고 그렇게 확신해요?"

"베이커리 아저씨는 다른 사람 인격에 흠집이나 낼 만큼 나쁜 사람은 아니었으니까요."

"아, 그래요……."

자신의 추리가 휴지 조각이 되자 그가 고개를 떨어뜨린다.

"이제 어떡해요. 우린 꼼짝없이 갇혔어요. 이 문 말고 다른 통로는 없단 말이에요."

*

그것 참 다행이네요, 라고 나는 속으로 말한다. 그녀와 단둘이 갇히게 되다니. 정말로 하늘은 스스로 돕는 자를 돕는 모양이다. 정강이를 걷어차이는 순간엔 죽이고 싶을 만큼 미운 거구녀였지만,

여기 이곳에 갇히고 보니 생각이 달라진다. 이 폐쇄된 공간에서 그녀와 내가 할 수 있는 거라곤 이제 대화밖에 없다. 대화는 곧 인터뷰다. 그러니 나는 거구녀에게 한없이 감사해야 한다. 정강이 한 대 맞아 준 대가치고는 꽤 그럴싸한 결과란 생각이 든다. 게다가 내 와이셔츠 주머니에는 만년필 모양의 녹음기까지 그대로 꽂혀 있다. 완벽 그 자체다. 정신 사납게 한 번씩 깜빡이는 저 형광등만 빼면 말이다.

그녀가 자리에서 일어난다. 그녀는 나만 놔두고 계단을 내려가려 한다. 몸에 딱 달라붙는 분홍색 트레이닝복 바지에 엉덩이까지 내려오는 하얀색 면 티를 입고 있는 그녀. 다행히 그녀의 뒤꿈치는 바지 밑단에 가려 보이지 않는다.

"같이 내려가요."

나는 팔을 뻗어 나 좀 부축해 달라는 몸짓을 해 보인다. 그녀가 입술을 깨문다.

"정말 당신이란 사람!"

그녀가 마지못해 나를 부축해 일으킨다. 그녀와 나는 2인 3각 경기를 하듯 나란히 계단을 내려간다. 밀착된 그녀의 몸에서는 상큼한 보디로션 냄새가 난다. 그녀의 풀어 헤친 머리카락이 내 뺨에 와 닿는다. 나는 그녀 쪽으로 고개를 틀어 그녀의 머리카락에 얼굴을 파묻는다. 첫날에 맡았던 그 샴푸 냄새가 난다. 나는 지그시 눈을 감고 그녀의 온갖 체취를 음미한다.

"지금 뭐하는 거예요?"

"제가 뭘요."

"관두죠."

마지막 층계에서 발을 떼자 예의 아담한 바가 딸린 와인셀러가 나타난다. 나는 놀란 척 감탄사를 뱉어 낸다.

"와우! 그냥 지하실이 아니었군요."

그녀는 나를 테이블로 끌고 가 앉힌다. 그러고는 지하 내부를 뒤지기 시작한다. 뭘 찾는 거냐고 물어도 대답이 없다. 그녀가 와인셀러로 통하는 유리문을 밀치고 안으로 들어간다. 빈 병뿐인 어두운 그곳에 뭐가 있다고 그러는지, 그녀는 뭔가를 찾고 또 찾는다. 빈손으로 와인셀러에서 나온 그녀는 불안하게 계속 왔다 갔다 한다.

"마땅한 게 없어요."

"뭐가요?"

"나갈 방법을 찾아야 할 거 아니에요."

"철문이라 웬만한 도구론 힘들어요."

"그럼 마냥 이대로 손 놓고 있어요!"

"천천히 궁리해도 늦지 않아요. 섣불리 움직였다가 저 여자한테 들키면 요다 씨 고양이들만 위험해져요."

"당신 때문이니까 당신이 궁리해요!"

"알았어요. 정신 사나우니까 일단 앉아 봐요. 앉아서 차분히 생각해 보자고요."

그녀가 내 맞은편 의자를 빼고 앉는다. 벌써부터 나갈 방법을 궁리하고 있는 그녀. 하지만 나는 나갈 방법 따윈 궁리하고 싶지 않다. 나는 나가려고 발버둥 치는 그녀의 의지를 꺾어 두기 위해 그녀에게 말한다.

"저 문을 따고 나갈 수 있다 쳐도 지금은 위험해요. 제 몸이 성한 것도 아니고, 결국 요다 씨 혼자 저 여자 상대해야 한다는 소린데, 할 수 있겠어요?"

그녀는 대답이 없다. 거구녀의 힘을 그녀도 안 것이다. 금세 체념으로 돌아선 그녀가 깍지 낀 손을 테이블에 올려놓는다. 잠시 어색한 침묵이 흐른다. 이 분위기가 싫었는지 그녀가 자리를 박차고 일어나 바에 딸린 개수대로 가 수돗물을 튼다. 오랫동안 사용하지 않은 수도꼭지에서 요란한 소리를 내며 콸콸콸 물이 쏟아진다. 뭘 하나 했더니 그녀는 입안을 두어 번 헹구고 세수를 한다. 머리카락이 물에 젖어 엉망이 된다. 그녀가 허벅지에 손을 훔치며 테이블에 와 앉자, 나는 무릎을 굽혀 의자 위에 다리를 올린다. 거구녀에게 걷어차인 정강이를 확인하기 위해, 아니 그녀에게 그 상처를 내보이기 위해 바지를 걷어 올린다. 정강이에는 시퍼런 멍이 들어 있다. 그녀가 곁눈질로 내 다리를 힐끔거리더니 무심한 투로 아프냐고 묻는다.

"네. 돌아가시게 아픕니다."

"어제 다친 데는요?"

"지금 저 걱정해 주는 겁니까?"

"괜찮아야 여기서 나갈 거 아니에요."

"네, 어련하시겠어요. 근데 뺨은 왜 그래요?"

그녀의 왼쪽 뺨은 붉게 달아올라 있다.

"일어나자마자 갈기더라고요."

"턱은 괜찮아요?"

"보시다시피요."

또다시 끼어든 침묵에 분위기가 어색해진다. 배터리가 나간 휴대폰 폴더를 열고 닫기만 반복한다. 무슨 말이든 해야 한다. 그래야 인터뷰를 끌어낼 수 있다. 나는 한 번씩 깜빡이는 형광등을 올려다보며 말한다.

"저 형광등 되게 신경 쓰이네요. 그래도 여름이라 다행이죠? 얼어 죽진 않을 거 아니에요."

"여기서 못 나가면 결국 우린 굶어 죽어요."

"왜 그렇게 나쁘게만 생각해요."

"전 불행한 사람이니까요."

"요다 씨 같은 사람이 불행하면 지구 상에 행복할 사람은 하나도 없겠네요. 이렇게 크고 좋은 집에 살겠다, 3억 원짜리 소설 당선에, 책도 잘 팔려, 유명해져, 뭐가 불행해요?"

"당신이 뭘 알아!"

그녀의 거세고 신경질적인 말투에 순간 움찔한다. 그런다고 여기서 물러서면 안 된다.

"그래서 제가 왔잖아요. 요다 씨에 대해 알고 싶어서."

"은근슬쩍 인터뷰할 생각이라면 관둬요!"

젠장! 그녀가 자리에서 일어나 바 쪽으로 걸어간다. 바 테이블 안쪽에서 무언가를 꺼내 온다. 담배와 라이터가 들어 있는 재떨이다. 그녀가 담배 하나를 물고서 내게 담배 하느냐고 묻는다. 나는 담배는 피우지 않는다. 어릴 때 골초였던 아버지가 폐암으로 돌아가시는 걸 보고는 담배는 절대 배우지 말아야지, 했다. 대답을 머뭇거리자 그녀가 한심하다는 듯 묻는다.

"못해요? 남자가 담배도 안 배우고 뭐했어요?"

한순간 나는 지질한 남자가 돼 버린다.

"아니, 해요. 가끔."

그녀가 어디 그럼 피워 봐, 라는 식으로 담배 한 개비를 내민다. 마지못해 받아 든 담배를 입에 문다. 한 모금 빨아 삼키는데 창피하게도 기침이 새어 나오려고 한다. 나와 반대로, 그녀는 담배 연기를 폐 깊숙이 빨아들였다가 능숙하게 뱉어 낸다. 나는 다시 한 번 치고 들어가 볼 요량으로 그녀에게 슬쩍 묻는다.

"담배는 언제부터 배웠어요?"

"인터뷰는 안 한다고 했잖아요."

"그게 아니라, 담배를 제대로 피우는 것 같아서요."

"스물한 살요."

"근데 담배를 왜 이런 데다 놔뒀어요?"

"끊어 보려고요."

"보니까 와인도 장난 아니게 많던데, 한 병 갖다 마셔도 돼요?"

"원래 그렇게 뻔뻔해요, 아니면 기자라 그래요?"

"한 병 갖다 마셔도 표도 안 나게 많구먼, 그게 그렇게 아까워요?"

"깡통이에요."

"네?"

"다 빈 거라고요."

이미 알고 있는 사실이지만 애써 허탈한 표정을 지어 보인다. 그

녀는 작전대로 내 페이스에 말려들고 있다. 이대로만 가 준다면 인
터뷰를 끌어낼 수도 있을 테다. 나는 길게 빤 담배 연기를 그녀처럼
깊숙이 삼켜 본다. 그러나 잘못 들어간 연기를 곧 기침과 함께 토해
낸다. 이걸 놓칠 리 없는 그녀가 이번엔 진짜 한심하다는 듯 한마디
던진다.

"으이그, 이리 내요!"

그녀가 내 손에 있는 담배를 빼앗아 문다.

*

길이가 다른 두 개비의 담배를 한꺼번에 빤다. 두 배로 뿜어내는
연기만큼 불안과 스트레스가 두 배로 풀린다. 계집애처럼 그는 자
기 쪽으로 넘어오는 담배 연기를 손부채로 날려 보낸다. 들켜 버린
마당에 담배 연기가 반가울 리 없을 것이다.

"말려든 줄 알고 순간 좋았죠?"

"네?"

"백날 용써 봐요, 넘어가나."

그의 얼굴이 삽시간에 굳어진다. 내 집에 온 이래 처음으로 무섭
고 차갑게 변해 버린 얼굴이다. 화가 단단히 난 것 같다. 여차하면
내 면상에 주먹이라도 날릴 기세다.

"좀 너무하단 생각 안 들어요? 요다 씨 인터뷰하러 온 건 뭐죠?"

"그러니까 돌아가랬잖아요."

"음식 잘못 먹어 탈이 나질 않나, 떨어져 다치질 않나. 거기다 걸어차이고 갇히기까지. 요다 씨 때문에 전 무슨 죕니까. 이게 무슨 개고생이냐고요!"

"다 저 때문이라는 거예요?"

"그럼요? 다치고 갇힌 것도 억울한데, 이대로 돌아갈 순 없어요!"

"돌아갈 수 있기나 하면 다행이게요. 여기서 못 나가면 우린 굶어 죽어요. 그러니까 딴 생각 말고 나갈 방법이나 궁리해요."

"얌전히 처박혀 있으란 말 허투루 들었어요? 그러다 요다 씨 고양이들 위험해지면 어쩌려고요."

"고양이 쥐 생각하기는. 그건 그냥 협박이었어요."

"그러지 말고 한 번 합시다."

"할 거였으면 진작 했죠."

"좀 해 줘요. 분위기도 좋잖아요."

"누가 들으면 그 짓 하자는 걸로 오해하겠네요."

"저 농담할 기분 아니거든요!"

"누구는요!"

나는 짧아진 담배 두 개를 비벼 끄고 자리에서 일어나 철문으로 걸어간다. 층계참으로 올라가 철문을 살핀다. 열 방법을 찾아야 한다. 절뚝거리며 따라온 그가 계속해서 종알댄다.

"인터뷰 안 해 주면 저 여기서 안 나가요. 나가는 데 협조도 안 해요."

"누가 겁낼까 봐요. 전 어떻게든 나갈 거니까, 그쪽은 그쪽 맘대

150

로 해요."

철문을 잡아당겨 본다. 문에서 삐걱삐걱 소리가 난다. 그런데 그
때 탕, 하고 철문 걷어차는 소리가 들린다. 뚱녀다! 가 버린 줄 알았
더니 그게 아니었다.

"내가 이럴 줄 알았어! 얌전히 처박혀 있으랬지!"

뚱녀 목소리에 기가 눌려 나도 모르게 몸이 뒤로 물러난다.

"이 썹년아! 벌써 기어 나오게? 고양이들 먹 한번 따 볼까!"

"……."

"수작 부리지 말랬지! 왜 대답이 없어!"

뚱녀가 걷어찬 문소리에 어깨가 움츠러든다. 나는 계단을 내려가
테이블에 앉는다. 바싹 타들어 간 입에 담배 하나를 꺼내 문다. 맞
은편에 걸터앉은 그가 내 염장을 지른다.

"거봐요. 제가 얌전히 있으랬잖아요."

"지금 누구 놀려요!"

"일단 기다려 봐요."

"여기가 당신 집이라도 그렇게 느긋했겠어요!"

"진짜 쫓기는 거라면, 저 여자 여기 오래 있진 못해요."

"다 당신 때문이야!"

"왜 또 화살이 저한테 돌아옵니까? 그리고 그게 왜 저 때문이에
요? 대문을 제대로 안 잠근 요다 씨 잘못이죠."

"당신이 나가라 해서 이렇게 된 거잖아!"

"염병할! 관둡시다. 입만 아프니까!"

"뭐요, 염병?"

화난 그가 피우지도 못하는 담배를 꺼내 문다. 뻐끔뻐끔 빨아 댈 때마다 연기와 기침을 목구멍에서 동시에 토해 낸다. 아주 시끄러워 죽겠다. 한 번씩 깜빡이는 형광등 때문에 신경은 더 날카로워진다.

"죽겠네, 정말! 그렇게 시끄럽게 피울 거면 관둬요!"

"남이사 전봇대로 이를 쑤시든 요강으로 꽈리를 불든 뭔 상관입 니까!"

이러면 안 되는데 나도 모르게 풋, 하고 웃음이 나온다. 나는 담 배를 빠는 척하며 손으로 입을 가린다. 그는 이런 상황에서도 날 웃 게 만들고 있었다. 그래서 얄밉다가도 다시 그를 바라보게 된다. 누 군가 옆에 있다는 건 바로 이런 것이다. 웃음을 참아 내야 하고, 나 도 모르게 신경질과 짜증을 부리게 되고, 무엇보다 말하고 싶지 않 아도 말을 하게 된다는 것. 그는 그새를 못 참고 또 말을 걸어 온다. 저 끈질긴 근성을 어떻게 감당해야 할지 모르겠다.

"저기 요다 씨, 우리 상황 정리 한번 해 봐요."

"또 뭐요?"

"우린 지금 갇혔어요. 근데 나가려고 발버둥 치면 요다 씨 고양 이들이 위험해질지 몰라요. 그렇죠?"

"그래서요?"

"이왕 이렇게 된 거 멋쩍게 있느니 생산적인 뭔가를 해 보자는 거죠."

"음흉스럽게 생산적이라뇨?"

"그런 뜻 아니란 거 아시면서 왜 또 저러실까. 입씨름 그만하고 좀 합시다! 무슨 얘기든 다 들어 줄게요."

"전 제 얘기 남한테 하는 거 안 좋아해요."

"이해받고 싶지 않아요?"

"제가 왜 이해받고 싶을 거라 생각해요?"

"혼자잖아요."

"혼자라는 이유가 이해받아야 할 이유는 아니에요."

"혼자라 외로웠잖아요."

"혼자라고 다 외로운 건 아니에요. 두 명하고 있어도 열 명하고 있어도, 아니 100명하고 있어도 외롭긴 마찬가지예요."

역시 이번에도 실패인가, 하는 표정으로 그가 담뱃재를 털어 낸다. 이젠 담배에 익숙해진 듯, 그는 기침도 하지 않는다. 그렇게 말 없이 담배만 피워 대던 그가 담배를 비벼 끈다. 짧아질 대로 짧아져 더 이상 피울 수 없게 돼 버린 담배를 짓누르고 나더니, 무슨 대단한 결심이라도 한 사람처럼 숨을 크게 들이마셨다 내쉰다. 그러고는 그가 나를 정면으로 응시한다.

"요다 씨, 이거 뭔지 모르죠?"

그가 자신의 와이셔츠 주머니에서 만년필을 꺼내 보여 준다.

"절 바보로 알아요?"

"이거 그냥 만년필 아니거든요?"

그가 만년필 머리를 누르자 웬 여자 목소리가 흘러나온다. 저 낯익은 목소리는 내 것이다. 꽃게탕 먹을 때 내가 했던 말들이다.

"뭐야, 당신!"

"불쾌했다면 미안해요. 근데 저한테도 이젠 필요 없어요."

그가 난데없이 만년필 모양의 녹음기를 두 동강 내 버린다. 파편

들이 테이블 바깥으로 튕겨 나간다. 흘러나오던 내 목소리도 중간에 끊겨 버린다. 뭐하자는 속셈인지 모르겠다. 그가 이번엔 바지 뒷주머니로 손을 가져간다. 무언가를 꺼내 테이블 위에 내려놓는다. 빨간색 종이 조각은 내 예전 명함이다.

"어제 마트에서 주웠어요. 지갑 떨어뜨렸을 때요."

"정말 당신이란 사람!"

"인터뷰는 안 할 게요. 아니 관둘 게요."

"무슨 꿍꿍이예요?"

"솔직해지고 싶어서요. 인터뷰를 떠나 인간 대 인간으로 요다 씰알고 싶어졌어요. 현관에 신발이 한 켤레밖에 없을 때도 그랬고, 『뒤꿈치』 책에 쌓여 있는 먼지를 봤을 때도, 이 명함을 주웠을 때도 그랬어요. 궁금했어요, 요다 씨란 사람이. 그리고 그런 요다 씰보면서 요다 씨도 다른 누군가에게 자기 얘길 하고 싶을 거란 생각이 들었어요."

"잘못 짚었어요. 전혀 아니거든요."

"거짓말 마요. 전 눈을 보면 다 알아요."

"틀렸어요."

"들어 줄 게요. 뭐든 얘기해 봐요. 지금부터 전 기자도 뭣도 아니에요. 그냥 들어 주는 사람이에요. 대신 들은 얘긴 한 귀로 듣고 한 귀로 흘려버릴게요. 기사도 안 쓸게요. 정말이에요. 이 녹음기 얼마나 비싼 건지 알아요?"

"그러니까 누가 부수래요."

"이래야 제 진심 알아 줄 것 같아서요. 제가 요다 씨 얘기 들어 주는 대신, 요다 씬 제 얘기 들어 주면 되잖아요."

"전 그쪽 얘긴 하나도 안 궁금하거든요?"

"전 수술을 네 번이나 받았어요. 심장 수술 두 번에 맹장 수술 한 번요. 그리고 사고로 신장이 망가져 한쪽을 떼어 냈죠. 볼래요?"

그가 자리에서 일어난다. 그러더니 와이셔츠 단추를 풀어 젖히고는 상체를 내보인다.

"무슨 짓이에요!"

"거짓말 아니란 거 보여 주려고요."

정말로 그의 몸은 수술 자국투성이다. 가슴 한가운데로 뻗어 내려온 자국과 아랫배와 옆구리를 가로지른 자국이 선명하게 돋아나 있다. 엉망진창인 그의 몸뚱어리. 그는 어제 저것 때문에 웃통을 벗지 않았던 것이다. 겉은 멀쩡해 보여도 인간이란 모두 저마다의 아픔과 상처를, 고작 단추 몇 개로 숨긴 채 살아가고 있었다. 나만 그런 게 아니었다.

"전 아버지 없이 컸어요. 어릴 때 폐암으로 일찍 돌아가셨거든요. 가장 노릇을 해 오던 형마저 사고로 잃었을 땐 정말 미치는 줄 알았어요. 세상이 날 버렸다고 생각했으니까요."

"됐어요. 그만해요."

"머잖아 어머니하고 여동생도 내 곁을 떠날지 모른다는 불안감에 점점 이상해져 가더라고요. 그때 사고를 당했어요. 이상한 정신 상태로 횡단보도를 건너다가요."

"……."

"그 사고로 신장 하날 떼어 냈죠. 이 옆구리는 그때 그 수술 자국이고요. 근데 전 다행이라고 생각했어요. 어머니하고 여동생 대신 불행을 겪었다고 생각했거든요. 그때 어머니나 여동생한테 그런 일이 일어났다면 전 정말 죽고 싶었을 거예요. 그래서 누구보다 전 요다 씰 이해해요."

"네?"

"요다 씰 이해한다고요. 가족, 슬픔, 고독…… 뭐든 다요."

"……."

"우리 아버진 작은 사진관을 운영하셨어요. 근데 이상하게도 저희 집엔 가족사진 한 장 없었어요."

사진관 주인 집에 가족사진 한 장 없었다니, 왜일까.

"왜냐고 안 물어봐요?"

나는, 안 물어봐도 얘기 할 거잖아요, 라고 퉁명스레 말하려다 관둔다. 대신에 왜…… 라고 말끝을 흐리며 간신히 묻는 척을 한다. 마지못해 물어보는 것처럼 보였는지 모르겠다.

"너무 쉬운 일은 왜 잘 안 하게 되잖아요. 맘만 먹으면 얼마든지 찍을 수 있다는 생각에 그렇게 돼 버린 것 같기도 하고요. 그러다 아버지가 돌아가시고 형까지 가 버린 거예요. 그래서 전 사람들을 만나면 꼭 그것부터 물어봐요. 집에 가족사진 있느냐고요. 없으면 빨리 찍으라고 종용하곤 하죠. 가족사진이 가족의 행복을 지켜 준다고, 가족을 잃어버리지 않게 잡아 준다고 생각했거든요. 부적처럼요. 요다 씨네는 가족사진 있어요?"

그러고 보니 내게도 가족사진은 없었다. 그래서 엄마, 아빠가 죽어 버린 걸까. 그래서 우리 세 식구의 행복이 지켜지지 못했던 걸까.

"대답이 없는 걸 보니 없나 보군요. 의외로 그런 집이 많더라고요."

"정말요? 정말로 가족사진이 가족의 행복을 지켜 주는 거예요?"

"꼭 그렇다는 게 아니라, 제 개인적인 생각이 그렇다는 거예요."

나는 나 못지않게 힘든 시간을 보내 왔을 그의 얼굴을 빤히 응시한다. 사람 사는 건 어디나 다 똑같을지 모른다는 생각이 든다. 똑같이 슬프고 똑같이 아프고 똑같이 고독한 게 우리네 인생인 것이다.

"그렇게 형을 보내고 나서 형 대신 가장 노릇을 해야 했어요. 평생 살림만 해 오던 어머니는 돈이란 걸 벌어 본 적이 없었거든요. 여동생은 아직 어렸고요. 그때 깨달았던 것 같아요. 형은 왜 형으로 태어나는지요. 전 아버지보다 형이 없는 빈자리가 더 힘들었거든요. 형이 죽고 나서야, 그리고 형 대신 가장 노릇을 해 보고 나서야 형이 우리 가족을 위해 얼마나 치열하게 살아왔는지 알았으니까요."

"……."

"돈이 없어서 저 밑바닥까지 떨어졌을 땐 정말 강도 짓이라도 하겠더라고요. 요다 씬 그래도 그런 생각까지는 안 해 보고 살았을 거 아니에요."

"크고 좋은 집에 산다고 고생도 모르고 살았을 거라고 넘겨짚지 마요."

"아무리 그래도 요다 씬 저보다는 나았을 거예요."

"그렇지 않아요."

정말로 그렇지 않았다는 걸 증명해 보이고 싶은 순간이었다. 그의 말이 이어진다.

"올가을엔 여동생이 시집을 가요. 형과 아버지 대신 키워 낸 그 여동생요. 그 녀석도 우여곡절이 참 많았거든요. 그래서 기뻐요. 꽤 쓸 만한 놈을 만난 것 같아 다행스럽기도 하고요."

그의 목소리가 잠긴다. 미세하게 떨리는 그의 음성에서 지난날의 상처와 고독이 느껴진다. 그가 목을 가다듬으며 말한다.

"제 얘기만 하려니까 재미없네요. 이제 요다 씨 차례예요. 무슨 얘기든 해 봐요."

"없어요, 전."

"없긴 왜 없겠어요. 사연 없는 인생은 세상에 하나도 없어요."

"……."

내 침묵 속으로 그의 질문이 계속 파고든다.

"식구는 부모님하고 요다 씨 셋뿐이었나요?"

대답 없는 침묵이 길어지자, 그의 집요한 눈빛 공세가 이어진다. 그래, 해서는 안 될 얘기와 믿어 주지 않을 얘기만 피하면 되니까 별로 상관없을지 모른다. 풀린 단추 사이로 속살 조금 내보인다고 해서 어떻게 되진 않을 것이다. 무엇보다도 나는, 내 삶이 자기 삶보다 나았을 거라는 그의 단정적인 말투를 바로잡고 싶었다. 내 앞에서 칭얼대는 그에게 더 칭얼대야 할 사람은 자기가 아니라 나라는 걸 알려 주고 싶었는지도 모른다.

"셋뿐이었어요?"

반복되는 그의 끈질긴 물음에 나는 미적미적 고개를 끄덕인다.

"근데 집을 왜 이렇게 크게 지었어요?"

"그건……."

"아, 상업용으로 지은 거죠? 숙박업."

"아니에요. 그런 거."

"그럼요?"

나는 대답을 꾸물거린다.

"뭐냐니까요?"

"말장난요. 꼬마 아이의 생각 없는 말장난……."

"말장난이라뇨?"

"이 집은…… 아빠가 여덟 살 생일 선물로 저에게 지어 준 거였어요."

"진짜요?"

놀라서 재차 진짜냐고 묻는 그에게 고개를 끄덕인다.

"그런 사람한테 선물이라고 태극기를 디밀었으니…… 손이 부끄럽네요. 거봐요. 요다 씬 저보다 백배는 낫다니까요. 전 아버지가 돌아가신 이후로 생일이라곤 모르고 살았거든요."

"정말요?"

*

"네."

생일이라곤 모르고 살아왔다는 말에 그녀는 나를 측은하게 바라본다. 드디어 해냈다. 나 강인한이 결국 해내고 말았다. 이 기쁨을 저 바깥 거구녀와 함께 하고 싶다. 아깝긴 하지만 녹음기를 박살 내길 잘했다는 생각이 든다. 수술 자국을 보여 준 것도 주효했다. 상대방의 말문을 트려면 먼저 자기 얘기부터 꺼내야 한다는 건, 인터뷰의 달인인 팀장의 진리와도 같은 오랜 비법이었다. 물론 내가 꺼낸 얘기 중에서 돌아가신 아버지 얘기 말고는 모두 거짓이다. 때론 진실보다 거짓이 더 잘 통할 때가 있는데, 방금 같은 상황이 그렇다. 우리 아버지는 사진사가 아닌 군인이었다. 형도 물론 멀쩡히 살아 있다. 아니, 여우 같은 형수와 토끼 같은 조카들과 아주 잘 살고 있다. 여동생은 아예 시집갈 생각이 없는, 선머슴 같은 녀석으로 집안의 골칫거리였고, 평생 살림하고는 거리가 멀었던 우리 어머니는 초등학교 교감으로 재직 중이다. 걸걸하고 당찬 어머니의 성격 덕분에 나는 아버지의 빈자리를 느끼지 않고 살아올 수 있었다. 어찌 됐든 모로 가도 서울만 가면 되는 거니까, 내 거짓이 양심에 걸린다고는 생각지 않는다. 지금 내 눈엔, 자기 얘기를 꺼내기 시작한 그녀라는 결과물만이 보일 뿐이다. 나는 그녀에게 말한다.

"그렇게 측은하게 쳐다볼 것까지는 없어요. 그래도 미역국은 끓여 주셨으니까요. 근데 무슨 말장난인데요?"

옛 추억에라도 사로잡힌 듯, 그녀가 입가에 살며시 미소를 짓는다. 다행히 그녀가 입을 연다.

"처음에 전 생일 선물로 집을 지어 주겠다는 아빠 말을 믿지 않았어요. 그건 어른이면 누구나 할 수 있는 허풍이라고 생각했거든요. 그래서 집을 어떻게 지어 줬으면 좋겠냐는 물음에 이렇게 대답해 버렸어요. 성처럼! 웃기죠?"

"그래서요?"

"근데 아빤 놀라기는커녕 덤덤하게 되묻는 거예요. 그래서 동화책에 나오는 왕자하고 공주가 사는 성 몰라? 고깔모자처럼 생긴 지붕 위에 깃발도 꽂혀 있고 꼭대기는 톱니바퀴처럼 생긴 성 말이야, 라고 말해 버렸죠. 그래도 안 놀라니까 회오리바람처럼 감아 올라가는 계단도 있었으면 좋겠고 방은 열한 개가 있었으면 좋겠다고 계속 말해 버린 거예요."

"하하하, 진짜요? 근데 하필이면 왜 열한 개였어요?"

과장된 웃음은 그녀의 말문에 날개를 달아 줄 것이다.

"아빠하고 똑같이 묻네요. 그때 전 열 손가락으로 다 셀 수 없는 11이라는 숫자가 가장 큰 수라고 생각했거든요."

"하하하. 귀여운 꼬마 아가씬데요. 가장 큰 수가 11이었기에 망정이지 하마터면 큰일 날 뻔했네요."

"듣고 보니 그러네요."

그녀가 모처럼 웃는다. 그녀는 짧아진 담배를 비벼 끄고 하나를 더 꺼내 문다. 담배는 이제 한 개비밖에 남지 않았다. 담배를 두어 번 빨아 삼킨 그녀는 굳이 재촉하지 않았는데도 알아서 입을 연다. 자기 얘기를 꺼내는 것에 재미와 탄력이 붙기 시작한 것이다. 이상하게도 내 눈엔 그런 그녀가 더 없이 행복해 보인다. 정말로 자기 얘기를 들어 줄 누군가를 찾고 있었다는 뜻일 것이다.

"근데 나중에 알고 봤더니 제 생일은 핑계에 지나지 않았더라고요."

"무슨 말이에요?"

"아빠가 진짜로 갖고 싶었던 건 이 와인 저장고였으니까요. 아빠
이 저장고를 짓기 위해 제 생일 핑계를 댔던 거예요. 때마침 엄마도
별장 하나를 갖고 싶어 했고요. 그러니까 당신들이 원했던 거면서
저를 위해 지어 준 집인 양 그랬다는 거예요."

"가끔 어른이 더 아이 같을 때가 있잖아요."

"맞아요. 이 집이 아빠의 은닉 재산이었다는 건 머리가 완전히
큰 다음에야 알게 됐어요. 사업하는 사람들은 으레 그렇게들 하잖
아요."

"그래도 부러운데요. 지구 상에 몇이나 되는 아이가 이런 선물을
받아 봤겠어요. 미역국이 전부인 저한테는 정말 상상도 할 수 없
는 일이에요. 그럼 저 와인은 요다 씨 아버지께서 모았다는 말이
네요?"

"아빠 지구 상의 모든 와인을 수집해 보는 게 꿈이었거든요."

"근데 정말로 다 비었어요? 설마 저 많은 걸 혼자 마신 건 아니
죠?"

"그제는 그쪽하고도 같이 마셨잖아요."

"아, 그랬죠. 근데 빈 병은 왜 모아 뒀어요? 엿이나 바꿔 먹지."

"그냥요."

"그냥이라고요? 여자들은 정말 이상해요. 왜 그냥이 이유가 되
는 거죠?"

"그냥이라는 건 이유가 많다는 뜻이기도 하고 없다는 뜻이기도
하니까요. 근데 왜 그렇게 예민해요? 그냥이라는 말에 뭐 맺힌 거

라도 있어요?"

"아니……."

"어떤 여자분이 그냥이라는 말을 자주 썼나 보죠?"

"자주가 아니라 결정적일 때요. 근데 어떻게 알았어요?"

"뻔하죠, 뭐."

궁금하다는 그녀의 표정에 넌지시 물어본다.

"궁금한가 보죠?"

그녀는 아니라는 듯 입술을 삐죽거린다. 역시 그녀다운 행동이다.

"안 궁금하다니 요다 씨 하던 얘기나 계속해 봐요. 그럼 집이 이렇게 크게 지어진 건 어린 요다 씨 때문이었다는 거네요?"

삐죽거리는 그녀의 입술 사이로 네, 라는 대답이 나온다. 완전히 말문을 트기로 작정한 듯, 그녀의 얘기는 계속 이어진다. 이제 마음을 놓아도 될 것 같다.

"엄만 넓은 부엌을 갖고 싶다고 했어요. 창은 프로방스풍 느낌이 나는 돌출 창으로 해 달라고 했죠. 그리고 마당엔 감나무를 심어 달라고 했고요. 세 식구의 의견이 반영된 집은 그렇게 지어지게 됐어요. 근데 그게 시작이었죠."

"시작이라뇨?"

"아니에요."

당황한 목소리다. 그녀는 서둘러 얘기를 계속해 나가려 한다. 나는 추궁해 볼 속셈으로 뭔데요? 라고 조심스레 물어본다. 그러나 그녀는 끝내 대답을 않는다. 대신 이렇게 말한다.

"이 집은 우리 세 식구만의 아지트였어요. 쉬는 날엔 늘 이 집에 내려와 살다시피 했으니까요. 엄마는 부엌에 12인용 식탁을 들였어요. 그리고 부엌에 어울리는 조리 기구와 예쁜 식기 들을 사들였죠. 요리 책도요. 요리에 별 흥미도 없던 엄만 이 집 부엌에서만큼은 열심히 요리를 해 나갔어요. 시간이 거듭될수록 놀랍게 변해 가는 엄마의 요리 솜씨에 아빤 행복해했죠. 콧노래를 흥얼거리며 요리하는 엄마의 뒷모습은 어린 제게도 행복이었어요. 근데 그것도 얼마 못 가 시들해지더라고요."

"부모님의 자유 연애가 시작된 건가요?"

"어떻게 알았어요?"

"그때 꽃게탕 먹으면서…….”

"아, 그랬죠. 맞아요. 엄만 더 이상 아빠와 저를 위해 요리를 하지 않았어요. 그리고 이 집에 세 식구가 모일 일도 없어졌죠. 갑작스러운 변화였어요."

강해 보이기만 하던 그녀가 눈시울을 붉힌다. 행복이 사라지는 순간은 누구에게나 눈물겹다. 불행은 결코 서서히 오지 않는다. 예고도 없이 어느 날 갑자기 들이닥친다. 단 몇 시간, 아니 단 몇 초만에 찾아오기도 한다. 그래서 불행은 늘 찰나적으로 맞닥뜨려야 하는, 세상에서 가장 어이없는 짓거리다. 불행이 배신적일 수밖에 없는 이유는 그 때문이다. 예고도 없는 그 찰나성! 나는 그녀의 눈에서 눈물이 떨어지길 기다린다. 왜 그런지, 그냥 그녀의 눈물이 보고 싶어졌다. 그냥에는 아무 이유가 없을 수도 있는 거니까.

이깟 일로 눈시울을 붉히다니. 여자의 눈물은 종종 사랑의 씨앗이 된다던 첫 번째 나나의 말이 생각나자 눈물은 금세 말라 버린다.

"근데 그쪽 표정은 왜 그래요?"

"제 표정이 뭐요?"

"제가 눈물이라도 왈칵 쏟길 바랐어요?"

"아, 아니요. 그래서 어떻게 됐어요?"

"죽고 못 살 만큼 사랑해서 결혼했지만 변하는 건 한순간이었어요."

"맞아요. 모든 건 한순간이에요. 아니, 찰나적이죠."

그의 말은 단호하다. 얼마나 갑작스러운 변화를 겪었기에 그는 한순간을 넘어 찰나적이란 표현을 쓰는 걸까.

"엄마, 아빠 법률상의 부부인 채로 서로의 사랑과 연애를 지지해 주기 시작했죠. 뭐에 홀린 사람들 같았어요. 근데 그때의 엄마, 아빠 세상에서 가장 행복한 사람처럼 보였어요. 그때 생각했죠. 도대체 사랑이라는 건 뭘까. 그게 뭐기에 사람을 저렇게 행복하게 만드는 걸까. 그래서 전 빨리 어른이 되고 싶었어요. 어른이 돼서 엄마, 아빠보다 더 많은 사랑을 해 보리라 다짐했죠."

"그래서 많은 사랑을 했어요?"

"글쎄요. 많았다면 많았을 수도, 없었다면 없었을 수도요."

"무슨 대답이 그래요?"

"근데 저한테는 이게 확실한 답변이에요."

그는 이해할 수 없다는 듯 고개를 갸웃거린다. 많았을 수도, 없었을 수도 있다는 모순된 말을 그가 어찌 이해하겠는가. 말을 많이 해서 그런지 입이 마른다. 담배를 피우며 누군가와 긴 얘기를 나눠본 적이 없어서 목도 칼칼해진다. 나는 담배를 비벼 끄고 자리에서 일어나 개수대로 간다. 와인 잔 걸이에 걸린 잔 두 개를 수돗물로 씻은 후 물을 담아 테이블로 가져간다. 그의 앞에 잔 하나를 내려놓고 자리에 앉는다. 그도 목이 말랐는지 단숨에 물을 들이켠다. 기울어지는 내 와인 잔 뒤로 일그러진 그의 얼굴이 비친다. 불현듯 그의 사랑은 어땠는지 궁금해진다.

"그쪽 사랑은 어땠어요. 많았어요?"

"제 얘긴 하나도 안 궁금하다면서요."

"궁금하지도 않은 얘기 먼저 꺼낸 사람이 누군데 그래요? 싫으면 관두던가요."

"아니에요. 많지는 않았지만 길게 사랑을 했어요."

"얼마나요?"

"7년요."

"근데 뭐가 그렇게 한순간을 넘어 찰나적이었어요?"

"이별요. 죽을 때까지 날 사랑한다더니 다음 날 헤어지자더군요. 믿을 수 없었어요. 더 믿을 수 없었던 건 헤어진 지 한 달도 안 돼 들려온 결혼 소식이었어요. 그게 말이 돼요?"

억울함을 호소하는 듯한 그의 목소리에는 약간의 분노와 약간의 허탈감이 배어 있다.

"오래오래 옆에 두고 싶은 여자였어요. 이름은 한유희였어요. 강인한유희. 친구 녀석들은 그런 식으로 우리 이름을 붙여 불렀어요. 그러고는 이름부터가 천생연분이라는 둥 유희는 인한이 옆에 붙어 있어야 강해진다는 둥 우스갯소리를 해 댔죠. 누군가를 질리지 않게 사랑해 본 건 유희가 처음이었어요. 습관화돼 버린 사랑이라 이별은 상상조차 못 했던 것 같아요."

"충격이 컸겠네요."

"처음엔 장난인 줄 알았어요. 왜 텔레비전 예능 프로그램에서 하는 실험 카메라 같은 거 있잖아요. 일반인을 대상으로 하는. 근데 아니었어요. 리얼이었어요. 회피하고 싶은 리얼."

"혹시 그분이 휘파람으로 노래 불러 주는 거 좋아했어요?"

"어떻게 알았어요?"

"어제 차에서 휘파람 불 때 눈치가 그래 보였어요."

"유희는 휘파람으로 불러 주는 팝송을 특히 좋아했어요. 그래서 유희하고 드라이브할 때면 늘 휘파람을 불러야 했죠. 입에 쥐가 날 정도로요."

"이별 이유는요?"

"저도 그게 궁금해요."

"이유도 몰라요?"

"결국엔요."

"아, 그 여자분이 그냥이라고 말했나 보군요. 그렇죠?"

"네. 그만 만나자는 이유를 물었더니 답답하게도 그냥이래요. 그래도 절 사랑한대요. 앞으로도 사랑할 거래요. 우습죠. 진짜 코미디예요."

"잔인한 이별이네요. 예의 없는 이별이에요."

"맞아요. 나쁜 이별이었어요."

"그래도 사랑은 얼마든지 있어요."

"유희는 하나뿐인걸요."

"그래도 언젠가 또 다른 누군가를 사랑할 수 있다는 거, 그리고 누군가에게 또다시 사랑받을 수도 있다는 거, 그것만으로도 행복한 일 아니에요?"

그가 씁쓸하게 웃는다. 감정을 억누르려는 듯 아랫입술을 깨문다. 그의 아랫입술에는 선명한 이빨 자국이 남는다.

"요다 씨만큼은 아니지만 유희도 고양이를 좋아했어요. 유희가 키우던 고양이는 털빛이 예쁜 친칠라 고양이였어요. 두 마리였는데, 비용 문제로 한 번씩 힘들어하긴 했지만 녀석들을 굉장히 아끼고 사랑했어요. 근데 유희와 헤어진 뒤로 가끔 그 녀석들 생각이 나더라고요. 유희 옆에 맘껏 있을 수 있는 그 녀석들이 은연중에 부러웠나 봐요."

"그래서 고양이라도 돼 버렸으면 좋겠다고 생각했어요?"

"아닌 게 아니라, 헤어진 첫날에는 정말 그랬어요. 죽을 때까지 유희 곁에 있을 수만 있다면 고양이라도 돼서 유희를 찾아가고 싶었으니까요."

"그러면 행복할까요?"

"뭐가요?"

"그렇게라도 사랑했던 사람 곁에 있으면요."

"그때의 저라면 행복했을 것 같아요."

그가 엄지손가락과 집게손가락으로 와인 잔 허리를 잡는다. 와인 잔이 그의 손에서 오른쪽으로 돌았다 왼쪽으로 돌았다 한다.

"그래도 그쪽은 얼마든지 다시 사랑할 수 있잖아요."

"더는 하고 싶지 않다면요?"

"태어나서 죽을 때까지 해야만 하는 게 사랑이에요. 하고 싶지 않아도 자기도 모르게 하게 돼 버리는 게 사랑이기도 하고요."

"그런가요?"

"공기를 마시는 것처럼 그건 당연한 거예요."

하고 싶지 않은 사랑을 죽을 때까지 해야만 하는 게 인간의 숙명이란 걸 이제야 깨달았다는 듯, 그가 씁쓸하게 웃는다. 실연의 상처가 뼛속 깊이 파고든 모양이었다.

"요다 씨 말이 맞는 것 같아요. 유희를 사랑하게 된 것도 제 의지와 무관했으니까요. 그럼, 많았다면 많았을 수도 없었다면 없었을 수도 있는 요다 씨 사랑은 어땠어요?"

예상했던 물음이 돌아온다. 그러나 그 물음에는 대답하고 싶지 않다. 하지 말아야 할 말까지 해 버리게 되는 게 싫다. 그리고 한다 해도 그는 이해할 수 없을 거라는 걸 나는 잘 안다. 그래도 전부는 아니지만, 내 얘기를 귀담아들어 주는 사람이 있다는 게 좋다. 내가 살아 숨 쉬는 것 같아서, 나도 그럴싸한 인간이 된 것 같아서, 이 시간들이 조금 좋아지려고 한다.

"없었다면 없었을 수도 있는 일이라 할 얘기가 없어요."

"많았다면 많았을 수도 있는 일이라 할 얘기가 많은 게 아니고요?"

그는 끈질기게 물고 늘어질 작정이다. 그때 마침 바깥에서 음악 소리가 들려온다. 거실 오디오에서 흘러나오는, 내가 자주 듣던 재즈 음악이다. 뚱녀가 오디오를 켠 것이다. 그는 어디서 나는 소린가 하고, 귀를 기울인다.

"거실 오디오예요. 볼륨을 끝까지 올렸나 봐요."

"여유로운 침입자네요."

"당신도 저 여자 못지않게 여유로운 침입자예요."

"전 침입자가 아니라 방문자죠."

"침입자든 방문자든 절 괴롭히고 있는 건 마찬가지예요."

"저를 저 여자와 동급으로 취급하다니, 좀 섭섭한데요."

그는 정말 섭섭하다는 표정이다. 하지만 이내 밝은 얼굴을 해 보이더니 생뚱맞게 묻는다.

"그거 알아요? 언어를 가진 인간들이 왜 이렇게 많아졌는지?"

"글쎄요."

"대화 상대가 필요해서래요. 그래서 인간들은 사랑을 하고 아이를 낳죠. 자기 얘기를 들어 줄 자기편을 만들기 위해서요."

"그럼 자기편이 없는 사람은 정말 불행한 사람이겠네요."

"누가 그런데요?"

"저요."

"무슨 소리예요. 요다 씨한텐 70만이란 독자가 있는데요. 그리고 저도 있고요."

"관두죠."

나는, 많았다면 많았을 수도 없었다면 없었을 수도 있는 내 사랑에 대해 그가 또 물어 올까 봐 테이블에서 일어난다. 음악을 틀어 놓은 걸 보면 뚱녀는 지하 근처엔 없다. 그러니 지금 움직여야 한다. 태평하게 앉아만 있다간 진짜 굶어 죽을지도 모른다. 나는 그에게 말한다.

"이제 슬슬 움직여야 하는 거 아니에요?"

"뭘요?"

"뭐라뇨? 나갈 궁리는 해 봐야 할 거 아니에요."

"성질도 급하시긴. 아직은 위험해요. 수작 부리는 거 또 들키기라도 하면 어쩌려고요."

"그렇다고 마냥 손 놓고 있어요? 빨리 일어나요!"

그는 와인 잔 바닥에 남은 물을 여유롭게 털어 넣는다. 일어나라고 재차 요구하자 그가 마지못해 자리에서 일어난다. 그럼 일단 뭐든 찾아보자며 그가 와인셀러 쪽으로 간다. 그가 절뚝거리는 걸음으로 유리문을 밀치고 들어가자, 나는 바 쪽으로 간다. 바에 딸린 싱크대 서랍과 진열장 선반을 뒤진다. 먼지 앉은 주전자 한 개와 사기로 된 장식품 몇 개가 보일 뿐, 아무것도 없다. 기역 자 모양의 바 테이블에 딸린 수납장을 모두 열어 구석구석 살핀다. 안쪽 깊숙한 곳에 포개진 도자기 그릇과 포크 몇 개가 보인다. 그러면 포크를 이용해 뭐든 할 수 있을지 몰라 포크를 꺼내 들고 와인셀러로 간다. 그에게 뭐 찾았느냐고 묻는다.

"아니요. 요다 씐요?"

시원찮은 걸음으로 와인셀러에서 나온 그에게 포크를 보여 준다. 그것으로는 역부족이라는 듯 그가 고개를 가로젓는다. 이러다 진짜 못 나가게 되는 건 아닌지 모르겠다. 그런데 그가 자신의 왼쪽 팔을 들어 올렸다 내리더니 인상을 찌푸린다. 반창고가 찌푸려진 이마를 따라 함께 움직인다.

"왜 그래요?"

"어깨 통증이 팔까지 내려왔나 봐요."

"몸이 그래서 문이나 제대로 딸 수 있겠어요?"

"제 몸을 걱정하는 거예요, 저 문을 걱정하는 거예요?"

"문이죠."

"네, 어련하시겠어요. 기대하고 물은 제가 미친놈이죠."

그가 은근슬쩍 테이블에 앉는다. 아프다는데 뭐랄 수 없어서 나도 따라 앉는다.

"몸이 원래 그렇게 부실해요?"

"그래도 지금은 많이 나아진 거예요. 어릴 땐 진짜 선병질적인 아이였거든요."

"이름을 왜 그렇게 지었는지 알겠네요. 수술실 들어갈 때 기분은 어때요?"

"심장 수술은 어릴 때라 기억에 없어요. 신장 떼어 냈을 때는 의식이 없어서 기억에 없고요. 수술실 기억은 맹장 떼어 냈을 때뿐인데, 몸이 사시나무 떨리듯 떨렸어요. 이대로 죽는구나 싶어 겁도 났고요."

"마취할 때 기분은 어때요?"

"의지와 상관없이 스르르 눈이 감기는 기분이에요. 요다 씬 마취해 본 적 없어요?"

나는 고개를 끄덕인다.

"복인 줄 알아요. 몸에 상처 남는 거, 그거 보통 괴로운 일 아니에요. 제가 제일 하고 싶은 게 뭔지 모르죠?"

"뭔데요?"

"공중목욕탕에 가 보는 거요. 근데 유희는 제 상처를 혐오스러워하지 않았어요. 어쩌면 그래서 더 유희를 붙잡고 싶었는지도 몰라요."

옛 연인 생각에 젖어 드는 게 싫었는지 그가 말을 돌리려 한다.

"우리 다른 얘기해요."

누구에게나 빠져들기 싫은 기억과 추억은 있기 마련이기에, 그의 말에 군말 없이 응하기로 한다. 나는 포크 창 사이에 낀 때를 손톱으로 긁어 내며 그에게 묻는다.

"형님은 어쩌다 사고를 당했어요?"

"저녁에 아르바이트 마치고 돌아오다가요. 덤프트럭에 치였어요. 병원에도 못 가 보고 그 자리에서…… 요다 씨 부모님은요?"

"그냥 사고였죠, 뭐."

"그럼 부모님의 사망으로 진짜 혼자가 됐겠네요. 그 시간은 어떻게 견뎠어요? 저는 어머니하고 여동생 때문에 그나마 견뎌 낼 수 있었던 것 같아요."

"시간뿐이었죠, 뭐. 아빠 회사까지 쫄딱 망하는 바람에 저한테 남은 건 하나도 없었어요. 엄마, 아빠가 키우던 고양이 말고는요. 그리고 이 집하고요."

"결국 요다 씨 곁에 끝까지 남아 준 건 고양이뿐이었네요. 그래서 버려진 고양이를 보살펴 온 거였군요. 전 그런 것도 모르고."

그가 미안해하는 표정을 짓는다. 어제 베이커리에서 고양이를 데리고 나왔을 때, 당신 바보 아니냐며 소리쳤던 일을 떠올리는 것 같다. 생각해 보니 태어나서 누군가 나를 위해 화를 내 준 일은 처음이었던 것 같다. 그는 왜 내게 화를 냈던 걸까. 정말로 내가 바보처럼 보였던 걸까. 하긴 집에 득실거리는 고양이로도 모자라 또 데려다 키우려 하니 당연히 답답해 보였을 테다.

"굉장한 위로와 위안이었겠네요. 이 집."

"갈 데가 있다는 거, 내 이름으로 된 집이 있다는 거, 그나마 다행이었죠. 아빠의 와인이 있고 엄마의 책이 있는 집. 열한 개의 방이 있고, 별이 있는 집. 가장 행복했던 순간의 기억과 추억이 있는 집이니까요."

"엄마의 책? 요다 씨 방에 있는 그 책 말이에요?"

"네?"

"그게 요다 씨 어머니 책이었군요. 어머님이 독서광이셨나 봐요."

"뭐 그냥, 책을 좀 좋아했어요."

"어머님은 무슨 일 하셨어요?"

"뭐, 그냥 평범한 주부였어요. 한때는 작가가 되는 게 꿈이었던……."

여기서 엄마 얘기가 더 나오면 안 된다. 나는 말을 돌린다.

"예전엔 몰랐어요."

"뭘요?"

"이 집이 쓸데없이 크다는 거요. 그리고 이 집에 쓸데없이 방이 많다는 거요."

"그래서 빈방 장사를 하게 됐어요?"

다행히 화제가 바뀐다.

*

"돈이 필요했으니까요. 고양이들도 그렇고……."

"집을 팔지요, 왜?"

"왜 시도를 안 해 봤겠어요. 아빠 회사가 어려울 때 팔아 보려고
했는데 잘 안 됐어요. 이상하게도 그랬어요……."

"집이 너무 커서 그랬을까요? 사려는 쪽에서는 방이 많은 것도
부담이었을 거예요."

"글쎄요. 아무튼 전 이 집으로 돈을 벌기 시작했어요. 돈도 돈이
지만 낯선 사람이라도 옆에 있으면 좋겠다는 생각에 시작한 일이었
죠. 비어 있는 방과 그 공간들이 싫고 무서웠거든요."

"장사는 어땠어요?"

"근처에 쉬어 갈 만한 곳이 여기밖에 없어서 그랬는지 잘 됐어
요. 방학 땐 대학생들로 북적거렸죠. 장기 투숙객들도 있었어요. 그
래서 그땐 이 집에 늘 다른 사람들이 있었던 것 같아요. 나름 재밌
는 일이었어요. 매일 새로운 누군가를 만나고 혼자 힘으로 돈을 벌
수 있다는 게 좋았어요. 엄마, 아빠 없이도 이렇게 살아가지는구나
싶어 저 자신이 그렇게 대견할 수가 없더라고요."

"제가 형을 의지해 살았다면 요다 씬 집에 의지해 살아온 거네요. 근데 어린 나이에 낯선 어른을 상대하기란 쉽지 않았을 텐데요."

소설가는 그녀가 아니라 내가 해야 할 모양이다.

"처음엔요. 가장 난감한 건 그거였어요. 대문을 열어 주면 어른들 안 계시니? 라고 물어 오는 거요. 대부분의 손님들이 그랬거든요."

"그럼 어떻게 했어요?"

"부모님은 지금 유럽 여행 중이라고 거짓말했어요. 그래도 방은 빌려 드릴 테니 묵어가라고요. 근데 신기하게도 딱 스무 살이 되니까 어른의 부재에 대해 더 이상 묻지 않더라고요. 제가 어른이 됐다는 걸 전 그것으로 알았어요."

그녀는 매니큐어가 벗겨지는 것도 아랑곳 않고 포크의 창 사이에 긴 때를 열심히 긁어 댄다.

"위험한 일은 없었어요? 오늘 같은 일이 있었을 법도 한데요."

"많았지요. 현금을 몽땅 털리기도 했고, 주정뱅이에게 겁탈당할 뻔한 적도 있었는걸요."

"위험하게 주정꾼을 손님으로 들였어요?"

"아니요. 가끔 손님들한테 와인을 팔았거든요. 돈 좀 있어 보이는 커플이나 좋은 차를 끌고 온 남자들을 상대로요. 꽤 짭짤한 돈벌이였어요. 투숙객을 상대로 관람료를 받고 별을 보여 준 일도 괜찮은 돈벌이였고요."

"아, 그래서 저한테도 관람료를……."

"가을이 되면 감을 내다 팔기도 했어요. 국도 변에 서서요. 바닥에 떨어져 못 먹게 되는 것보다 낫겠다 싶어 팔기 시작했죠. 집만 번지르르하지 저도 그쪽 못지않게 고생 많았다고요."

"그런 것 같군요. 그럼 올가을에도 팔아요?"

"이젠 안 해요. 4년 전에 우연히 알게 된 할머니가 계신데, 감은 매년 그분한테 공짜로 넘기고 있어요. 행상으로 먹고사시는 분이거든요."

"좋은 일도 할 줄 아네요."

포크를 향해 있던 그녀의 시선이 갑자기 내게로 꽂힌다.

"방금 그 말 무슨 뜻이에요? 제가 그렇게 나쁜 여자로 보였어요?"

"아니에요. 말이 헛나왔어요. 그럼 빈방 장사는 언제까지 하다 관둔 거예요?"

그녀는 대답을 않는다.

"실수라잖아요. 요다 씬 말실수도 안 하고 살아요?"

"네."

"믿어 줘요. 좋은 일을 하네요, 라고 말하려던 거였다고요."

"정말이죠?"

"하늘에 맹세코요. 언제까지 하다 관뒀냐니까요?"

그녀가 스물세 살요, 라고 말하고는 나를 빤히 쳐다본다. 나는 뺨을 어루만지며 왜 그러느냐고 묻는다.

"기자를 안 했으면 뭘 했을까, 갑자기 궁금해져서요. 협잡꾼? 사기꾼? 약장수?"

"협잡꾼이라고 해 두죠. 근데 잘되는 장사는 왜 그만둔 건데요?"

"궁금한 게 많아 먹고 싶은 것도 많겠네요."

"어떻게 아셨을까. 저 식탐 장난 아니게 많거든요. 하하하. 근데 왜 그만뒀는데요?"

"정들 만하면 떠나 버리는 사람들이 싫었거든요. 한 사람씩 떠날 때마다 공허해지는 순간들도 싫었고요. 차라리 아무도 없는 게 낫겠다 싶었어요. 뭐든 애초에 없었던 걸로 쓸쓸해하진 않으니까요."

"이해해요. 더 외로운 건 남겨진 쪽이니까요. 아무도 오지 않는 방은 그렇게 해서 고양이들 차지가 돼 버린 거군요. 근데 고양이는 어쩌다 저렇게 많아진 거예요?"

"녀석들도 사랑이라는 걸 하니까요."

때를 다 벗겨 냈는지 그녀가 포크를 내려놓고 담배 한 개비를 꺼내 문다. 마지막 담배다. 나는 눈치껏 라이터 불을 붙여 준다.

"그럼 빈방 장사 그만둔 뒤로 무슨 일을 했어요?"

"남겨지는 쪽이 아닌 떠나는 쪽의 일요."

"그게 이 명함에 있는 일이군요. 처음 이 명함 봤을 때 정말 흥미로운 일이라고 생각했어요. 구체적으로 어떤 일이에요?"

"말 그대로 무엇이든 같이 해 주는 여자예요. 고독한 현대인을 위해 할 수 있는 일이 뭐가 있을까 고민하다 생각해 낸 일이었어요."

"혹시 외로운 요다 씨 본인을 위해 시작한 일은 아니었어요?"

"아니에요."

그녀는 아니라고 하지만, 내 눈엔 그래 보인다.

"솔직히 말하면 무자본으로 할 수 있는 일을 찾다가 생각해 낸 일이었어요. 학벌도, 별다른 경력도 없는 저였으니까요. 결정하고 보니 나쁘지 않았어요."

"그럼 정말로 무엇이든 다 해 주는 거예요?"

"같이 잠을 자 주고, 같이 죽어 주는 것만 빼고요. 첫 고객은 같이 영화를 봐 달라는 사람이었어요. 실연당한 지 얼마 안 된 30대 초반의 남자였죠. 그것을 시작으로 전 같이 밥을 먹어 주고, 같이 청소를 해 주고, 같이 여행을 가 주고, 같이 산책을 해 주고, 같이 요리를 해 주고, 같이 술을 마셔 주고 그랬어요. 부르기만 하면 어디든 달려갔어요. 정말로 같이 잠을 자 주고, 같이 죽어 주는 일만 빼고는 다 해 본 것 같아요."

"에이, 설마요. 같이 사기를 쳐 주거나 사람을 죽여 주진 않았을 거 아니에요."

"해 줬다면요?"

그냥 해 본 말이었는데, 정말로 사기를 치고 사람을 죽였단 말인가.

"다신 생각하고 싶지 않은 끔찍한 경험이었어요. 너무 끔찍해서 그때는 같이 사람을 죽여 주는 것보다 같이 죽어 주는 게 훨씬 낫겠다 싶었으니까요."

"지금 농담하는 거죠?"

"농담 같아요?"

그녀는 왜 저렇게 솔직해지는 걸까. 너무 솔직해서 오히려 그녀가 거짓말을 하고 있다는 생각까지 든다.

"남편의 의처증과 폭력에 지칠 대로 지친 여자였어요. 남편을 죽이고 싶댔어요. 죽이는 건 자기가 할 테니 남편 애인이 돼 달라고 하더라고요. 남편에 대한 증오와 분노가 극에 달해 있는 여자였어요. 같은 여자로서 도와주고 싶을 정도였죠. 그래서 처음이자 마지막으로 응했던 거예요. 계획대로 전 그 여자 남편의 애인이 됐고, 만취한 남편을 제 집인 양 허름한 아파트로 유인했어요. 남편을 죽이기 위해 아파트까지 따로 마련해 놓은 걸 보고 저는 혀를 내둘렀어요. 근데 여자를 그렇게 만든 건 그 남편이었어요. 만난 지 얼마 안 된 저한테까지 손찌검을 해 댔으니 그 여자한텐 오죽했겠어요."

"그래서요?"

"여자는 욕조에 물을 받아 놓고 남편을 기다렸어요. 아파트로 들어서자마자 여자는 남편을 욕실로 끌고 들어가 욕조에 머리를 처넣었어요. 고요한 죽음이었죠. 그것으로도 분이 안 풀렸는지 여자는 죽은 남편의 몸을 발로 마구 걷어찼어요. 그러고는 펑펑 울기 시작했죠. 태어나서 그렇게 행복하게 우는 사람은 처음 봤어요."

"시신은요?"

"묻었어요. 그 여자 애인이 소유한 별장 뒷마당에."

"섬뜩한 반전이네요. 그럼 그 여잔 지금 어떻게 됐어요?"

"그 애인하고 잘 살고 있거나 감방에 갔거나 둘 중 하나겠죠, 뭐."

"흠."

"왜, 거짓말 같아요?"

"아니, 뭐……."

그녀가 한쪽 입술 꼬리를 살짝 올리며 묘한 웃음을 짓는다. 그런데 웃음 뒤에 감춰진 저 묘한 표정은 뭐지? 깜빡이는 형광등 탓일까. 그녀의 진실성에 처음으로 의문이 끼어든다. 마치 농락당한 기분이다. 그런 건가? 정말 모르겠다.

"같이 사기를 쳐 줬던 일은 통쾌하고 보람된 일이었어요. 사기를 쳤던 새끼한테 사기를 치는 일이라 오히려 짜릿했죠. 저는 스스로 선의의 일이라 판단되면 뭐든 했어요."

그녀가 테이블 위에 한쪽 팔을 올리고 턱을 괸다. 잠이 듬뿍 담긴 그녀의 눈꺼풀이 무겁게 내려앉았다 올라간다. 잠이 오는 모양이다. 그녀는 담뱃재를 재떨이에 털어 내며 허공을 향해 담배 연기를 길게 뿜어낸다.

"남겨지는 쪽이 아닌 떠나는 쪽의 일이라 어떻던가요. 외로움은 덜하던가요?"

"아니요. 떠나는 사람도 남겨진 사람 못지않게 외로울 수 있다는 걸 그때 알았어요. 게다가 그 사람들은 무언가를 같이 해 주길 바라는 사람들이었어요. 그래서 금방 친해져 버리기 일쑤였죠. 같이 밥을 먹고, 배드민턴을 치고, 자전거를 타 주는 일이니 당연하죠."

"그래서 그 일도 그만둔 거예요?"

"스물여덟 살까지 하다 관뒀어요. 아니 관둬야만 했어요……."

그녀의 눈꺼풀이 서서히 내려앉는다.

"그래서 소설을 쓰게 된 거예요? 남겨지거나 떠날 필요가 없는 일이라서?"

감기려는 눈을 그녀가 애써 들어 올린다.

"그런 것 같아요. 아니, 그랬어요······."

"이건 외람된 질문인데, 아까 학벌도 없다고 했던 것 같아서요. 책날개 프로필에도 학력 사항이······."

"가방 끈도 짧은 여자가 쓴 소설이 당선됐으니 의아했겠네요."

"그런 뜻이 아니에요."

"고등학교 졸업은 못 했어요. 학교는 두어 번 다니다 관뒀죠. 옮긴 학교는 맘에 들지 않았어요. 집에서 너무 멀었고, 친구들도 선생님도 낯설어서 싫었거든요. 하루, 이틀 빠지다 보니 자연스레 그렇게 됐어요. 학교 안 간다고 뭐라 할 사람이 없어서 더 그랬는지도 모르죠. 대신 열심히 책을 읽었어요. 정규교육보다 중요한 건 독서라는 엄마 말이 생각났거든요. 책에는 모든 게 담겨 있다는 엄마 말이 진짜인지도 알고 싶었고요."

"그럼 『뒤꿈치』는 거기에서 시작된 셈이네요?"

"어쩌면요. 근데 잠이 오는데요, 잠이······."

그녀가 마지막 담배를 비벼 끈다. 괴고 있던 턱에서 팔을 치우고는 그대로 테이블에 엎드려 눈을 감는다. 머리카락이 그녀의 얼굴을 덮는다.

"자게요?"

"태어나서 이렇게 말을 많이 해 보긴 처음이에요. 피곤해요, 입이······."

"요다 씨?"

이내 잠이 들어 버린 그녀는 대답이 없다. 그제야 긴장이 풀린

나는 긴 한숨을 뱉어 낸다. 나는 굳어 버린 목덜미를 주무르며 그
녀가 했던 얘기를 하나하나 곱씹어 본다. 그녀가 살아온 삶이 누구
보다 측은하고 고독했음은 분명해 보인다. 그래서 내가 부린 치졸
함이 조금 미안해지려는 순간이다.

*

춥고 허기가 느껴진다. 허기가 느껴질 정도라면 시간이 꽤 흘렀
다는 뜻이다. 뻐근해진 상체를 일으켜 세우고 헝클어진 머리를 쓸
어 올린다. 거실 오디오에서는 여전히 재즈가 흘러나오고 있다. 뚱
녀는 아직 집에 있는 걸까, 아니면 오디오를 켜 둔 채 가 버린 걸까.
와인셀러로 통하는 유리문에 기대어 자고 있는 그가 보인다. 그
의 턱에는 수염이 푸르스름하게 돋아나 있다. 무척이나 초췌해 보인
다. 바닥에 앉아 자고 있는 그의 앞에 가만히 쭈그려 앉는다. 파마
기가 남아 있는 그의 웨이브진 머리카락이 얼굴 절반을 가리고 있
다. 손가락 끝으로 머리카락을 살짝 젖혀 본다. 한 여자와 습관처럼
오래오래 사랑을 했다던 그, 그래서 더 이상 사랑 같은 건 하고 싶
지 않다던 그. 나는 이 사람에게 같이 사기를 치고 사람을 죽인 일
까지 말해 버렸다. 무슨 얘기든 다 들어 주겠다고 한 그였지만, 그
런 것까지 얘기할 필요는 없었다. 왜 나는 하지 말아야 할 말까지
해 버린 걸까. 가족과 사랑하는 사람을 잃었다는, 그가 가진 슬픔
때문이었을까. 그가 고개를 움직인다. 인기척 때문인지 그가 눈살

을 찌푸리며 잠에서 깬다. 나는 당황해서 머리를 쓸어 넘기며 자리에서 일어난다. 그가 잠긴 목소리로 말한다.

"깜빡 잠이 들었나 보네요."

그가 어깨를 움켜쥐며 어기적어기적 자리에서 일어난다. 나는 헛기침을 해 대며 일부러 그에게 쏘아붙인다.

"잠을 몇 시간이나 자는 거예요!"

"왜 또 시비십니까. 잠은 요다 씨가 먼저 잤잖아요."

나는 또 한 번 헛기침을 한다.

"어떻게 나갈 건지나 빨리 궁리해요. 이대로 있다간 진짜 굶어 죽겠어요."

"알았으니까 보채지 좀 마요. 아니, 근데 왜 꼭 제가 궁리해야 되는데요?"

"그쪽도 일말의 책임은 있으니까요."

"그게 왜 제…… 관두죠. 둘이 싸우면 뭐하겠어요."

그는 잠이 덜 깬 눈으로 지하 내부를 훑는다. 뭔가를 한참 생각하더니 그가 말한다.

"경첩을 뜯어내는 건 어때요?"

"고작 생각해 낸 게 그거예요? 도구 없인 힘들어요."

그가 철문 쪽으로 걸어간다. 나는 포크를 집어 들고 그를 따라간다. 힘겹게 계단을 오른 그가 철문 앞 층계참에 선다. 그가 철문을 살짝 밀어 보더니 내게 묻는다.

"이거 빗장 문이었죠? 이런 식으로 계속 흔들어 주면 빗장이 떨어져 나가지 않을까요? 자물쇠가 채워진 건 아니니까요."

"오래된 문이긴 해도 철문이라……."

"지금으로선 이게 최선이에요. 낙숫물이 바위도 뚫는다잖아요."

그는 시험 삼아 문을 잡아당겼다 밀어내기를 반복한다. 그럴 때마다 철문에서는 삐걱삐걱 소리가 난다. 혹여 이 소리를 듣고 뚱녀가 달려오는 건 아닌지 걱정된다. 나는 목소리를 낮춰서 말한다.

"소리 듣고 내려오면 어쩌려고 그래요."

"위에서는 저 음악 소리가 더 클 거예요. 그리고 그 여자 이미 도망가고 없을지도 몰라요. 뭐해요. 같이 안 거들고."

"아, 알았어요."

나는 그를 도와 철문을 흔들어 댄다. 그런데 정말로 빗장이 떨어져 나갈지 의문이다.

"얼마나 걸릴까요?"

"해 봐야죠."

반복된 행동은 무료하게 이어진다. 삐걱거리는 소리만이 침묵의 간극을 메운다. 말없는 시간이 뻘쭘했는지 그가 무슨 얘기든 해 보라며 나를 부추긴다. 나도 어색하긴 마찬가지다. 하지만 딱히 할 얘기가 떠오르지 않는다. 우리의 움직임이 뚱녀 귀에 들릴까 봐 불안해서 그런지도 모른다.

"소리 듣고 내려올 것 같아 자꾸 불안하다고요."

"저만 믿으라니까요."

자기만 믿어 달라는 그의 말에 아주 잠깐 가슴이 설렌다. 기대고 믿을 데가 있다는 게 이런 거구나, 내 편이 있다는 게 바로 이런 거야. 하지만 이내 마음을 다잡는다. 쓸데없는 감정을 떨쳐 낼 요량으로 말을 심하게 쏘아 준다.

"이러다 틀어지면 진짜 가만 안 둬요!"

"알았다니까요. 근데 뭐 하나 물어봐도 돼요?"

"또 뭐가 그렇게 궁금하신데요?"

"고요다란 이름요, 그건 어떻게 짓게 된 거예요?"

"그냥 고요에 종결어미를 붙인 것뿐이에요."

"그래도 무슨 의미가 있을 거 아니에요."

"태어나서 처음으로 느껴 본 공포가 고요였어요. 굳이 설명하자면 고요를 끝내겠다는……. 명함에 쓰려고 만든 건데 필명이 돼 버린 거예요."

"그리고 아까 와인셀러에 들어갔다가 병에 붙어 있는 스티커를 봤어요. 날짜가 적혀 있던데, 이름도 몇 개 적혀 있고요."

그사이에 그건 또 언제 봤는지 모르겠다. 깜빡이는 형광등 불빛이 미치긴 해도 와인셀러 안은 그렇게 밝은 곳이 아니었다.

"보려고 본 건 아니었어요."

"알아요. 근데요?"

"같이 와인을 마셨던 사람들인가요?"

나는 고개를 끄덕인다.

"혹시 그 사람들이, 많았다면 많았을 수도 있는 요다 씨 사랑인가요?"

"글쎄요."

"또 대답이 모호해지네요."

"그쪽이 한 여자와 오래오래 사랑을 했다면, 전 여러 남자와 짧은 사랑을 했는지도 몰라요."

"했으면 한 거지, 했는지도 모른다는 건 또 뭐예요. 근데 왜 그랬어요?"

"그건 제가 묻고 싶은 말이에요. 정말 왜 그랬을까요."

"쉽게 싫증을 느끼는 타입이라서? 잘 모르겠어요."

그의 대답은 단편적으로 이어지다 싱겁게 끝나 버린다. 되풀이되는 모호한 답변에 지쳤는지 그것에 대해서는 더 이상 묻지 않는다. 그의 이마에 벌써부터 땀이 맺히기 시작한다. 다친 몸 때문에 나보다 먼저 지쳐 가고 있다. 좀 쉬었다 하는 게 좋겠다고 하자, 기다렸다는 듯이 그럼 그럴까요? 라고 말하고는 바닥에 철퍼덕 주저앉는다. 허기진 데다 땀까지 흘리면 탈수증이 일어날지 모른다. 나는 계단을 내려간다. 테이블에 놓인 와인 잔 두 개에 수돗물을 담아 온다. 그가 엉거주춤 자리에서 일어나 잔을 받아 든다. 물을 들이켜려는데 그가 와인 잔을 들이밀며 건배를 권한다.

"이곳에서의 탈출을 기원할 겸 우리 건배 한번 해요. 근데 꼭 나이트에 온 것 같지 않아요? 형광등도 깜빡이겠다, 술만 있으면 진짜 딱인데. 그렇죠?"

"가만 보면 여기 갇히게 된 걸 은근히 즐기는 것 같아요. 혹시 그래요?"

"무슨 소리예요. 저 다친 사람이라고요. 싫으면 말고요."

건배하자더니 그냥 허겁지겁 물을 들이켠다. 입가에 흘러내린 물이 그의 가슴팍으로 떨어진다. 그가 빈 와인 잔을 시멘트 바닥에 내려놓는다. 어깨 통증 때문인지 미간을 찡그린다. 순간, 처음으로 그에게 미안한 생각이 든다.

"진짜로 아파요?"

"그럼 진짜로 떨어져서 다쳤는데 진짜로 아프지, 설마 가짜로 아
플까요. 여기 이 상처들 안 보이세요?"

"그때 괜히 별 얘기를 꺼내서."

"미안하긴 해요?"

"제가 언제 미안하댔어요."

"지금 미안해하는 표정인데요, 뭘."

"전혀 아니거든요."

"미안하긴 한가 보니, 요다 씨도 양심이 아주 없진 않네요."

"뭐요!"

"아니, 제가 먼저 보고 싶다고 한 거니까 요다 씨 잘못은 아니라
고요."

이러다 또 말싸움하게 될 것 같았는지 그가 얼른 묻는다.

"소설을 쓰게 된 동기가 궁금해요. 정말로 누군가를 떠날 필요
도, 누군가로부터 남겨질 필요도 없는 일이라 시작한 거예요?"

소설 얘기는 별로 하고 싶지 않지만 나는 대답한다. 따지고 보면
소설에 관한 얘기야말로 내가 가장 쏟아 내고 싶은 얘기인지도 모
르니까.

"비슷해요. 사실 사람들한테 많이 지쳤거든요. 인간이라면 누구
나 겪어야 하는 헤어짐의 반복이지만, 전 유독 그게 싫었어요. 그래
서 사람들로부터 좀 떠나 있자 싶었어요. 철저히 혼자라면 누군가
와 헤어질 필요도 없잖아요. 그래도 먹고는 살아야 하니까 일이란

게 필요해지더라고요. 그러다 생각했죠. 타인과 관계를 맺지 않고 도 혼자 할 수 있는 일이 뭐가 있을까, 하고요. 그게 바로 작가란 직업이었어요."

"작가란 직업이 맘먹는다고 되는 것도 아닌데, 대단하네요. 당선 통지 받았을 때 어땠어요. 물론 세상을 다 얻은 기분이었겠죠?"

"그랬지요."

하지만 그렇지 않았다. 돌이킬 수 없는 실수를 저질렀다는 생각에 그날은 잠도 오지 않았다. 당선을 확신했고 당선을 바라긴 했지만, 막상 통지를 받고 보니 더럭 겁이 났다.

"근데 정말이에요? 그 소설이 요다 씨 어머니 말에서 시작됐다는 거요."

"네."

그것만은 사실이었다. 엄마는 내 뒤꿈치를 보며 정말로 그렇게 말했다. 너처럼 그렇게 예쁜 뒤꿈치를 가진 여자는 없을 거야. 너한테만 얘기하는 건데, 엄만 네 뒤꿈치를 소재로 소설을 써 볼까 해. 한 여자의 뒤꿈치를 사랑한 한 남자의 치명적인 사랑. 어때, 재밌을 것 같지 않니? 엄마는 대중으로부터 사랑받는 소설을 처음이자 마지막으로 써 보리라 다짐했다. 누구한테나 사랑받을 수 있는 소설, 독자와의 소통이 가능한 그런 소설 말이다. 초판 1쇄로 끝나 버리는 소설이 아닌, 찍히고 또 찍혀 나오는 소설을 죽기 전에 한 권 정도는 내 보리라 다짐했다. 그러고는 덧붙여 말했다. 변화된 내 소설을 보여 줄 거야. 지루하지 않고 어렵지 않은 소설, 철학적이지도 관념적이지도 않은 소설 말이야. 나도 사람들 입맛에 맞는 달콤한 소설을 쓸 수 있다는 걸 보여 줄 거야. 그 소재라면 아주 감각적인 소설이 나올 것 같지 않니? 갑작스러운 엄마의 변화가 이상해 나는 왜 그러느냐고 물었다. 엄마가 대답했다. 엄만 더 이상 사랑 같은 거 하지 않으려고 해. 나는 듣던 중 반가운 소리라고 생각했다. 아빠와 나를 위해 부엌에서 요리를 하던 예전의 엄마로 돌아올지 모른다는 생각에서였다. 이제 다시 행복해지는구나 싶었다. 엄마의 말은 계속 이어졌다. 이제 엄만 한 남자가 아닌, 얼굴을 알 수 없는 수많은 대중들로부터 사랑을 받으려고 해. 그것도 사랑이라면 일종의 사랑일 테니까. 엄마 말 이해하겠니? 나는 그때 엄마가 뼈아픈 실연이라도 당한 모양이라고 생각했다. 사랑의 상처가 너무 큰 탓에 어떻게든 사랑의 대체물을 찾아내야 했던 것이라고, 그게 바로 소설과 대중이 된 것이라고 열일곱의 나는 어림짐작했다. 엄마는 내게 도와 달라고 했다. 아빠가 아닌 다른 남자와의 사랑을 끝내겠다는데 못 할 일은 없었다. 내가 뭘 도와주면 되는데? 네 뒤꿈치를 카메라에 담을 거야. 묘사하는 데 필요해. 나는 즉시 바지를 걷어 올렸다. 수동 카메라를 든 엄마는 여러 각도에서 내 뒤꿈치를 찍었다. 그리고 다음 날, 아파트에 있던 1만여 권의 책과 파란색 타자기와 노트북 컴퓨터를 열한 개의 방이 있는 이 집으로 옮겼다. 그렇게 엄마는 자살하기 전까지 꼬박 1년이란 시간을 이 집에 갇혀 지내며 『뒤꿈치』를 써 나갔다.

"어머님 공이 컸겠네요."

"그런 셈이죠."

"현상 공모 공고를 보는 순간 어땠어요? 당선 예감 같은 건 들었어요?"

"첫 소설이라 그런 기대는 없었어요."

그에겐 아니라고 했지만, 나는 엄마의 소설이 당선될 거라 확신했다. 변화된 내 소설을 보여 줄 거라던 엄마의 말처럼 『뒤꿈치』는 엄마가 쓴 소설이 아닌 것 같았다. 나는 그때 무엇이든 같이 해 주는 여자로서의 삶을 그만둔 뒤라 뭐든 해야 했다. 그래서 생각했다. 엄마처럼 소설가가 된다면 어떨까. 잘 팔리는 소설가가 된다면, 그의 말대로 누군가를 떠날 필요도, 누군가로부터 남겨질 필요도 없이 돈을 벌 수 있겠구나 싶었다. 타인과의 관계 설정 없이도 살아갈 수 있겠구나 싶었다. 그러고 나자 이 집에 남겨진, 타자기로 써 내려간 엄마의 유고가 구원처럼 보이는 것이었다.

"『뒤꿈치』를 탈고하기까지는 얼마나 걸렸어요?"

"꼬박 1년요. 하루에 조금씩 써 나갔어요."

"그래서 흠잡을 데 없는 문장과 구성이 나온 거군요."

*

"아마도요."

"청탁이며 계약도 많이 들어왔을 텐데."

"지겹게요."

"근데 왜 전부 거절했어요? 욕심이 없었나 봐요."

"전 그냥 『뒤꿈치』를 쓴 고요다란 사람으로 오래도록 남고 싶을 뿐이었으니까요."

"다신 소설 따윈 쓰지 않겠다는 선언도 그래서 나온 거예요?"

"네."

"차기작에 거는 기대가 부담스러웠던 건 아니고요?"

드디어 내가 그녀에게 묻고 싶었던 애초의 질문들에 다다른다. 어떻게 여기까지 오게 됐는지 모를 일이다.

"그런 게 아예 없었다면 거짓말이겠죠. 근데 그보다 저 자신을 속이고 싶지 않았어요. 쉽게 말해 『뒤꿈치』를 쓸 때만큼의 열정 없이 소설을 쓴다면 그건 제 소설이 아닐 거란 생각이 들었거든요."

"그 말은 그러니까 『뒤꿈치』를 쓸 때만큼의 열정은 더 이상 발산되지 않을 거란 말이에요? 너무 비관적이네요."

"전 완벽주의자예요. 최고가 아닌 건 싫어요. 그리고 작가에겐 대표작이라는 게 있어요. 대부분 수많은 책 중에 단 한 권의 책만이 그 영광의 자리를 차지하죠. 결국 작가란 단 한 권의 책을 만들어 내기 위해 다른 책을 써내는 시행착오를 거치는 건지도 몰라요. 그래서 제가 낸 단 한 권의 책이 대표작이 되는 것도 나쁘지 않다고 봐요. 시행착오를 경험해 보지 못한 작가라니, 그것도 괜찮을 것 같지 않아요? 처녀작이 출세작이 되고 대표작이 된다는 거요."

"그럼 역으로 『뒤꿈치』를 써냈을 때의 열정이 발산되기만 하면 다음 작품을 만나 볼 수도 있겠네요?"

"모르죠."

"끝까지 기대할 수 없게 만드네요. 근데 언론은 왜 그렇게 피해 온 거예요? 신인으로서 그렇게 하긴 힘들었을 텐데. 작품을 너무 믿었던 거 아니에요? 그렇죠?"

"작가란 작품 뒤에 숨어 있어도 상관없다고 생각해요. 소설은 소설 그 자체만으로도 완벽한 그 무엇이에요. 어쩌면 소설에 있어서 작가란 장식에 불과할지도 몰라요. 그래서 멀리 떨어져 있자 생각한 것뿐이에요."

"그랬군요. 근데 그거 알아요? 요다 씨 작품을 두고 문학성과 대중성을 두루 갖춘 몇 안 되는 작품이라고 평한 거요."

"저도 어디서 읽은 것 같아요."

"그런 평에 대해서는 어떻게 생각해요? 공감은 하나요?"

"남이 뭐라 지껄이든 전 상관 안 해요."

"그럼 요다 씨가 생각하기에 그 이유는 어디에 있는 것 같아요?"

"글쎄요. 제 입으로 말하긴 좀 쑥스럽지만, 전 고급스러운 문체와 문장이라고 봐요. 제가 특히 신경 쓴 부분은 지적인 내면묘사였어요. 어떻게 보면 철학적이라고도 할 수 있는 그 내면묘사가 진부하다면 진부하달 수 있는 사랑이란 소재에 무게를 달아 줬다고 생각해요."

"맞는 말 같아요. 저도 읽으면서 그런 생각했거든요. 결국 여자 주인공은 기차 사고로 두 발을 잃게 되잖아요. 근데 그걸 굉장히 모호하게 처리했더라고요. 환상과 실제가 절묘하게 결합된 장면이었달까요. 게다가 그 사고가 단순 사고인지, 아니면 주인공의 자해였는지 구분이 잘 안 되더라고요. 독자들 사이에서도 의견이 분분하던데, 명확한 선을 좀 그어 줄 수 있어요?"

"그건 곤란해요. 작품의 유연성을 침해하는 발언은 삼가고 싶어요."

"역시 요다 씬 프로예요."

"무슨 뜻이에요?"

"저 같으면 그렇게 말 안 했을 것 같아서요. 제가 보기에 그 소설의 압권은 성애 묘사가 아니었나 싶어요. 어떻게 생각할지 모르지만, 전 그 부분만 따로 반복해서 읽어 봤는데, 읽을 때마다 숨이 차오르더라고요. 섹스를 하나의 예술로 만드는 재주가 탁월하다는 평에 공감이 갔달까요."

"혹시 경험의 산물이냐고 묻고 싶은 거예요?"

그녀는 내 의중을 정확히 집어낸다. 그러나 나는 대답 없이 그냥 침묵한다.

"맞아요. 경험도 없는 순결한 처녀가 그런 걸 써내는 건 무리일 거예요. 과장되고 허구화되긴 했지만, 소설 속 장면처럼 실제로 제 뒤꿈치를 혀와 이빨로 애무해 주던 남자도 있었으니까요. 솔직히 말하면 전 섹스를 사랑해요. 니체는 이렇게 말했어요. 인간이란 격정과 욕구를 포함한 본능적 충동에서 파생된 산물이라고요. 거기에서 파생된 산물이니 본능에 충실하며 살아갈 수밖에요. 그쪽도 그렇잖아요."

"네, 뭐……."

"저는 신이 인간에게 내린 최대의 선물은 섹스라고 생각해요. 전 사랑 같은 거 안 믿어요. 그쪽도 사랑을 해 봐서 잘 알잖아요. 그게 한없이 유한하다는 거요. 하지만 섹스는 맘만 먹으면 얼마든지 영원할 수 있어요. 사랑의 상대는 한정돼 있지만 섹스의 상대는 무한

하잖아요. 그래서 전 끝이 없는 섹스가 좋아요. 사랑 없이도 섹스를 즐길 수 있다니, 진짜 멋진 시스템 아닌가요?"

얼마나 많은 사랑으로부터 상처와 이별을 겪었기에 저런 말을 하는 걸까. 그리고 그녀는 얼마만큼 솔직해질 작정인 걸까. 나 또한 그녀와의 인터뷰 내용 — 물론 그녀는 지금 우리가 하는 얘기를 인터뷰라고 생각하진 않겠지만 — 을 어느 선까지 지면에 옮길 수 있을지 모르겠다. 다소 흥분된 그녀의 어조를 잠재우기 위해 나는 이야기 방향을 다른 곳으로 튼다.

"좋아하는 작가라든가 영향을 받은 작가는요?"

"왜 말을 돌려요?"

"요다 씨가 힘들어하는 거 같아서요."

"맞아요. 재밌는 얘긴 아니에요. 근데 뭐라고요?"

"좋아하는 작가라든가 영향을 받은 작가."

"없어요."

"혹시 심호경?"

"왜 그렇게 생각해요? 심호경 소설을 모두 소장하고 있다는 이유로요?"

그녀의 미간이 찌푸려진다. 또 그녀의 신경을 건드린 걸까.

"그런 것도 있지만, 지적인 문체가 알게 모르게 닮았다는 생각이 들어서요."

"저번에도 말했지만, 전 심호경 소설을 좋아하지 않아요. 그 작가의 책은 일종의 모델로서 탐독한 거예요. 쉽게 말해, 비평가의 호평에도 불구하고 팔리지 않는 소설은 어떤 건지 알고 싶었거든요."

"그러니까 이렇게는 쓰지 말아야지, 뭐 그런 거요?"

"저는 소설로 돈을 벌어야 했으니까요. 근데 닮았다니 좀 아이러니하네요."

"대중 흡수력이 부족했다 뿐이지, 사실 심호경 소설이 나쁜 건 아니잖아요."

"그렇죠."

"완벽한 소설이라고는 하지만 요다 씨가 생각하기에는 아쉬운 점도 있을 것 같은데, 있었어요?"

"없었어요. 최선을 다해 썼으니까요. 다만 안타까운 건 엄마가 살아 있다면 무척 좋아했을 텐데 하는 거였어요. 『뒤꿈치』가 베스트셀러가 되고 스테디셀러가 되니까 엄마 생각이 더 나더라고요."

"기쁨을 함께 나눠야 할 사람이 없다는 건 그래요. 요다 씬 그럴 때 어떻게 해요? 전 예전에 유희가 쓰던 휴대폰 번호로 무작정 문자를 보내곤 했어요. 이젠 다른 사람 번호가 돼 버려서 그마저도 못 하고 있지만요."

그녀가 자리에서 일어선다. 와인 잔을 한쪽으로 치워 놓고는 철문을 흔들어 댄다. 뒤따라 자리에서 일어나려고 하자 그녀가 혼자 할 수 있다며 나보고 그냥 앉아 있으라고 한다. 그렇다고 여자 혼자 하게 내버려 둘 순 없다. 그녀의 만류에도 나는 자리에서 일어나 그녀와 함께 철문을 흔든다.

"요다 씨가 절 위해 주다니, 정말 감동인데요."

"그런 거 아니에요."

"요다 씨 얘기 들어 줘서 고마워서 그러죠, 그렇죠?"

"아니라니까요. 또 성질 긁을래요!"

"알았어요. 근데 어떻게 했느냐니까요?"

역시나 없었는지 그녀가 대답을 머뭇거린다.

"그럼 앞으로 저한테 전화 줘요. 요다 씨 얘기라면 얼마든지 들어 줄 수 있으니까요."

"네?"

"왜, 싫어요?"

순간 나는 그녀에게 말하고 싶어진다. 당신만 괜찮다면 친구가 돼 줄 수도 있다고. 아니, 어쩌면 친구 그 이상이 돼 줄 수 있을지도 모르겠다고. 그러나 썩 내키지 않는 모양이다.

"별로 달갑지 않다는 표정이네요. 그냥 농담으로 해 본 말이었어요. 친구 하자고 덤벼들면 뒤로 까무러치겠는데요?"

"농담이라도 그런 말 마요."

"무슨 말요? 친구 하자는 말요? 그 말이 그렇게 싫어요?"

"네."

"근데 어쩌죠? 전 요다 씨가 점점 좋아지려고 하는데."

"싫어요! 전."

장난으로 한번 던져 본 말이었는데, 그녀는 너무 과민하게 반응한다. 정말로 싫은 모양이다. 주제넘었다는 생각도 들지만, 한편으론 나란 인간이 어디가 어때서? 라는 생각도 든다. 마치 프러포즈를 했다 퇴짜 맞은 것처럼 무안하고 민망해진다.

"미안해요. 그런 말 싫어하는 줄 몰랐어요."

"알았으면 됐어요."

잘돼 가던 얘기가 끊겨 버린다. 그녀는 문을 잡아당겼다 밀어내기를 반복한다. 그녀와 나 사이에 끼어든 무거운 기운은 서로의 입을 짓누른다. 철문이 질러 대는 삐걱거림과 한 번씩 깜빡이는 형광등만이 우리에게 말을 건넨다. 각자의 이마에서는 땀이 흘러내리기 시작한다. 방울져 바닥으로 떨어지는 땀방울의 수는 점차 늘어나고, 그녀의 잔머리는 넝쿨식물의 줄기처럼 이마와 관자놀이에 달라붙는다. 침묵은 그렇게 오랫동안 이어진다.

*

빗장을 떼어 내기 위한 작업이 지루하게 계속된다. 중단된 얘기는 그와 나 사이를 멀찌감치 떨어뜨려 놓은 지 오래다. 침묵의 시간이 쌓여 가는 대신 철문의 상태는 조금 자유로워진다. 문틈이 약간 벌어지는가 싶더니, 방금 전에는 잡아당겨진 문의 각도와 밀려나는 문의 각도가 생겨나기 시작했다. 그의 작전은 주효했다. 나는 그에게, 문이 좀 전보다 유연해진 것 같지 않으냐고 동의를 구하려다 관둔다. 문의 변화를 포착한 그도 내게 무슨 말을 건네려다 관둔다. 그동안의 노고가 빛을 발하기 시작했다는 걸 서로의 말 한마디로 확인하고 싶은 순간이었지만, 침묵의 틈을 비집고 들어온 냉랭한 분위기가 그걸 가로막고 선다. 그와 나는 싸움 뒤끝의 화해 시점에 놓여 있다. 어느 한쪽이 말만 걸어 주면 모든 게 눈 녹듯 사라질 수 있는 시점. 그러나 우리는 각자에게 주어진 한 번의 기회를 모두 놓치고 만다. 그리고 조금만 더 힘을 보태면 빗장이 떨어져 나갈지 모른다는 낙관론으로 작업을 계속한다. 고양이 울음소리가 들린 건 그때다.

"야옹, 야옹."

그와 나는 동시에 서로의 얼굴을 쳐다보며 철문에서 손을 뗀다. 녀석들이 문틈을 발로 긁어 댄다.

"야옹, 야옹."

긁어대 봤자 문이 열리지 않는다는 걸 안 녀석들은 이내 사라져 간다. 그사이 지칠 대로 지친 그가 힘없이 자리에 주저앉고 만다.

"왜 그래요?"

"좀 어지러워서요."

"무슨 남자가 그렇게 비실비실해요."

"저도 여자 앞에서 이게 무슨 꼴인지 모르겠네요."

"그럼 잠깐 쉬어요."

*

"그래 주면 고맙죠."

땀을 너무 많이 흘린 모양이다. 대문 앞에서 맥없이 쓰러졌을 때만큼은 아니지만 어지럽다. 체면이 말이 아니다. 다친 어깨와 무릎, 발목이 번갈아 가며 쑤신다. 그녀가 빈 와인 잔을 들고 계단을 내려간다. 피로와 잠이 몰려온다. 계단을 올라오는 그녀의 발소리가 희미하게 다가온다. 나는 가라앉으려는 눈꺼풀을 힘겹게 들어 올리고는 그녀가 내민 물을 들이켠다. 빈 와인 잔을 바닥에 내려놓자마자 잠이 쏟아지기 시작한다.

*

그의 고개가 옆으로 떨어진다. 상체가 바닥으로 기운다. 그가 등을 구부린 채 잠에 빠져든다. 여기 이 문이 열리고 나면 나는 그를 돌려보낼 것이다. 내 속에 억눌린 것들을 풀어내자고 그에게 몹쓸 짓을 했다는 생각이 든다. 나는 그의 몫까지 열심히 철문을 흔들어 댄다. 잠든 그의 얼굴이 깜박이는 형광등 불빛에 나타났다 사라지길 반복한다.

4

밤새 교대로 이어진 문 흔들기가 결실을 맺을 순간이다. 배터리 나간 휴대폰도 챙겼겠다, 이제 그녀만 깨우면 된다. 철문 사이로 들이친 빛이 그녀의 뒤꿈치를 비춘다. 깜빡이던 형광등이 맛이 간 지는 오래다. 나는 충계참 바닥에 웅크린 채 자고 있는 그녀의 몸에 손을 가져간다. 그런데 그녀의 어깨로 가야 할 손이 그녀의 팔을 거쳐 허벅지로 내려간다. 그러더니 분홍색 트레이닝복 바지에 가려진 뒤꿈치로 내려간다. 한번 만져 보고 싶다. 그뿐이다. 조심스레 바지 밑단을 걷어 올리자 감춰진 그녀의 하얀 뒤꿈치가 드러난다. 가까이서 보니 정말 계란처럼 예쁘다. 나는, 신음이 터져 나올 것만 같은 그녀의 뒤꿈치에 입술을 가져간다. 그러나 내 입술 감촉 때문이었을까. 그녀가 몸을 뒤척인다. 실패였다. 다시 그녀의 어깨로 올라간 손이 그녀를 흔들어 깨운다. 야속하게 예민한 그녀의 뒤꿈치였다.

"요다 씨, 일어나요."

문은 이제 발길질 한 번이면 열릴 태세다. 빗장 걸이를 고정하고 있던 나사 두 개가 떨어져 나가면서 문은 눈에 띄게 헐거워졌다. 단언컨대, 발로 한 번 내려치기만 하면 빗장은 분리될 것이다. 눈을 뜬 그녀가 문 쪽을 바라본다. 얼마나 고단했는지, 그녀는 삐걱거리는 문소리에도 아랑곳없이 계속 잠을 잤다. 나 또한 그랬다. 소음과 함께 잠들 수 있다는 걸 자 보고 나서야 알았다.

"문이 열릴 것 같아요. 발로 내려치기만 하면 돼요."

"정말요?"

게슴츠레한 눈으로 자리에서 일어난 그녀가 문을 확인한다. 그러더니 층계참에 굴러다니는 포크를 주워 든다.

"그건 뭐하게요?"

"무서운 여자잖아요."

나는 그녀와 함께 철문 앞에 나란히 선다.

"그럼 하나 둘 셋, 하면 발로 차는 거예요. 준비 됐죠? 하나 둘 셋!"

그녀의 발과 내 오른쪽 어깨가 동시에 철문에 닿는다. 퍽 소리와 함께 문이 바깥쪽으로 밀려나면서 빗장 걸이 하나가 바닥으로 떨어진다. 그녀와 나는 약간의 긴장이 섞인 미소를 서로에게 지어 보이며 철문 밖으로 발을 내딛는다. 계단을 올라 1층 복도에 다다른다. 앞장선 그녀가 절반쯤 열린 부엌문을 밀치고 안으로 들어간다. 부엌은 난장판이다. 즐비하게 꽂혔던 요리 책들이 바닥에 내팽개쳐져 있다. 활짝 열린 냉장고 속은 텅 비어 있고, 그 속을 고양이 한 마리가 차지하고 누워 있다. 식탁은 빈 그릇과 먹다 흘린 음식들로 지저분하다. 식탁 한쪽에는 그녀가 창밖을 내다볼 때 쓰던 쌍안경이 놓여 있다. 거구녀는 저 쌍안경으로 밖을 염탐했던 게 틀림없다. 진짜로 쫓기고 있었다는 뜻이다.

부엌에서 나와 내 트렁크가 있는 방으로 들어간다. 누워 있던 자리에 다 녹아 버린 얼음주머니 두 개가 그대로 놓여 있다. 그런데 카메라가 박살 나 있다. 죄 헝클어진 트렁크 옆에 지갑과 잘려 나간 신분증과 신용카드 들이 보인다. 등 뒤에서 그녀가 뭐 없어졌느냐고 묻는다.

"현금요. 요다 씨, 현관에 그 여자 신발 있는지 좀 확인해 볼래요?"

그녀가 현관으로 뛰어가는 동안 나는 거실로 간다. 거실도 부엌 못지않게 난장판이다. 텔레비전 화면은 깨져 있고, 전화선은 깔끔하게 잘려 있다. 기역 자 모양의 가죽 소파는 곳곳이 찢어져 있다. 칼을 얼마나 깊이 찔러 댔는지, 삐져나온 노란 스펀지에도 칼자국이 남아 있다. 커튼도 갈기갈기 찢어져 있다. 커피 테이블 아래 쌓여 있던 그녀의 책 『뒤꿈치』 역시 찢어진 채 거실 바닥에 널브러져 있다. 나는 오디오 전원 버튼을 눌러 재즈 음악부터 끈다. 그녀가 거실로 달려들어 온다.

"신발은 없어요. 근데 이게 다 뭐예요?"

"화풀이를 단단히 했네요."

그녀는 난자당한 소파에 주저앉는다. 그러더니 뭔가 잊고 있었다는 듯 자리에서 일어나 무언가를 열심히 찾는다. 바닥을 살핀 그녀가 소파 아래에 떨어진 은색 호루라기를 줍는다. 대여섯 번 이어진

호루라기 소리에 고양이들이 하나둘 거실로 모여든다. 몸집이 큰 고양이들 사이로 어린 고양이가 보인다. 그녀는 어린 녀석을 품에 안으며 모여든 고양이 머릿수를 세기 시작한다. 그런데 이상하게도 그녀는 빨간색 목걸이를 한 녀석들만 골라서 센다.

"하나, 둘…… 열하나…… 열일곱, 열여덟…… 스물둘, 스물셋. 됐어!"

왜 그러느냐고 물어보고 싶지만 관둔다. 마냥 이러고 있을 순 없다. 나는 위층으로 올라가 보자며 그녀를 재촉한다.

"더 망가진 건 없나 확인해 봐야죠."

그녀가 어린 고양이를 품에 안은 채 복도를 걸어간다. 나는 그녀의 뒤를 따르며 주의를 준다.

"아직 방심은 일러요. 신발이 없다는 게 꼭 집에 없다는 뜻은 아니니까요. 같이 움직여요."

나는 복도를 지날 때마다 나타나는 문들을 열어 본다. 부엌과 거실을 제외한 1층 방들은 모두 양호하다. 2층의 방들도 모두 열어 봤지만 딱히 손댄 건 없는 것 같다. 방마다 세워진 캣타워도 그대로고, 커튼도 멀쩡하다. 고양이 방들은 모두 무사했다. 우리는 3층으로 올라간다. 첫 번째 방문을 열어젖히자 예상대로 찢어진 침대가 보인다. 스프링이 튀어나온 침대는 우습기 짝이 없다. 배가 갈린 베개에서 빠져나온 깃털들은 온 방 안을 나뒹군다. 가운데 방 역시 침대며 베개며 멀쩡한 게 없다. 옷장 속의 옷들도 만신창이다.

"죄다 헤집어 놨네요. 이제 남은 건 요다 씨 서재인가요?"

내가 먼저 서재 문을 열고 들어간다. 역시나 엉망이다. 서가에 꽂혔던 책들이 몽땅 빠져나와 바닥에 내팽개쳐져 있다. 창가에는 깨진 유리 조각이 햇빛을 받아 빛난다. 책상 서랍은 모두 빠져나와 뒤집혀 있고, 노트북은 접는 부분이 떨어져 나가 양쪽으로 분리된 채 책 더미 위에 엎어져 있다. 사방에 내던져진 형형색색의 매니큐어도 보이고, 망가진 디지털카메라도 보인다. 발칵 뒤집힌 그녀의 서재에서 멀쩡한 건 침대와 거실에 있던 선풍기뿐이다. 거구녀는 그녀의 침대에서 선풍기 바람을 쐬며 잠을 잤던 것 같다. 거구의 몸을 지탱했던 자국이 침대에 아직까지 남아 있다. 그녀가 내 몸을 밀치고 서재로 들어선다.

"세상에!"

뒤엉킨 책을 잘못 밟는 바람에 그녀의 몸이 휘청거린다. 그녀의 품에 안긴 어린 고양이가 가냘프게 야옹댄다. 그녀가 발로 책을 걷어 내고 창가로 걸어간다. 깨진 창문을 열어젖히자 창틀에서 유리 조각이 우수수 떨어진다. 그녀가 창밖을 내려다보며 타자기! 라고 소리친다. 거구녀가 그녀의 타자기를 유리창으로 던져 버린 것이다. 책상 밑에는 그녀의 지갑과 잘려 나간 카드 들이 보인다. 지갑을 확인한 그녀가 허탈해한다.

"10원짜리 하나 안 보여요."

"당장 신고해요."

"망원경!"

"네?"

"천체망원경!"

혼자 지레 놀란 그녀가 어린 고양이와 지갑을 책상 위에 내려놓고 급하게 뛰어나간다. 책상 한가운데 서 있던 녀석이 야옹거리며 책상 가장자리로 다가온다. 내려 줘야 할 것 같아 녀석을 들어 올린다. 녀석의 목걸이에 달린 펜던트가 흔들거린다. 펜던트에는 고양이 205라고 쓰여 있다.

"205번째라……."

내 품이 싫었는지 녀석은 자꾸 내려가려고 발버둥을 친다. 이때 손등에 닿은 펜던트 뒤로 깨알 같은 글자들이 내비친다. 숫자 같기도 하고 글자 같기도 해서 펜던트를 뒤집어 보려는데, 녀석은 그새를 못 참고 품에서 뛰어내린다. 그러더니 뒤엉켜 쌓인 책을 사뿐히 밟고는 방에서 나가 버린다. 그런데 녀석이 밟고 지나간 책에는 하나같이 무엇인가 붙어 있다. 표지 하단의 오른쪽 귀퉁이에 붙여진 정사각형 모양의 그것들은 장서표처럼 보인다. 나는 책을 한 권 집어 든다.

"심 호 경."

파란색 타자기가 그려진 장서표에는 심호경이란 글자가 세로로 쓰여 있다.

"심호경?"

양미간에 힘이 쏠린다. 나는 다른 책들도 살펴본다. 장서표에는 모두 심호경이라고 쓰여 있다. 갑자기 머릿속이 혼란스러워진다. 그녀는 어제 지나가는 말로 아빠의 와인과 엄마의 책이 있는 집이라고 했다. 이 책들이 엄마의 책이라면 심호경이란 이름은 그녀의 엄마 이름이 되는 것이다. 그렇다면 심호경이 그 심호경? 설마! 동명이인이겠지, 하면서도 내 머리는 소설가 심호경과 그녀의 엄마 심호경의 공통점을 찾아내기 시작한다. 연애를 즐겼다는 것, 남편과 함께 차 사고로 죽었다는 것, 그리고 남편 사업이 쫄딱 망했다는 것. 그러고 보니 소설가 심호경이 어떤 인터뷰에서 했던 말이 생각난다. 웬 구닥다리냐 하겠지만, 전 타자기로 소설을 써요. 쓰고 지우는 버릇을 없애기 위해서죠. 신중한 문장을 써내기 위한 저만의 방법이에요. 장서표에 그려진 타자기는 창밖에 던져진 그 파란색 타자기와 닮아 있다. 그러면 정말로 그녀의 엄마는 한때 작가가 되는 게 꿈이었던 평범한 주부가 아닌, 소설가 심호경이었단 말인가. 그런데 그녀는 왜 그 사실을 숨기려고 했던 걸까. 섹스 스캔들로 인해 추락할 대로 추락한 소설가 심호경이 자신의 엄마라는 사실이 부끄러웠던 걸까. 아니면 누구누구의 딸로 불리는 게 부담스러웠던 걸까. 사생활을 제외한 소설가로서의 심호경은 결코 부끄러운 인물이 아니었기에 의구심은 커져만 간다. 뛰어오는 그녀의 발소리가 들린다. 나는 책을 내려놓는다. 숨을 헐떡이며 방으로 들어온 그녀가 말한다.

"망원경은 무사해요. 하긴 그 몸으로 거기까지 올라가는 건 무리였을 거예요."

가쁜 숨을 정리하던 그녀가 책 더미를 내려다본다. 굳어지는 그녀의 표정. 그제야 책에 붙은 장서표가 생각난 모양이다. 그 순간 소설가 심호경과 그녀의 엄마 심호경이 동일 인물이라는 데 확신이 선다. 그렇다면 왜일까. 왜 그녀는 소설가 심호경이 자기 엄마라는 사실을 숨기려 했던 걸까. 인터뷰는 아직 끝나지 않았다. 인터뷰는 이제부터 더 흥미로워질 것이다. 일단 나는 아무것도 보지 못한 사람처럼 행동하고 말한다.

"그럼 그 여잔 이 집에 없는 거네요?"

그녀가 그런 것 같다고 대답한다. 어떻게든 못 다한 얘기를 계속 이어 가야 한다. 그러려면 같이 있을 수 있는 어떤 상황이 필요하다. 뭐가 좋을까. 같이 밥을 먹는 건 어떨까. 그래, 그게 좋겠다. 그녀는 몹시 배가 고플 것이다. 그녀 또한 하루 종일 굶은 나를 그냥 내보내진 못할 것이다. 게다가 나는 지하실 탈출의 공로자 아닌가. 나는 그녀에게 배고프지 않으냐고 묻는다. 그러나 그녀는 대답 없이 계속 책 더미만 내려다보고 있다.

"왜 그래요, 요다 씨?"

"아니에요, 아무것도."

"배 안 고파요?"

"배도 배지만 우선 씻어야겠어요."

나도 씻고 싶다. 이 집에 더 머무르기 위해서라도 그래야 한다. 나는 까칠하게 돋아난 턱수염을 만지작대며 그녀에게 말한다. 다친 어깨를 주무르며 얼굴을 찌푸려 주는 것도 잊지 않는다.

"저도 씻고 싶은데, 그래도 되죠?"

그녀는 흔쾌히 그러라고 한다. 사람이 뭔가를 숨기는 데는 필연적인 이유가 있다. 대개 그것은 그 사람의 약점이 될 공산이 크다. 대체 뭘까? 나는 어깨를 매만지며 나선형 계단을 내려간다. 그녀의 시선이 느껴진다.

아래층으로 사라진 그의 뒷모습을 확인하고는 엄마 방으로 들어
간다. 그가 엄마 장서표를 봤을까. 아니, 지금 중요한 건 그게 아니
다. 이 집에서 그만 내보내야 한다. 친구 하자던 그의 말이 자꾸 신
경 쓰인다. 내가 점점 좋아지려 한다는 말은 진짜였을까. 아니, 그
럴 리 없다. 머릿속이 복잡하다. 찬물을 좀 끼얹고 나야 바짝 정신
이 들 모양이다. 가운데 방으로 들어가 속옷을 챙겨 든다. 더 이상
입을 수 없게 돼 버린 옷들이 보인다. 망가진 침대와 망가진 텔레
비전과 망가진 소파. 그래도 내가 가장 아끼는 천체망원경은 무사
해서 다행이다. 그리고 아무도 다치지 않았으니, 그걸로 됐다. 나는
물 빠진 청바지와 파란색 면 티를 들고 욕실로 들어간다.

땀에 전 트레이닝복 바지와 면 티를 벗고 샤워기 아래 선다. 시원
하게 쏟아지는 물줄기가 얼굴과 젖가슴을 때린다. 머리를 감고, 엊
그제 산 보디 클렌저로 몸을 닦는다. 상큼한 향이 욕실 전체에 퍼
져 나간다. 몸을 에워싼 거품이 샤워 물줄기에 씻겨 나간다. 수챗구
멍에 몰려 있는, 뭉게구름 모양의 거품이 서로 빠져나가려고 아우
성을 쳐 댄다. 샤워를 끝내고 보디로션을 바른 후 옷을 입는다. 젖
은 머리를 수건으로 말리며 욕실에서 나간다. 복도를 지나 아래층
으로 내려간다. 1층 욕실에서 물줄기 떨어지는 소리가 들린다. 그의
휘파람 소리도 들린다. 경쾌하게 휘파람을 불며 샤워를 한다. 행복
해하고 있는 것이다. 저런 사람에게 피해를 줘서는 안 된다. 그의 행
복을 빼앗고, 그의 일과 가족을 빼앗아서는 안 된다. 뜻하지 않은

일들이 너무 많이 일어난 며칠이었지만, 오늘로 끝이다.

욕실을 지나 부엌으로 들어간다. 몇몇 고양이들이 난장판이 된 부엌을 어슬렁거리고 있다. 냉장고에 들어가 있는 녀석을 비롯해 부엌 곳곳에 숨은 녀석들을 밖으로 내보낸다. 바닥에 내팽개쳐진 엄마의 요리 책을 제자리에 꽂고 식탁에 무질서하게 놓인 빈 그릇을 개수대로 가져간다. 그리고 행주로 식탁을 닦는다. 식탁 상석에는 의자 두 개가 나란히 붙어 있다. 의자 한 개로는 자신의 엉덩이를 받칠 수 없다고 판단한 뚱녀가 의자 두 개를 붙이고 앉아 음식을 게걸스레 먹었던 것 같다. 그래도 그가 있어서 참 다행이었다는 생각이 든다. 나 혼자 이런 일을 겪었더라면 어땠을까. 그래서 지하에 나 혼자 갇혔더라면…… 생각만 해도 끔찍하다. 앞으로는 이 집에 아무도 들이지 않을 것이다. 어떤 딱한 사정을 가진 여자라도 이제 예외는 없다.

설거지를 한다. 물에 담가 두지 않은 그릇들은 잘 씻어지지 않는다. 철 수세미로 그릇에 딱딱하게 들러붙은 음식 잔여물을 억지로 떼어 낸다. 그와의 얘기는 생각보다 재미있었다. 100퍼센트 내 모든 걸 꺼내 놓은 건 아니었지만, 내 얘기에 귀 기울여 주는 사람이 있다는 게 좋았다. 내 과거를 공유해 주고, 내 삶의 일부에 고개를 끄덕여 준 사람. 문득 기자란 신분을 벗어 던졌을 때의 그는 어떤 사람일지 궁금해진다. 한 여자와 7년간 사랑을 했다는 그. 그와 7년간 사랑을 했다는 한유희란 사람은 어떤 여자일까. 그러면 안 되는 줄 알면서도, 나는 그 여자가 마냥 부러워진다.

깨끗이 씻은 그릇들을 식기 건조대에 엎어 놓는다. 샤워를 끝낸 그가 부엌문을 열고 들어온다. 젖은 머리카락. 면도로 깔끔해진 턱. 내가 붙여 준 반창고는 이제 이마에서 떼어지고 없다. 다행히 상처는 잘 아물어 있다. 내 곁으로 다가온 그가 그새 다 치웠느냐고 묻는다. 그의 몸에서는 비누 냄새가 난다. 나는 대답 대신 젖은 손을 허벅지에 문질러 닦는다. 배가 많이 고팠는지 그가 냉장고부터 연다. 냉동실 한쪽 구석에 남아 있는 냉동 만두를 보더니 라면 있느냐고 묻는다. 나는 싱크대를 연다. 라면 몇 개가 보이자 그가 어린애처럼 좋아한다.

"우리 만두 넣고 라면 끓여 먹어요."

나는 말없이 냄비에 물을 받아 가스레인지에 올린다. 내 옆으로 바짝 다가온 그가 코를 킁킁거리며 말한다.

"향 좋은데요. 그때 마트에서 산 보디로션이군요?"

나는 냉장고로 가 파를 꺼낸다. 파를 써는 나를 가만히 지켜보던 그가 뭔가 잊고 있었다는 듯 아, 라고 말하고는 부엌문을 나간다.

"카메라 점검해 봐야겠어요."

그는 좀 있으면 저렇게 가 버릴 사람이다. 굳이 쫓아내지 않아도 가 버릴 사람이니, 애써 내보낼 필요는 없다. 당장 어떻게 되진 않을 것이다.

*

트렁크가 있는 방으로 들어간다. 녹음기에 카메라까지, 손해가 이만저만이 아니다. 그래도 특종 하나는 건졌지 않은가. 소설가 심호경이 『뒤꿈치』를 쓴 고요다 작가의 엄마라는 사실을 인터뷰 기사에 밝히면 어떻게 될까. 생각만으로도 짜릿해 절로 휘파람이 나온다. 왜 그 사실을 숨겼는지 궁금한 측면도 없잖아 있지만, 굳이 알아내지 못하더라도 상관없다. 지금 중요한 건 결과론적인 사실이지 왜가 아니다. 카메라를 점검한다. 렌즈는 완전히 박살 났고, 전원은 물론 모드 다이얼도 작동되지 않는다. 젠장! 캣타워에 앉아 있는 녀석들이 고소하다는 듯 나를 내려다본다. 창가에 앉은 녀석들도 비웃는 것처럼 날 쳐다본다.

"뭐야, 네놈들!"

그때 몸집이 큰 고양이들 틈에 앉아 있는 어린 고양이가 보인다. 고양이 205라고 쓰인 펜던트가 덜렁거린다. 그러고 보니 아까 저 펜던트 뒤에 뭐라고 써 있었던 게 생각난다. 녀석이 뛰어내리는 바람에 자세히 보진 못했지만, 분명 숫자 같기도 하고 글자 같기도 한 게 적혀 있었다. 카메라를 내려놓고 어린 고양이에게 가까이 다가간다. 달아나려는 녀석을 잽싸게 잡아 올린다.

"두 번은 안 돼."

나는 녀석의 펜던트를 뒤집어 본다. 역시 뭔가가 적혀 있다.

20XX. 07. 06
김성만

김성만? 근데 이거 어디서 들어 본 이름이다. 어디서 들었더라. 김성만, 김성만…… 기억을 더듬는다. 아, 제빵사다! 팀장이 통화 중에 얘기했던, 실종된 제빵사 이름이었다. 그런데 저 날짜는 뭐지? 녀석이 태어난 날은 아닐 테고. 데려온 날인가? 하지만 이 녀석을 데려온 날은 7월 6일이 아닌 7월 8일이었다. 뭐지? 무슨 의미지? 왜 이 녀석 이름표 뒤에 제빵사 이름이 적혀 있는 거지? 다른 녀석들의 펜던트 뒤쪽이 궁금해진 나는 고양이 89라는 이름을 가진 녀석에게 다가간다.

"가만, 가만."

그러나 자기를 공격하려 한다고 생각한 고양이 89는 내 팔을 할퀴고 잽싸게 도망가 버린다. 저 녀석이 아니더라도 고양이는 많고도 많다. 나는 창가에 앉은 다소 온순해 보이는 녀석에게 다가간다. 천천히 펜던트를 뒤집어 본다. 그러나 고양이 121이라고 쓰인 펜던트 뒤에는 아무것도 적혀 있지 않다. 무슨 차이인가 싶어 두 녀석을 번갈아 보니 목걸이 색깔이 다른 게 눈에 띈다. 어린 고양이의 목걸이는 빨간색인데, 창가 고양이의 목걸이는 파란색이다. 나는 방 안에 있는 녀석들 중 빨간색 목걸이를 한 녀석들을 찾아본다. 그러나 방 안에는 없다. 방을 나간다. 복도를 지나 거실로 간다. 흔들의자 위에 앉아 있는 한 녀석이 보인다. 고양이 35다.

"얌전히 있어. 옳지, 착하지."

나는 녀석의 펜던트를 뒤집는다. 다행히 녀석은 얌전하다. 역시나 날짜와 이름이 보인다.

무슨 뜻인지 도통 알아먹을 수 없다. 또 다른 녀석이 보인다. 찢어진 소파 등받이 위에 앉은 녀석은 고양이 179다.

김세혁? 이 이름도 어딘가 낯이 익다. 어디서 봤더라. 이때 머릿속에 알전구 하나가 깜빡인다. 와인 병 스티커에서 본 이름이다. 그녀와 같이 와인을 마셨다는 남자다. 그런데 그 남자 이름이 왜 고양이 179 뒤에 숨어 있는 거지? 그리고 왜 빨간색 목걸이를 한 녀석들한테만 날짜와 이름이 적혀 있는 거지? 더 찾아보기 위해 걸음을 옮긴다. 복도를 지나자 한 녀석이 보이고, 다른 방으로 들어가자 또한 녀석이 보인다. 달아나 버린 녀석과 앙칼진 녀석은 뒤로하고 수집할 수 있는 데까지 수집한다. 3층까지 올라갔다 다시 아래층으로 내려와 마당으로 나간다. 그네에 앉은 녀석과 모래를 파고 볼일을 보고 있는 녀석과 벤치에 앉은 녀석의 펜던트를 뒤집는다. 김세혁

뿐만 아니라, 조석현과 권정한이라는 이름도 보인다. 와인 병 스티커에 적혀 있던, 세 사람의 이름을 모두 본 것이다. 목걸이 색깔은 암수 구분을 위한 게 아니었다. 대체 뭐지?

방으로 돌아온 나는 벽에 기대어 앉는다. 20××년 7월 6일 김성만이라…… 7월 6일이라면 제빵사가 실종된 날과 일치했다. 그렇다면 이건 실종된 날짜와 실종된 사람의 이름이라는 얘긴데……. 순간 등골이 오싹해진다. 뭐야, 그럼 그 이름들이 실종자라도 된다는 말이야? 말도 안 돼! 그런데 왜 실종자 이름을 고양이 이름표 뒤에 숨겨 놓은 거지? 나는 휴대폰 폴더를 연다. 배터리가 없다. 트렁크에서 여분의 배터리를 꺼내 갈아 끼우고 팀장에게 전화를 건다. 첫 번째 연결 신호 음이 끝나기도 전에 팀장의 볼멘소리가 들려온다.

—전화기는 왜 꺼 놨어? 일 난 줄 알았잖아. 인터뷰는?

—뭐 좀 알아봐 주세요.

—다짜고짜 뭔 소리야. 인터뷰 못 했어?

—이 일대 실종자 명단 좀 알아봐 줘요.

—갑자기 그건 왜?

—급해요. 확인되는 대로 문자 좀 보내 주세요. 실종자 발생 연도하고 날짜도 같이요.

—자넨 거기 인터뷰하러 간 거지 수사하러 간 게 아니야.

—빨리요.

—알았어. 그건 그렇고 인터뷰는 확실히 땄지?

—네.

—그럼 유일하게 우리 잡지만 고요다 작가 인터뷰에 성공하는

거네?

　—문자 기다릴게요.

　—그, 그래.

　전화를 끊는다. 빨간색 목걸이를 한 고양이는 모두 스물세 마리
였다. 그녀는 분명 스물세 마리까지 세고는 됐어, 라고 말했다. 그런
데 제빵사는 스물다섯 번째 실종자였다. 숫자상으로는 일치하지 않
았다. 뭐가 뭔지 하나도 모르겠다. 생각이 너무 앞서 갔는지도 모른
다. 그런데 정말로 그녀가 연쇄 실종 사건 용의자면 어쩌지? 그럼
난 어떻게 되는 거지? 희미하게 들려오는 그녀의 목소리에 가슴이
철렁 내려앉는다.

　"라면 다 됐어요!"

　"네, 나가요!"

　샤워로 상쾌해진 몸에서 식은땀이 흘러내린다. 나는 바지 주머
니에 휴대폰을 찔러 넣고 부엌으로 간다. 어쨌든 얘기는 계속돼야
한다. 식탁 위에는 만두 라면 두 그릇이 올라와 있다. 그녀는 식탁
위에 보리차와 수저를 놓고 막 자리에 앉으려던 참이다. 나는 짐짓
아무렇지 않은 척 식탁 앞에 앉는다. 나는 그녀에게 양쪽으로 썹어
먹는 거 잊지 마요, 라고 말하고는 라면을 후루룩 삼킨다.

*

　그와의 마지막 식사가 시작된다. 그는 잊지 않고 내 식습관을 바

로잡아 준다. 나는 그의 충고대로 라면을 양쪽 어금니로 번갈아 씹어 먹는다. 그가 이 집에 온 첫날이 생각난다. 그때도 이렇게 마주 앉아 생일 음식을 나눠 먹었다. 생일 축하 노래를 불러 주고, 우스 꽝스러운 생일 선물까지 안겨 준 뜻밖의 남자. 불과 며칠 전의 일임에도 꽤 오래된 일처럼 느껴진다.

하루 종일 굶은 그는 게걸스레 라면을 먹는다. 움직이는 그의 팔에 고양이 발톱 자국이 보인다. 오선지 모양으로 그어진 자국은 붉게 달아올라 있다.

"또 당했어요?"

그는 팔뚝을 쓸어내리며 별거 아니라는 듯 멋쩍게 웃는다. 그러더니 내 눈치를 살핀다. 무슨 할 말이 있어 보인다. 예상대로 그가 입을 연다.

"저, 뭐 하나 물어봐도 돼요? 처음부터 궁금했던 건데……."

뭘까. 또 뭘 물으려는 걸까.

"저 고양이들 말인데요, 목걸이 색깔이 왜 달라요?"

"암수 구분이에요."

"아, 그래요. 제 짐작이 맞았네요."

"처음부터 궁금했던 게 고작 그거예요?"

"요다 씨 부엌에 처음 들어왔을 때가 생각나서요. 그때 빨간색 목걸이를 한 녀석들만 식탁 앞에 앉혀 놓았던 것 같아서요. 그렇죠? 근데 고양이는 모두 몇 마리예요?"

"187마리, 아니 188마리요."

"어제 데려온 녀석은 고양이 205던데……."

"몇 마리는 죽었어요. 병으로, 사고로."

"아…….'

그가 젓가락으로 라면 가닥을 말아 올린다. 말린 라면 가닥을 입으로 가져가려다 말고 나를 슬쩍 쳐다본다. 또 다른 할 말이 있어 보인다. 뭘까. 혹시 장서표? 아무래도 그런 것 같다. 그가 책에 붙은 엄마의 장서표를 본 것이다. 그런 상황에서 못 봤을 리 없다. 그래서 심호경이 내 엄마라는 사실을 알아 버린 것이다. 뭐, 알아 버렸다 해도 거기까지는 상관없다. 될 수 있으면 감추고 싶은 일이었지, 반드시 감춰야 할 일은 아니었으니까. 그가 입을 연다.

"저기요…….'

"또 뭐요?"

"아니에요."

"봤죠?"

"네?"

그가 눈을 휘둥그레 뜬다. 들켰구나, 하는 표정이다.

"봐 버린 거죠?"

"뭘…….'

"장서표요. 그래서 알아 버린 거죠? 심호경이 제 엄마라는 거요."

"아, 그거요…….'

"밝혔더라면 굉장한 이슈가 됐을 텐데, 그걸 왜 숨겼는지 묻고 싶은 거죠, 그렇죠?"

"아니…….'

"그렇게 물어본다면, 소설가 심호경이란 사람과 별개이고 싶었을 뿐이라고 대답할래요."

"……."

"왜 아무 말 없어요?"

"제가 궁금한 건……."

그가 또 말을 하려다 관둔다.

"혹시 그게 알고 싶어요? 단순 사고였는지 사고를 위장한 자살이었는지, 뭐 그딴 거요?"

"아니요."

"이미 말했지만 그건 그냥 사고였어요. 재수 없는 사고."

"알았어요. 그땐 미안했어요. 잘 알지도 못하면서 자살 운운했던 거요."

나는 엄마, 아빠의 죽음이 자살로 명명되는 것만은 막고 싶었다. 무엇보다 나는 엄마, 아빠의 삶이 다른 사람들 눈에 나약하게 비춰지는 게 싫었다. 그래서 엄마, 아빠의 죽음이 다른 사람들에게는 그냥 사고였으면 했다. 그런데 소설가 심호경이 내 엄마라는 사실에 그다지 놀라는 것 같아 보이지 않는다. 왜 저러는 걸까. 이미 다 놀라 버린 일이라 그러는 걸까.

"근데 반응이 왜 그렇게 싱거워요?"

혹시 그는 심호경이 내 엄마라는 사실 말고, 또 다른 뭔가를 알아 버린 건 아닐까. 설마 『뒤꿈치』? 아니다. 그건 내 입으로 발설하지 않는 이상 누구도 알 수 없는 일이다. 엄마가 살아 돌아온다면 또 모를까.

"그게 아니라 제가 뭐 실수한 건 없나, 생각 중이었어요. 그분이 어머니인 줄도 모르고 말을 함부로 한 거 같아서요."

"됐어요. 그쪽이 엄마에 대해 말한 건 모두 사실이니까요."

다행히 그런 건 아닌 것 같다. 설령 심호경이 내 엄마라는 사실을 그가 알아 버렸다 해도 상관없다. 내가 엄마 딸인 이상 그건 언젠가 밝혀질 일이다. 엄마가 쓴 소설과 내가 쓴 소설이 비슷하다는 둥 뭐, 그런 얘기만 안 나오면 되는 거니까, 거기까지는 상관없다. 젓가락 끝에 말린 라면 뭉치가 그의 입속으로 들어간다. 그가 숟가락으로 만두 하나를 건져 먹는다. 남아 있는 여섯 개의 만두를 건져 먹고, 젓가락질을 서너 번 정도 더 하면 그의 식사는 끝난다. 그가 돌아갈 시간이 다가오고 있는 것이다. 그가 두 번째 만두를 건져 먹으며 묻는다.

"근데 왜 숨겼어요?"

"아까 말했잖아요. 소설가 심호경과 별개이고 싶었을 뿐이라고요. 솔직히 말하면 누구누구 딸 따위의 말은 듣고 싶지 않았어요. 잘 되면 잘 되는 대로, 못 되면 못 되는 대로, 끊임없이 생산되는 게 말이잖아요. 심호경이란 존재가 저한테 빛이 되든 그늘이 되든, 전 그냥 저이고 싶었어요. 말 많은 엄마여서 더 그랬는지도 모르죠."

"이해해요. 모름지기 작품이란 작품 자체로 평가받아야 하니까요."

나는 물컵을 집어 든다. 물컵 너머로 그의 눈을 응시하며 보리차를 들이켠다. 그런데 그때, 반갑지 않은 초인종이 울린다. 무시하고 라면을 후루룩 삼키는데 그가 말한다.

"안 나가 봐요?"

저번에도 그러더니 그는 유독 초인종 소리에 민감하게 반응한다.

"누가 됐든 문은 이제 안 열어 줄 거예요."

초인종이 계속해서 울리자 그가 참지 못하고 자리에서 일어난다. 상관 말라는데도 그는 식탁 위에서 쌍안경을 집어 들고 부엌문을 나선다. 나도 뒤따라 나간다. 그는 자신이 거처했던 방 창가에 서서 쌍안경으로 밖을 내다본다.

"남잔데요. 두 명이에요. 차에 경광등이 소리 없이 깜빡이고 있어요. 형사 같아요."

그가 쌍안경에서 눈을 떼고 나를 쳐다본다.

"나가 봐야 하는 거 아니에요?"

"관둬요."

"요다 씨가 싫으면 제가 대신 나가 볼게요."

"아니, 됐어요. 제가 그냥……."

하는 수 없이 나는 빨간 벽돌 길을 걸어 나간다. 그가 뒤따라온다. 설마 나를 찾아온 건 아니겠지? 베이커리 아저씨를 찾고 있는 형사들이면 어쩌지? 드디어 올 게 온 건가. 나는 팔짱을 끼고 대문 앞에 선다. 담담한 목소리로 무슨 일이냐고 묻는다. 한 남자가 자신의 신분증을 대문 가까이 들이민다. 다른 남자는 내게 사진 한 장을 보여 준다.

"탐문 중입니다. 혹시 이런 사람 못 봤습니까?"

사진 속 사람은 뚱녀다. 그와 나를 지하에 감금하고, 온 집 안을 헤집어 놓고 간 그 뚱녀다. 상습 절도에다 상해까지, 사복 형사들은 뚱녀의 죄질을 낱낱이 까발린다.

"이 일대에서 봤다는 제보가 들어와서요."

"못 봤는데요."

나는 곁눈질로 그의 눈치를 살핀다. 다행히 그는 아무 말도 않는다. 돌아가려던 형사가 다시 대문에 바짝 다가서더니 말한다.

"나중에라도 보게 되면 연락 좀 주십시오. 선량한 사람으로 가장해 상해와 절도를 일삼은 자니까 함부로 문 열어 주지 말고요."

그들은 차에 올라탄다. 소리 없이 깜빡이는 경광등이 멀리 사라져 간다. 왜 아니라고 한 거냐는 그의 무언의 눈빛이 내게로 향한다. 아직 묻지도 않은 그의 물음에 미리 대답해 버린다.

"전 복잡해지는 거 딱 질색이에요. 저하고 별 상관도 없는 일에 이리저리 불려 다니는 것도 싫어요. 괜한 일에 휘말리고 싶지 않은 것뿐이니까 그런 눈으로 쳐다보지 마요."

"상관없는 일이라뇨? 괜한 일이라뇨? 요다 씨가 입은 피해가 얼만데요."

"모두 무사한 걸로 전 됐어요."

"다른 피해자가 생길지 모르는데도요?"

"우린 그 여자가 어디로 도망갔는지 몰라요. 봤다고 말한다 해서 저 사람들한테 도움될 건 하나도 없다고요!"

나는 현관으로 걸어간다. 뒤따라온 그가 내 어깨를 잡아당긴다. 그의 팔 힘에 내 몸이 뒤로 돌아간다. 나는 어깨 위에 얹힌 그의 팔을 뿌리치고 계속 걸어간다. 등 뒤에서 그가 소리친다.

"당신은 정말 비밀이 많은 여자야!"

발걸음이 멈춘다. 비밀이 많은 여자라니, 무슨 비밀을 말하는 걸까. 그가 내 앞을 가로막고 선다.

"언제까지 속일 거예요?"

"속이다니 뭘요?"

"그건 요다 씨가 더 잘 알 텐데요?"

그가 『뒤꿈치』에 대해 알아 버린 것이다. 하지만 언제, 어떻게? 또 그 장서표가 문제인가. 책에 붙은 장서표만으로 그것을 유추한다는 건 불가능하지 않은가. 소설가 심호경이 내 엄마라고 해서, 내가 쓴 소설을 엄마 거라고 생각할 사람은 세상 천지에 하나도 없다. 나는 지금 너무 앞질러 가고 있는 것이다. 그는 『뒤꿈치』의 지적인 문체가 엄마의 전작 소설과 알게 모르게 닮았다고 했을 뿐이다. 그 사실 하나로 『뒤꿈치』와 엄마를 연계 지은 거라면, 그건 순 억지이자 지나친 상상에 다름 아니다. 그러니 내게도 반박할 여지는 아직 남아 있다. 나는 일단 잡아떼 보기로 한다.

"모르겠다면요?"

"모르는 게 아니라 숨기고 싶은 거겠죠. 이 사실이 세상에 알려지면 어떻게 될까요?"

손바닥에 땀이 찬다. 그 사실이 세상에 알려진다면, 글쎄 어떻게 되는 걸까. 당연히 당선은 취소될 것이고, 『뒤꿈치』로 벌어들인 내 모든 수익은 회수돼야 할 것이며, 나는 또 다른 이유로 대중의 주목을 받게 될 것이다. 희대의 사기꾼이 되어, 그 엄마에 그 딸이라는 말을 듣게 될지도 모른다. 그럼 난 앞으로 뭘 해서 먹고살아야 하나. 아무것도 모르는 일인 양 한 번 더 잡아떼 본다.

"대체 그 사실이 뭔데요?"

"꼭 제 입으로 말해야겠어요?"

"네."

심장이 요동친다.

"뒤……."

"잠깐만요!"

나는 그의 말을 중지시킨다. 뒤…… 라면 『뒤꿈치』를 얘기하는 것이다. 떨리는 아랫입술을 이빨로 꽉 깨문다. 올 것이 오고야 말았다.

"그래서 사기죄로 고소라도 할 참이에요?"

어이없다는 듯 그가 네? 라고 되묻는다.

"한 사람도 아닌 수많은 독자를 상대로 사기를 친 꼴이니 못 할 것도 없겠네요."

*

"네?"

나는 또다시 되묻는다. 도대체 그녀는 지금 무슨 말을 하고 있는 걸까. 뒤에 쓰인, 고양이 이름표 뒤에 쓰인 날짜와 이름을 봤다고 말하려는 건데 사기죄로 고소라니, 독자를 상대로 사기라니. 그녀에게는 내가 모르는 또 다른 뭔가가 있다. 지금 그녀가 얘기하는 비밀은 분명 내가 알고 있는 비밀과는 다른 것이다. 그 실체가 정확히 뭔지 몰라 무슨 말을 어떻게 꺼내야 할지 모르겠다. 그래도 지금 당장은 그냥 아는 척을 해야 한다. 나는 그녀에게 묻는다.

"왜 그랬어요?"

그녀의 입에서 나올 대답에 촉각을 곤두세운다. 그러나 대답 대신 그녀의 반격이 들어온다.

"어떻게 알았어요?"

궁지에 몰리자 그녀의 비밀을 유추하기 시작한다. 그녀는 수많은 독자를 상대로 사기를 친 꼴이라고 했다. 그렇다면 『뒤꿈치』를 두고 하는 말인데…… 뭐지? 그게 뭘까? 그녀가 대답을 재촉해 온다.

"어떻게 알았느냐니까요! 문체 하나 때문에요?"

문체라니. 그래도 모르겠다. 나는 두루뭉술하게 대답해 버린다.

"기자의 본능이라면요?"

그녀가 잠시 침묵한다. 나는 그 틈을 이용해 그녀를 다시 추궁해 보기로 한다.

"왜 그랬느냐고요!"

한참 머뭇거리더니 그녀의 입이 움직인다.

"돈이 필요했으니까요, 엄마는 죽고 없으니까요. 근데 이렇게 잘 팔릴 줄은 몰랐어요. 당선되길 바라긴 했지만, 사실 이렇게 쉽게 될 거라곤 상상도 못 했어요."

도대체 뭐라는 거야? 그녀의 말이 계속 이어진다.

"물론 떳떳한 일은 아니에요. 그렇다고 떳떳하지 못할 일도 아니에요. 죽고 난 작가도 얼마든지 유작을 발표할 수 있잖아요. 유족에 의해서요. 엄마의 경우는 제 이름을 빌렸다는 게 문제라면 문제겠죠."

"잠깐만요!"

나는 그녀의 말을 중지시킨다. 그러니까 지금 그녀의 말은 심호
경 작가가, 아니 그녀의 엄마가 『뒤꿈치』를 썼다는 얘기였다. 내가
제대로 이해한 거라면 말이다. 맙소사! 그녀가 왜 심호경이 자기 엄
마라는 사실을 숨겼는지, 왜 다시는 소설 따위 쓰지 않겠다고 했는
지 이해되는 순간이었다. 수많은 인터뷰를 거절하고, 언론 앞에 모
습을 드러내지 않으려 했던 것도 모두 그 때문이었던 것이다. 하긴,
저 여자는 스물다섯이나 되는 사람을 어떻게 했을지도 모르는 여
자다. 그런 여자이니 남의 걸 훔쳐 사기를 치는 건 아무것도 아닐
테다.

"그러니까 뭐예요, 그게 요다 씨가 쓴 소설이 아니란 말이에요?"

그녀의 얼굴이 굳어진다. 심하게 일그러진 양미간에 경련까지 일
어난다.

"뭐예요? 알고 물은 거 아니었어요?"

"제가 묻고 싶었던 건……."

"역시 기자답네요! 보기 좋게 걸려들었네요?"

"그게 아니에요!"

그녀가 현관문을 열고 들어가려고 한다. 나는 그녀의 손목을 낚
아챈다.

"놔요!"

그녀가 내 손에서 벗어나려고 안간힘을 쓴다. 그럴수록 나는 그
녀의 손목을 세게 움켜쥔다.

"모르는 걸로 할 게요. 아무한테도 말하지 않겠다고요."

그녀는 기가 막히다는 표정으로 나를 매섭게 쏘아본다.

"뭐예요, 그 말은? 거래라도 하자는 거예요?"

"그런 뜻이 아니에요."

"입 다물어 줄 테니 절반은 내놔라?"

"그런 거 아니라잖아요!"

"그럼요?"

"요다 씰 도와주겠다는 뜻이에요. 요다 씨가 어떻게 살아왔는지 잘 아니까요."

"눈물 나게 고맙네요."

나는 손에 실린 힘을 푼다. 그녀의 손목이 내 손에서 벗어난다.

"왜 기사에 싣지 그래요? 고요다 작가의 엄마가 심호경이라는데, 게다가 『뒤꿈치』를 그 엄마가 썼다는데, 세상 사람들이 얼마나 놀라겠어요. 정말 특종이네요. 그렇죠?"

하지만 특종은 한 가지 더 있을 것 같다. 막대한 피해에도 불구하고 형사를 그냥 돌려보낸 걸 보면, 연쇄 실종 사건과 무관하지 않은 것만은 분명해 보인다. 신고도 하지 않고, 형사가 왔다는 말에 문 열어 주기를 망설였던 그녀. 그녀가 진짜 용의자라면, 그녀는 그 많은 사람을 어떻게 한 걸까. 왜 그런 짓을 한 걸까. 공범은 있을까. 있을지도 모른다. 그렇게 지난하고 완벽한 범죄를 여자 혼자 저지르는 건 무리다. 혹시 그 사내가 공범은 아닐까. 모르겠다. 시신은 어디에 유기했을까. 이 집 어딘가에 있는 건 아닐까. 그러고 보니 그녀는 거구녀가 연쇄 실종 사건의 용의자일지 모른다는 내 말에, 아니라고 확신에 찬 어조로 말했다. 그녀 자신이 범인이기에 그렇게 말했던 것이다. 그녀는 누군가와 같이 사람을 죽여 준 적도 있는 여자다. 그런 여자가 뭔 짓인들 못 하겠는가!

"왜 아무 말 없어요? 특종이라면 사족을 못 쓰는 게 당신네들이잖아!"

『뒤꿈치』를 그녀가 아닌, 그녀의 엄마가 썼다는 사실은 분명 놀랄 만한 일이다. 하지만 스물다섯 명의 목숨이 걸린 사건 앞에서, 아니 살인 사건 앞에서 사기와 거짓은 왜소해질 수밖에 없다. 지금 나한테 중요한 건 그게 아니다.

"저는 모르는 일이니까요."

나는 그 일을 모르는 일로 할 것이다. 그녀의 말대로 『뒤꿈치』는 그녀 엄마의 유작이 발표된 거라고 생각해 버리면 그만이었다. 3억 원이라는 당선 상금이 문제이긴 하지만, 그건 나만 입 다물어 주면 된다. 세상에 혼자 남겨진 그녀를 나락으로 떨어뜨리고 싶지는 않았다. 다만, 다만.

"근데 한 가지, 한 가지 궁금한 게 있어요."

"아직도 캘 게 더 남았어요?"

그녀는 모든 걸 포기한 듯한 얼굴 표정을 하고 있다. 한편으로는 후련해하는 것 같기도 하다. 자기 엄마의 소설을 훔쳤다는 것 말고 다른 죄책감은 없다는 뜻일까. 그래도 밝혀낼 건 밝혀내야 한다. 나는 마당에 나와 있는 고양이들을 손으로 가리킨다. 이름표 뒤에 적힌 날짜와 이름에 대해 물으려는 그때, 바지 주머니에서 소리가 울린다. 휴대폰 문자 수신 음이다. 팀장한테서 문자가 온 것이다. 나는 휴대폰을 꺼내 문자를 확인한다. 스크롤을 아래로 내려 이름을 읽어 내려간다.

김남영, 진혜정, 박후성, 차강현, 선승경, 윤은권, 이문한, **조석현**, 나석희, 강희승, 최정수, 박현정, 류 한, 정성은, 소보현, 노진수, 구민철, 전무영, 하효진, 한고진, 권정한, 양호민, 서시원, **김세혁, 김성만.**

정확히 일치한다. 날짜까지 기억해 낼 순 없지만, 휴대폰에 나열된 이름은 고양이 이름표 뒤에서 한 번씩 봤던 것들이다. 같이 와인을 마셨던 with들도 보인다. 뒤를 돌아 그녀를 쳐다본다. 지금까지 나는, 스물다섯 명의 목숨을 앗아 간 범죄자 집에 기를 쓰고 들어와 얘기를 가장한 인터뷰를 하며 같이 밥을 먹었다. 그녀가 살아온 삶에 동정과 연민을 느끼고, 그녀의 친구가 돼 주고 싶다는 충동까지 느꼈다. 있어서는 안 될 곳인지도 모른 채, 이 집에서 내쫓기지 않으려고 온갖 거짓 액션을 취했던 것이다. 몸에는 일순간 소름이 돋고, 굳어 버린 발은 떨어지지 않는다. 그런 나를 대신해 그녀가 성큼성큼 다가온다. 나는 휴대폰을 바지 주머니에 찔러 넣는다. 그녀의 시선을 피하기 위해 고개를 바닥으로 떨어뜨린 채 주먹을 움켜쥔다. 여자를 상대로 방어 자세를 취한다는 게 좀 부끄럽지만 어쩔 수 없다. 그녀가 말한다.

"돌아가요."

아니다. 얘기를 가장한 인터뷰는 계속돼야 한다. 이제부터는 고요다 작가가 아닌 연쇄 실종 사건의 유력한 용의자와의 인터뷰가 되는 것이다. 그러니 빨리 물어야 한다. 두려운 질문이긴 하지만 또 다른 희생자를 막기 위해서라도 그래야 한다.

"한 가지만 물을게요."

"그만해요!"

뒤돌아서려는 그녀에게 나는 소리친다.

"저 고양이들 말이에요!"

나는 모래밭에 어슬렁거리는 고양이들을 손으로 가리킨다. 그녀가 나를 쏘아보며 어이없다는 듯 묻는다.

"이젠 쟤들 사생활까지 궁금해졌어요?"

"뒤를 봤어요."

"뒤라니요?"

"고양이 이름표 뒤에 쓰인 거요."

"……."

"날짜하고 이름."

"……."

"그게 뭐죠?"

그녀의 표정은 의외로 담담하다. 더 이상 갈 데가 없다는, 벼랑 끝에 서고 말았다는 속마음의 표출인지도 모른다. 아니, 상대방이 모든 걸 알아 버린 상황에서 놀란 행동을 취하는 건 스물다섯의 목숨을 주무른 사람으로서는 어울리지 않다.

"그게 뭐냐니까요!"

"몰라요."

모른다고 잡아뗄 줄 알았다. 세상에 죄를 단번에 자백하는 범인은 없다. 그게 형사들의 지난한 취조 행위가 사라지지 않는 이유다.

"그럼 제가 가르쳐 줄까요?"

"……."

"실종자 이름이잖아요. 실종된 날짜잖아요."

"……."

"제 말 맞죠?"

"뭐야, 당신! 당장 나가! 당장!"

"왜 그걸 거기다 숨겨 놨어요? 아니, 요다 씨 정체가 뭐예요?"

"……."

"정말 요다 씬가요? 요다 씨가 그 용의자예요?"

"……."

"답답해요. 말 좀 해 봐요!"

"……."

"아니라고는 못하는 거 보니 맞긴 맞나 보군요."

"……."

"그 사람들 다 어떻게 했어요?"

"……."

"죽였어요? 다?"

그녀가 현관으로 뛰어간다. 나는 뒤따라 달린다. 욱신거리는 몸
으로 간신히 그녀를 따라잡는다. 나는 그녀의 팔을 낚아챈다. 그녀
가 벗어나려고 몸부림친다. 나는 그런 그녀를 있는 힘껏 끌어안아
버린다. 왜 그랬는지는 나도 모른다. 그래야만 그녀가 잠잠해질 것
같았다. 그래야만 그녀의 대답을, 그녀의 실체를 밝혀낼 수 있을 것

같았다. 나는 어깨 통증을 참아 가며 그녀를 옥죌 수 있는 데까지
옥죈다. 그녀의 허리와 어깨를 감싸 안은 팔로 그녀의 저항이 파고
든다.

"이거 놔!"

날카로운 그녀의 목소리가 귓속을 때린다. 그녀가 있는 힘을 다
해 내 가슴팍을 밀쳐 낸다. 그녀의 손이 내 뺨을 갈긴다. 턱이 돌아
가고 뺨은 얼얼해진다. 그녀도 자신의 손이 내 뺨으로 날아올 줄은
몰랐다는 표정이다. 당황한 그녀가 방향을 틀어 감나무 쪽으로 걸
어간다. 나는 그녀 뒤를 따라간다.

*

그는 내가 그 사람들을 모두 죽였다고 생각하고 있다. 하긴 칼로
목숨을 빼앗는 것만이 살인은 아닐 것이다. 끈질긴 그는 무슨 얘기
든 끌어내려 하고 있다. 기자인 그에게는, 내가 엄마 소설을 훔쳤다
는 사실보다 연쇄 실종 사건의 범인이었다는 사실이 더 구미에 당
길 테니 당연하다. 그래서 소설에 관해서는 눈감아 주겠다고 한 것
이다. 아니라고 해 놓고선 거래를 하고 있는 것이다. 더 큰 특종을
잡기 위한 거래. 부인이라도 하면, 그는 당장 신고하겠다며 날 협박
할지 모른다. 발뺌을 하기에 그는 너무 많은 걸 알아 버렸다. 애초
에 그를 집에 들이는 게 아니었다. 나는 감나무 아래 벤치에 가 앉
는다. 그는 의심에 찬 눈으로 끈질기게 또 물어 온다.

"정말로 죽인 거예요?"

"아니요."

"그럼요?"

"죽이진 않았어요."

"그럼 살아 있단 말이에요?"

"아니요."

"죽이진 않았는데 살아 있지도 않다니, 대체 무슨 말이에요?"

"저도 몰라요."

"그럼 그 사람들은 다 어디에 있어요?"

"……."

"어디에 있느냐고요!"

"여기요."

"여기라니, 여기 어디요?"

"이 집."

"마당에 묻었단 말이에요? 여기 이 모래 밑에? 그래서 이 넓은 마당에 모래를 깐 거였어요?"

"아니요. 당신 옆에요."

그 옆에는 빨간색 목걸이를 한 고양이 70이 앉아 있다. 그가 고양이를 내려다본다. 양 눈썹을 추켜올리며 그가 영문을 모르겠다는 듯 뚫어지게 나를 쳐다본다. 그러고는 자기 주변을 두리번댄다.

"제 옆이라뇨?"

"당신 옆에 앉아 있는 그 고양이요."

"네?"

"빨간색 목걸이를 한 녀석들이 그 사람들이라면 믿겠어요?"

"지금 장난해요?"

"아니에요, 장난."

"심호경 작가의 딸이라 그런지 급조해 낸 얘기치고는 굉장히 소설적이네요. 용의자란 말에 갑자기 두려워졌어요? 그런 말도 안 되는 소리로 빠져나갈 생각이라면 관둬요."

"빠져나갈 생각 같은 거 없어요. 지어낼 얘기는 더더욱 없고요. 알잖아요. 저 소설 같은 거 써 본 적 없다는 거."

그는 나를 살인자 취급하고 있다. 범죄자 대하듯, 나를 대하는 그의 태도 변화가 맘에 들지 않는다. 무고한 사람들을 죽이지 않았다는 것만은 사실이기에, 나는 결백을 주장해야 한다.

"정말로 내가 그 사람들을 죽였다고 생각해요?"

"그럼 쟤들이 사람이라는데, 그걸 믿으라고요? 어떻게요? 요다 씨가 저라면 어느 쪽을 더 믿을 것 같아요?"

"일단 내 얘기부터 들어 줘요. 뭐든 들어 주기로 했잖아요."

"돌아 버리겠네, 진짜!"

"돌아 버릴 것 같은 사람은 저라고요."

"이건 시작부터가 말이 안 되는 얘기예요."

"그래도 변명이든 해명이든, 일단 들어 봐야 하는 거 아니에요?"

"좋아요. 약속은 약속이니까. 대신 거짓말은 안 통해요."

나는 긴 한숨을 뱉어 낸다. 깍지 낀 손을 풀었다 끼우기를 반복해도 긴장은 가시지 않는다. 그가 재촉해 온다.

"안 할 겁니까?"

"해요. 근데 뭐부터 얘기해야 될지 모르겠어요."

"할 얘기가 없는 거겠죠."

"아, 그래요. 제가 열세 살 때였어요. 엄마가 처음으로 고양이를 데려온 게. 엄만 동물을 별로 좋아하지 않았어요. 털 먼지를 싫어했거든요. 근데 어느 날 밖에서 고양이 한 마리를 데리고 들어온 거예요. 길 가다 주웠다면서요."

그가 눈을 흘긴다. 무슨 말을 해도 믿지 못하겠다는 저 눈빛. 하지만 나는 그에 굴하지 않고 얘기를 이어 나간다. 어쨌든 해명은 필요한 거니까, 아무 말도 하지 않으면 나는 결국 살인자밖에 안 될 테니까.

"그리고 1년도 안 돼, 이번엔 아빠가 데리고 들어온 거예요. 역시 길 가다 주웠다면서요. 그렇게 엄마, 아빤 죽기 전까지 다섯 마리의 고양이를 데리고 들어왔어요. 애지중지 키웠던 걸로 기억해요. 동물을 저렇게 사랑하는 사람들이었나, 싶을 정도로요. 그리고 열아홉 살 때, 태어나서 처음으로 사랑이란 걸 하게 됐어요. 투숙객이었죠. 여행 중인 대학생 무리였는데, 그중에서 유독 그 사람만 눈에 띄더라고요. 사랑하고 싶다는 생각이 들었어요. 낯선 남자와 사랑이라니, 이상했지만 나쁘지 않았어요."

"지어내는 중이라면 이쯤에서 관두시죠."

"소설 같은 거 써 본 적 없다잖아요!"

격앙된 내 목소리에 그의 어깨가 움츠러든다. 나는 얘기를 계속 이어 나간다. 그가 알아 버린 이상, 그를 이해시켜야만 하기 때문이다.

"하룻밤만 묵어갈 계획이었던 그 무리는 닷새간 이 집에 머물렀어요. 저를 사랑하게 돼 버린 그 사람 때문이었죠. 그렇게 막 사랑이 시작되려던 참이었는데, 그 사람이 보이지 않는 거예요."

"그래서 고양이가 됐다는 거예요?"

"침대 밑에서 울고 있는 고양이를 발견한 건 그 무리가 떠나고 난 다음 날이었어요. 사실 그때까지도 전 몰랐어요. 그 사람이 고양이가 돼 버렸다는 걸요."

그가 실소를 뱉어 내며 장난스레 묻는다.

"그럼 확실히 알게 된 건 언제였는데요?"

"비꼬는 말투 기분 나빠요."

"아, 알았어요. 계속해요."

"고양이 29를 만나면서부터였어요. 고양이 29는 열기구 여행자였어요. 그때 전 창가에 앉아 책을 읽고 있었어요. 화창한 봄날이었죠. 이 집에선 가끔 밀렵꾼들 총소리가 들려와요. 집 뒷산에서요. 그날도 그랬어요. 그리고 거대한 풍선이 마당으로 떨어졌죠. 밀렵꾼 총에 맞아 추락한 거였어요. 다행히 그 남잔 많이 다치진 않았어요. 하지만 며칠 누워 지내야만 했죠. 그래서 전 그 남자에게 방을 내주고 약간의 간호를 해 줬어요. 제 간호에 고마움을 느꼈는지, 저를 쳐다보는 남자의 눈빛이 점점 달라져 가고 있었어요. 하지만 전 개의치 않았어요. 그 남잔 결혼을 한 달 앞두고 있었거든요. 그래서 결혼 축하도 할 겸 거리낌 없이 같이 와인도 마시고 그랬던 거고요. 근데 그 남잔 달랐어요. 그 남잔……."

"요다 씨를 사랑하게 됐다, 그거네요?"

"안 되겠다 싶어 전 그 남자 휴대폰을 뒤져 애인 전화번호를 알아냈어요. 당신 남자가 다쳤다며 애인을 이 집으로 불러들였죠. 근데 다음 날 아침 그들을 깨우려고 방문을 열었는데, 애인하고 잠을 자고 있어야 할 사람이 보이지 않는 거예요. 깨워서 물어봤지만 애인은 모른다고 했어요."

"혼자 가 버렸나 보죠."

"그 남자가 누워 있어야 할 이부자리엔 낯선 고양이가 누워 있었어요. 창문이 닫혀 있다는 걸 알았을 때, 아니 그 남자가 자고 있던 방이 밀폐된 공간이라는 걸 알았을 때, 그제야 전 모든 걸 깨달았어요. 그 고양이가 어디서 나왔겠어요? 그 남자가 어디로 가 버렸겠어요?"

"그래서 고양이가 됐다는 거예요?"

"그럼요?"

"요다 씨 두 눈으로 본 적 있어요? 고양이로 변하는 거 본 적 있느냐고요."

"……."

"대답이 없는 거 보니, 직접 본 적은 없나 보군요."

"아니에요."

"뭐가 아니에요. 정신 차려요, 요다 씨! 여긴 소설이나 영화 속이 아니에요. 현실이에요. 너무 현실적인 곳이라 판타지 같은 건 일어날 수 없는, 재미없는 세상이라고요."

그는 역시 내 말을 믿지 못한다. 하긴 나 또한 누군가 내 말을 믿어 줄 거라고 생각한 적은 없었다. 이 현상을, 저 고양이들을, 그리고 내 사랑을. 9년 동안 내 섹스 파트너였던 첫 번째 나나도 저랬다. 사람이 고양이가 돼 버린다면 어떨 것 같아? 라고 장난스레 물었을 때, 나나는 무슨 시답잖은 얘기냐며 비웃었다. 날 어린애 취급했고, 상상력치고는 과하다고까지 했다. 이 집에 묵어간 사람들도 그랬다. 저 고양이들이 사람이었다면 어떨 것 같아요? 라고 재미 삼아 물어 보면 하나 같이 이런 대답이 돌아왔다. 저 고양이가 사람이었다면 전 고양이었겠네요! 지금까지 내 말을 믿어 준 사람은 하나도 없었다. 그래서 더 외롭고 쓸쓸했는지도 모른다.

"그럼 베이커리에서 고양이를 데려온 것도 그 제빵사라고 생각하고 데려온 거예요? 그래서 저 녀석 이름표 뒤에 제빵사 이름을 써 넣은 거고요?"

"아저씨라고 생각하고 데려온 게 아니라, 아저씨이기 때문에 데려온 거예요."

"오, 이런! 요다 씨, 그건 그냥 우연의 일치일 뿐이에요. 요즘엔 길 가다 발에 밟히는 게 고양이라고요."

"아저씬 욕실에서 실종됐어요. 제 말 이해 못 하겠어요?"

"좋아요. 요다 씨 얘기가 진짜라고 쳐요. 뭔가요, 그럼?"

"맞아요. 전 누군가로부터 사랑받을 수도, 누군가를 사랑할 수도 없는 여자예요."

"그러니까 요다 씨가 사랑하는 대상이, 그리고 요다 씨를 사랑하는 대상이 고양이가 돼 버린다, 뭐 그거예요?"

나는 말없이 고개를 끄덕인다. 그가 양쪽 어깨를 한 번 들어 올렸다 내리며 진한 실소를 뱉어 낸다.

"엄마, 아빠가 왜 죽었는지 알아요? 재수 없는 차 사고로 죽은
게 아니에요. 자살이었어요. 완벽한 자살."

엄마, 아빠의 자살을 들먹이면서까지 그에게 이 현상을 이해시켜
야 하나, 하는 의문도 들었지만 어쩔 수 없다.

"물론 재기 불가능할 정도로 망해 버린 회사 때문이기도 해요.
섹스 스캔들로 바닥까지 추락한 작가의 위신 때문이기도 하고요.
근데 그것으로도 모자라 엄마, 아빠 그 누구도 사랑할 수 없게 돼
버린 거예요. 사랑받을 수도 없게 돼 버린 거라고요. 분명 그 절망
도 한몫했을 거예요. 어쩌면 엄마, 아빠 더 이상 사랑하는 사람들
을 고양이로 만들고 싶지 않았는지도 모르죠. 그래서 그들을 대신
해 죽은 것인지도요."

"말도 안 돼."

"엄마, 아빠 저한테 그 고양이들을 부탁하고 죽었어요. 불쌍한
녀석들이라며 절대 버리지 말아 달라고 했죠. 왜 그랬겠어요?"

"그건 그냥 살아 있는 생명이니까 그런 거죠."

        *

"아니에요."

그녀는 미쳤다. 미쳐도 단단히 미쳤다. 부모의 자살로 이 세상에
혼자 남겨진 그녀는 사랑에 목마름을 느끼다 못해 병을 키워 가게
된 건지도 모른다. 자기가 사랑할 대상도, 자기를 사랑해 줄 대상도

없다고 판단한 그녀는 그 치유책의 하나로 말도 안 되는 얘기를 꾸며 낸 것이다. 누군가로부터 사랑받고 싶다는 지나친 욕망이 착각과 망상을 불러낸 것이리라.

"당신 옆에 앉아 있는 그 녀석, 레즈비언이었어요."

이건 또 무슨 황당한 소린가. 나는 좀체 내 곁에서 떠나지 않는 고양이 70을 내려다본다. 생각해 보니 이 녀석은 유독 처음부터 나를 졸졸 따라다녔다.

"투숙객으로 알게 된 여자였는데, 저를 많이 좋아했어요. 저 때문에 자기가 고양이가 돼 버렸다고 생각했는지, 고양이가 된 뒤로는 저렇게 남자만 따라다녀요. 자기 딴엔 억울했나 봐요. 웃기죠?"

머리에 꽃 한 송이를 꽂았다면 그러려니 하겠지만, 저건 아니다. 도대체 저런 말도 안 되는 얘기는 어디서 나오는 걸까.

"전 살인자나 마찬가지예요."

맞다. 그녀는 살인자다. 사람들이 고양이가 됐다는, 그런 말도 안 되는 얘기가 사실일 리 없으니 사람들을 죽인 게 분명하다. 그래 놓고 사람들이 고양이가 돼 버린 거라고 위장하고 있다. 방어 수단의 하나로 환상적인 얘기를 지어내고 있는 것이다. 극악무도한 살인자라도 정신에 이상이 있을 경우 형량이 가벼워진다는 걸 노리고 연기를 펼치고 있는 것이다. 어쨌든 그녀의 얘기를 계속 들어 보기로 한다. 그녀의 픽션이 얼마나 확대되고, 어디까지 굴러가, 어떤 식으로 마무리될지 궁금해졌기 때문이다.

"살인자라뇨?"

"저 고양이들한테도 사랑하는 가족과 친구들이 있었을 거예요.

근데 저 하나 때문에 저들은 모든 걸 잃었어요. 숨을 끊어 놓는 것만이 살인은 아니에요. 그래서 한때는 저도 엄마, 아빠처럼 죽어 버릴까 생각한 적도 있었어요. 내가 살아가는 날수만큼 어떤 이들의 삶이 망가질 수 있다고 생각하니까 순간 아찔해지더라고요. 근데 녀석들을 남겨 두고 그럴 순 없었어요. 어쨌든 제가 사랑한 사람들이고 저를 사랑해 준 사람들이잖아요. 대신 생각했죠. 그깟 사랑 같은 거 안 하면 되는 거 아니냐고요."

"근데 그게 말처럼 쉽지 않았다, 그거죠?"

"사랑이라는 건 머리로 계산할 수 있는 게 아니에요. 손으로 재단할 수 있는 것도 아니고요. 그건 머리가 아닌 심장이 하는 일이에요. 의지 같은 건 통하지 않는, 불가항력적인 영역인 거예요."

"그럼 빈방 장사를 그만둔 것도, 무엇이든 같이 해 주는 일을 그만둔 것도 그 이유였어요?"

"먹고살기 위해선 일이 필요해요. 근데 그 일이란 게 결국은 사람 대 사람이 만나야 할 수 있는 거잖아요. 일을 하다 보면 어쩔 수 없이 누군가를 만나게 되고, 그러다 보면 또 어쩔 수 없이 사랑에 빠지게 돼요. 악순환이 계속되는 거죠. 빈방 장사를 그만두고 무엇이든 같이 해 주는 일을 시작할 때도 많이 걱정되긴 했어요. 무언가를 같이 해 주길 바라는 사람들의 정서상 큰일 나겠다 싶었으니까요. 그래서 처음엔 의뢰자를 대할 때 심장이 없는 사람처럼 대해야겠다고 다짐했어요. 하지만 그건 비즈니스예요. 비즈니스의 생명은 친절이고요. 결국 외로운 사람들에게 친절은 사랑을 불러일으키죠."

"딜레마네요."

"그래요. 하지만 그땐 제 살길이 더 급했어요. 그래서 누가 고양이가 되든 상관 말고 일만 하자고 결론을 내렸어요. 저만 생각하기로 한 거예요. 누군가로부터 남겨지지 않아도 되는 일이었고, 무엇보다 외롭지 않은 일이어서 마냥 즐기면서 그 일을 해 왔던 것 같아요. 근데 어느 날 문득, 이건 아니라는 생각이 들었어요. 저 때문에 누군가의 삶이 망가져 가고 있었으니까요."

"그럼 그 일을 하다 몇 명이나 고양이가 됐는데요?"

몇 명이나 고양이가 됐느냐니. 대체 내가 왜 이런 질문을 하고 있는지 모르겠다.

"일곱. 그러니 그만둘 수밖에요. 저 하나의 이기적인 생각과 행동이 어떤 결과를 초래하는지 뻔히 보이는 일을 계속해 나갈 순 없었어요. 사랑하는 사람을 잃는다는 게 어떤 건지 아니까요. 왜 고양이가 돼 버리는지 그 이유를 아는 이상 수수방관하는 건 죄악이에요. 그래서 방법을 찾기 시작한 거예요."

"그게 유폐였군요."

"네. 사람과의 관계만 차단하면 되는 일이니, 의외로 쉽고 간단하잖아요."

"그럼 인터뷰를 거절한 것도 그 이유였어요?"

"엄마 때문이기도 했지만, 더 근본적인 이유는 뜻하지 않은 관계가 빚어낼 불상사였어요."

그녀의 얘기가 사실이라면, 그 불상사는 지금 내 발등에 떨어진 건지도 모른다. 내 의지에도 불구하고 내가 그녀를 사랑하게 돼 버린다거나, 내가 아니라도 그녀가 나를 사랑하게 돼 버린다면, 나 또한 빨간색 목걸이를 한 저 고양이 꼴이 되고 마는 것이다. 갑자기 불안과 공포가 목덜미를 엄습해 온다. 인터뷰고 뭐고, 그녀가 진짜로 살인을 저질렀든 아니든, 이 집에서 벗어나고 싶어진다. 하지만 이내 평정심을 되찾는다. 왜냐하면 그녀의 얘기는 모두 허구니까, 살인 혐의를 부인하기 위한 계략이니까. 현실성을 따져 묻자 온몸을 감쌌던 불안과 공포는 저만치 달아난다.

"그즈음 소설 공모 소식을 알게 됐어요. 잘 팔리는 소설가가 된다면 해답이 나올 것 같았어요. 얼굴 없는 작가나 은둔 작가로 살아간다면 타인과의 접촉 없이도 돈을 벌 수 있겠다 싶었어요. 물론 성공했을 때의 얘기지만요."

"그러고 보면 운이 참 좋았네요."

"맞아요. 그래도 후회는 안 해요. 그땐 그게 최선이었으니까요. 근데 그때를 생각하면 맘이 아파요."

"왜요?"

"고양이 11이 그때 많이 아팠어요. 태어나서 제가 처음으로 사랑했던 남자요. 그 사람, 당선 소식도 듣지 못하고 가 버렸거든요."

그녀는 이제 고양이를 그 사람이라고까지 칭한다. 저 정도로 고양이를 의인화하고 있으니, 생일상에 고양이를 앉히는 것도 무리는 아니었을 테다. 하지만 그녀가 헛소리를 지껄이고 있다라고밖에는 생각되지 않는다. 그래도 나는 묻는다.

"그럼 고양이가 안 된 사람도 있었나요?"

"9년간 제 섹스 파트너였던 사람요. 그쪽도 봤을 거예요."

그 사내를 말하는 것이다.

"다행히 우린 그냥 섹스 파트너 그 이상도, 그 이하도 아니었어요. 그 사람 말고도 많았어요. 근데 웃기게도 이런 현상이 꼭 나쁜 것만은 아니더라고요."

"무슨 뜻이에요?"

"같이 술 좀 마셔 달라고 한 사람이 있었어요. 집착이 많은 남자였는데, 어떻게 알았는지 제 집까지 찾아와 구애를 해 댔어요. 절 사랑한다고요. 저하고 평생을 함께 하고 싶다고요."

"근데 고양이가 안 됐나 보군요."

"네. 부모, 형제도 없는 저와 결혼하면 이 집이 자기 것이 될 거라고 생각한 모양이에요. 그래서 전 그 남자한테 말했어요. 날 사랑했던 사람들은 모두 고양이가 돼 버렸다, 고양이가 안 된 걸 보니 당신은 날 사랑하지 않는 거다. 그랬더니 절 미친년 취급하는 거예요. 자꾸 헛소리를 해 댄다고 생각했는지 다신 나타나지 않더라고요."

나도 모르게 웃음보가 터진다.

"왜 웃어요?"

"그 남자 입장에서 생각하니까요."

"당신도 내 말 못 믿는 거죠, 그렇죠?"

"잘 모르겠어요."

"상관없어요. 모두 그랬으니까. 당신이라고 다르겠어요. 그만할래요."

"모르겠다고 했지, 못 믿는다고는 안 했어요. 그럼……."

"그만한다고요!"

"잠깐만요, 그럼 그 제빵사는 왜 그렇게 된 거예요?"

"전 아니에요. 저한테 베이커리 아저씨는 맛있는 생일 케이크를 만들어 주던, 그냥 친절한 사람일 뿐이었어요. 아마도 아저씨가 절…… 사랑이라는 건 어느 날 갑자기 찾아오기도 하잖아요. 그러니까 저는 스스로를 더 유폐해야만 해요."

정말로 답답할 노릇이다. 그녀를 어떻게 하면 좋을까. 불현듯 나는 이런 생각까지 든다. 『뒤꿈치』를 쓴 건 심호경이 아니라, 진짜 그녀일지도 모른다는 것 말이다. 그러니까 그녀는 두 번째로 구상 중인 작품을 현실에 그대로 옮겨 놓고 일종의 실험을 하고 있는 것이다. 상황 속 주인공들의 실제 반응과 각 설정에 따른 주인공들의 말과 행동을 관찰하기 위한 리얼리티 실험. 실험은 내가 이 집에 들어서는 순간부터 시작된 것이다. 어쩌면 그녀의 엄마는 심호경이 아니라 최숙자나 김경순일지도 모른다. 그래 놓고는 이미 죽어 버린 소설가 심호경을, 그녀와 아무 상관도 없는 심호경을 자기 엄마라고 나한테 거짓말을 해, 내 반응을 관찰한 것이다. 그깟 장서표는 얼마든지 만들어 붙일 수 있다. 사내와 청년의 등장도, 거구녀의 등장도 의도된 것이었고, 그녀의 명함도, 그녀의 생일도, 지하에 갇히게 된 것도 모두 설정이었을 테다. 『뒤꿈치』를 자기가 쓰지 않았다는 자폭 또한 그렇다. 그러니까 이건 나를 상대로 한 그녀의 트루먼 쇼다! 아니, 강인한 쇼다!

"그래서 전 끝나 버린 사랑에 대해서는 하나도 몰라요. 그 느낌이 어떤 건지도 모르고요. 사랑하는 사람한테서 느끼는 권태감이라든가 배신, 갈등 따위도요. 누군가를 오래오래 사랑하는 건 어떤 느낌이에요?"

그녀는 정말 궁금하다는 듯 내게 묻는다.

"길든 짧든 사랑은 똑같아요. 제 경우엔 그랬어요."

"정말로요?"

*

"네."

그의 말이 맞는다면 짧은 사랑을 한다고 해서 억울할 건 없어 보인다. 그렇다면 한 여자와 오래오래 사랑을 한 그가 더 행복할까, 짧게 많은 사랑을 한 내가 더 행복할까.

"근데 왜죠? 왜 이런 일들이 요다 씨 가족한테 일어난 건데요?"

이 물음은 낯설다. 지금까지 누구도 이런 질문을 해 줬던 적이 없어서 그런 것이다. 사람이 고양이가 돼 버렸다는 사실을 믿으려 하지 않으니 여기까지 이를 수 없었을 것이다. 그렇다면 그는 내 말을 믿는다는 걸까. 내 말을 믿어 주는 사람이 이제 나타난 걸까.

"정확한 이유는 몰라요. 추측만 할 뿐이죠."

"뭔데요?"

"집. 이 집이 지어지고, 이 집에서 막 행복해질 무렵에 이런 일들이 일어났으니까요."

이유 같은 건 모른다는 식의 대답을 예상하고 있었는지, 그는 추측이라는 말에 흥미를 느낀 듯 눈을 치켜뜬다.

"어렸을 때 아빠가 했던 말이 어렴풋이 생각나요. 300마리 가까이 되는 고양이를 태워 죽였다고 했어요."

"무슨 고양이요?"

"이 집이 지어지기 전에 이곳에 살던 고양이들요."

"여기가 고양이 서식처라도 됐단 말이에요?"

"아빠 말로는 고양이들의 제국 같았다고 했어요."

"근데 그 제국을 요다 씨 아버지께서, 아니 요다 씨네 가족이 침범했다, 그거죠?"

"쫓아내면 모여들고 쫓아내면 또 모여들고 그랬대요. 그래서 집을 지을 수가 없었대요. 그래서 모두 태워 죽인 거예요. 죽어 가는 고양이 울음소리가 그렇게 무서울 수가 없었대요."

"그래서 고양이 꿈을 불러오는 집이 된 거고요?"

"어쩌면요."

"근데 저 녀석들은 어떻게 이 집에 있는 거죠? 모두 이 집에서 변신한 건 아닐 거 아니에요."

"자기들이 알아서 이 집으로 찾아오니까요."

"어떻게요?"

"모르죠, 그건."

"신기한 일이네요."

"제 말 믿는다는 뜻인가요?"

"네?"

"적어도 제가 사람을 죽이지 않았다는 거요."

"그게……."

그는 선뜻 대답을 잇지 못한다. 거짓말로라도 믿는다거나 이해한다고 말해 주길 바랐지만 그는 끝내 침묵한다. 그럼 그렇지, 믿어 줄 거라고 생각한 내가 바보였다. 현실에 위배되는 것들은 인간에게도 위배당하기 마련이니 새삼스러울 것도 없다. 지친다. 나는 벤치에서 일어나 모래밭을 가로질러 현관을 향해 걸어간다. 뒤따라오는 그에게 이제 그만 돌아가 달라고 말한다. 엄마 방에서 떨어진 파란색 타자기가 보인다. 나는 모래밭에 처박힌 타자기를 주워 들며 그에게 다시 한 번 힘주어 말한다.

"그만 돌아가요!"

그러나 그는 묵묵부답이다.

*

맞장구를 좀 쳐 줬더니, 그녀의 얘기는 더 이해할 수 없는 방향으로 확대돼 가고 있었다. 실종과 관련해 명확하게 집어낸 것도 없이 이대로 돌아갈 순 없다. 나는 그녀에게 묻는다.

"지금까지 했던 얘기, 혹시 구상 중인 소설 얘기 아니에요?"

그건 또 무슨 말이냐는 듯 그녀가 나를 노려본다. 아무래도 그런 것 같다. 다시는 소설 따윈 쓰지 않겠다던 그녀는 두 번째 소설을 계획 중인 게 분명하다. 한번 베스트셀러 작가는 앞으로도 계속 베스트셀러 작가가 되게 돼 있다. 구조적으로 그렇다. 새 작품이 전작에 못 미치더라도 70만이란 독자는 그녀의 이름에 이끌려 자동으로 책을 사 보게 돼 있다. 그건 베스트셀러 작가에 대한 독자들의 신뢰가 무한하기 때문이다. 이미 돈맛을 봐 버린 그녀 또한 고정 독자를 포기하기란 쉽지 않았을 것이다. 출판사 또한 황금 알을 낳는 그녀를 가만 놔뒀을 리 없다. 그러니 그녀는 더 이상 소설을 쓰지 않을 이유가 없는 것이다.

"녀석들이 알아서 이 집으로 찾아온다는 부분에 그럴싸한 이유만 넣어 준다면 『뒤꿈치』에 뒤지지 않는 작품이 나오겠는데요."

"뭐요?"

"심호경 작가가 엄마라는 거 거짓말이죠?"

"네?"

"『뒤꿈치』는 요다 씨가 쓴 게 맞아요. 그렇죠?"

그녀가 기막혀한다. 그녀는 요리 못지않게 연기도 잘한다.

"제가 어떤 반응을 보일지 알아보려고 그런 거죠. 그렇죠? 같이 사람을 죽여 줬다는 것도 거짓말이죠?"

"……."

"왜 대답이 없어요?"

지금 생각해 보면 이상한 게 한두 가지가 아니다. 누군가 자기 얘길 들어 주길 바란다 해도, 같이 사람을 죽여 줬다는 식의 얘기를 순순히 꺼낼 순 없다. 그건 진짜가 아닌 가짜였기에 할 수 있는 얘기였다. 그 얘기를 꺼낼 당시 한쪽 입술 꼬리를 살짝 올리며 지었던 묘한 웃음이 떠오른다. 그때부터 이상하게 생각해야 했다. 이런 바보, 멍청이!

"당신이야말로 기자 때려치우고 소설이나 써 보지 그래요?"

"정말로 그럴까 봐요."

"장난 그만하고 돌아가요!"

"도와주고 갈게요."

"뭘요?"

"집 말이에요."

나는 왠지 그러고 싶었다. 그녀의 집이 엉망이 된 데는 내 책임도 있었다. 초인종 소리에 나가 보라고 재촉했던 것도 나였고, 거구 녀의 기분을 건드린 것도 내가 먼저였다. 망가진 텔레비전과 소파와 침대를 들어내리려면 남자의 힘이 필요하다. 책을 분류해 줄 사람이 있어야 신속하게 책을 서가에 꽂을 수도 있다. 뭐, 이 모든 게 그녀의 두 번째 소설을 위한 쇼라면 내가 미안해할 이유는 없지만, 그래도 그러고 싶었다.

"돌아가는 게 절 도와주는 거라고요. 모르겠어요?"

"그래도 혼자 하는 것보다 둘이 하면 낫잖아요."

"여기 있어 봤자 좋을 거 없다니까요. 잘 알잖아요."

"지금 저 걱정해 주는 거예요? 저도 빨간색 목걸이 차게 될까 봐요? 걱정 마요. 처음엔 요다 씨가 좋아지려고 했는데, 지금은 아니에요. 아, 요다 씨가 절 사랑해 버릴 수도 있는 일이죠?"

내 장난스러운 말투에 화가 난 그녀가 들고 있던 타자기를 내 쪽으로 던져 버린다. 용케 내 몸을 비켜 간 타자기는 빨간 벽돌 길에 처박힌다. 박살 난 타자기 몸체에서 파편이 튄다.

"가란 말 안 들려!"

"진정해요, 요다 씨."

"진정? 내 얘기 들어 주겠다는 사람이 왜 내 말은 못 믿는 건데!"

"전 들어 주겠다고 했지 믿어 주겠다고는 안 했어요."

"뭐?"

"이건 믿을 수 있는 성질의 것이 아니에요. 입장 바꿔 생각해 봐요. 제가 이러저러해서 멀쩡한 사람들이 고양이가 돼 버렸다면 요다 씬 믿겠어요?"

"난 믿어! 그게 사실이니까!"

"에이, 그건 아니죠."

"알았어요. 알았으니까 그만하죠."

그녀가 더는 말을 섞고 싶지 않다는 표정을 지으며 현관문을 열고 들어가 버린다. 나도 따라 들어간다.

*

그는 좀체 내 말을 듣지 않는다. 아니, 오히려 피식피식 웃기까지 한다. 내 말을 장난으로 치부하고 있다는 뜻이다. 화가 치밀어 그가 묵었던 방으로 달려들어 간다. 안 나가겠다면 억지로 끌어내는 수밖에 없다. 누가 이기는지 어디 한번 해 보시지! 입술을 깨문 채 바닥에 널브러진 그의 물건을 트렁크에 쑤셔 넣고, 박살 난 카메라를 카메라 가방에 집어넣는다.

"요다 씨!"

"가란 말 안 들려! 내가 그렇게 우스워!

그의 트렁크와 카메라 가방을 들고 복도를 지난다. 우왕좌왕하는 고양이들이 길을 비켜 준다. 현관문을 연 나는 트렁크와 카메라 가방을 있는 힘껏 밖으로 던져 버린다. 두 개의 가방이 모래밭에 처박힌다.

"던질 필요까지는 없잖아요!"

"던지게 만든 사람이 누군데! 당장 나가!"

"그럼 라면이라도 마저 먹고 갈게요."

"당신, 정신이 어떻게 된 거 아니야?"

"배가 아직……."

"정말 이럴 거야?"

"전 그냥……."

"경찰 부를까요?"

"알았어요. 갑니다, 가!"

이제 어쩔 수 없다는 걸 알았는지 그가 신발을 신고 나온다. 나는 현관문에 기댄 채 시선을 아래로 떨어뜨린다. 그와 눈을 마주치지 않기 위해서다. 그가 모래밭에 떨어진 가방을 집어 들고 모래를 털어 낸다. 이를 지켜보던 고양이 두 마리가 저만치에서 뛰어온다. 고양이 56과 고양이 70이다. 두 녀석이 그를 올려다보며 야옹대기 시작한다. 녀석들에게 살짝 미소를 지어 보이며 트렁크를 끄는 그. 빨간 벽돌 길을 걸어 나가는 그의 뒤를 두 녀석이 앞질러 간다. 녀석들이 그의 앞길을 가로막고 서자, 대문을 향해 미적미적 움직이던 그의 발걸음도 멈춘다. 머리를 쓰다듬어 주는 그의 손길에 화답이라도 하듯 녀석들은 계속해서 야옹댄다. 녀석들과 인사를 끝낸 그가 나를 쳐다보며 큰 소리로 말한다.

"잘 있어요. 음식 양쪽으로 씹어 먹는 거 잊지 말고요."

그가 히죽히죽 웃으며 뒤돌아 걷는다. 잠금장치를 풀고 대문을 넘어선다. 그가 뒷좌석에 트렁크와 카메라 가방을 넣고 차에 올라 탄다. 내 말을 믿어 줄 것만 같았던 그는 결국 그렇게 가 버린다.

*

차에 시동을 건다. 그녀는 현관문에 기댄 채 그대로 서 있다. 어디까지가 진실이고 어디까지가 거짓인지는 잘 모르겠다. 그나저나 그녀를 저 지경으로까지 몰아간 건 무엇이었을까. 혹 결핍된 사랑이나 연속된 사랑의 실패 때문은 아니었을까. 실연의 상처가 너무 컸던 나머지 그녀는 더 이상 사랑 같은 건 하지 않기로 자신과 약속한 것인지도 모른다. 그리고 자기암시와 자기최면으로 사랑은 곧 고양이라는 등식을 만들어 사랑을 외면해 왔던 것이다. 실종자 모두 그녀가 정말로 아는 사람인지 아닌지 어떻게 안단 말인가. 알게 뭔가. 아니, 실종자들은 그녀와 전혀 상관없는, 그녀가 만나 본 적도 없는 사람들인지도 모른다. 그래 놓고는 투숙했다고, 만났다고, 그리고 사랑했다고 혼자 상상하고 있는 것이다. 그녀는 우연에 지배당했을 뿐이다. 실종 사건이 터질 때마다 그녀 앞에는 우연히 고양이가 나타났고, 그녀는 나타난 고양이를 그 실종자라고 착각하게 된 것뿐이다. 망상 욕망에 의해 그녀는, 실종된 사람이 모두 자기가 사랑했거나 자기를 사랑했던 사람이라고 믿어 버리게 된 것뿐이다. 그리고 그 수많은 실연의 상처를 소설이라는 방식을 빌려 스스로를 치료하고자 했던 것이리라. 자기의 현실이 싫어, 자기가 만들어 낸 가상의 공간을 사랑하게 돼 버린 그녀. 그러다 자기가 만들어 온 소설의 설정들을 하나씩 현실로 끄집어내는 지경에까지 이른 것이다. 자기 소설을 현실 도피처 삼아 그 속으로 들어가 버린 그녀. 그래서 멀쩡히 살아 있는 부모를 자살시키고, 자기와 아무 상관도 없는 심호경이란 여자를 엄마로 둔갑시키고, 자기가 쓴 소설을 엄마가 썼다고 거짓말까지 한 것이다. 더 나아가 실종된 사람들을 사랑이란 감정으로 연계해 고양이로 변신시킨 것이다. 그래도 그렇지, 고양이라니……. 그녀의 말대로 실종된 사람들이 진짜로 고양이가 된 거라면, 적어도 실종자들은 그녀가 한 번 이상은 만났던 사람들일 테다. 그런데 그녀라는 공통된 단서에도 불구하고 그녀는 용의 선상에 오르지도 않았다. 그건 사건 담당 형사들이 무능력해서가 아니라, 그녀가 실종된 사람들을 만난 적도 없다는 방증인 것이다. 그러니까 고양이로의 변신은 그녀가 쓸 두 번째 소설의 핵심 서사이지, 다른 게 아니다. 그리고 내가 그녀의 집에서 겪었던 일들은 그녀가 완벽하게 재현해 낸 허구이지, 실제는 아니었던 것이다. 한마디로 나는 보기 좋게 그녀의 소설에 필요한 실험 대상이 돼 버린 것이다. 소포머 징크스를 깨부수기 위한 그녀의 완벽한 노력에 걸려든 것이다. 그래, 그런 것이다.

안전벨트를 매고 운전대를 잡는다. 나는 현관문에 기대선 그녀를 향해 손을 흔든다. 들어 올린 팔과 어깨에서 찌릿한 통증이 일어난다. 그러고 보니 그녀는 어쩌다 고양이에게 숫자 이름을 붙여 주게 된 걸까. 정작 궁금한 건 묻지도 못하고 내쫓기고 말았다는 생각이 든다. 생일 케이크에는 귀찮게 왜 나이 수대로 초를 꽂아요? 매니큐어 색깔 바꾸고 났을 때의 기분은 어때요? 오히려 그런 게 더 생산적인 질문이었을 것을, 괜한 데 시간만 낭비하고 말았다.

"아까운 내 녹음기! 아까운 내 카메라! 그게 얼마짜린데."

나는 액셀을 밟는다.

*

그가 차창 밖으로 손을 흔들며 사라져 간다. 나는 그만 집 안으로 들어간다. 녀석들이 소파에서 삐져나온 스펀지로 장난을 치고 있다. 나는 갈기갈기 찢어진 채 거실 바닥에 널브러진 『뒤꿈치』를 내려다본다. 1년 내내 먼지만 쌓여 가던 『뒤꿈치』는 결국 쓰레기봉투로 들어가게 됐다. 어차피 누군가에게 주지도 못할 책이라면 차라리 잘 된 건지도 모른다.

쓰레기봉투를 가지러 부엌으로 들어간다. 싱크대 서랍을 열어 50리터짜리 쓰레기봉투를 꺼낸다. 부엌문을 나서려는데, 먹다 만 두 개의 라면 그릇이 나를 돌려세운다. 탱탱 불어 버린 라면을 보자 잊고 있던 허기가 느껴진다. 나는 라면 그릇 앞에 앉아 수저를 든다. 언제나 혼자였던 12인용 식탁 앞에서 또다시 혼자가 돼 버린다. 앞으로도 이럴 것이다. 나는 라면과 만두를 양쪽 어금니로 번 갈아 씹어 먹는다. 더디긴 하지만 의외로 어색하지 않게 잘 씹어진다. 미지근하게 식어 버린 라면 국물을 단숨에 들이켰는데도 배는 차지 않는다. 그러자 그가 남기고 간 라면에 욕심이 생긴다. 나는 그가 앉았던 자리로 가 앉는다. 그가 사용했던 수저를 들고 그가 남기고 간 라면을 건져 먹는다. 왼쪽, 오른쪽, 왼쪽, 오른쪽…… 젓가락을 쥔 손과 손톱이 보인다. 벗겨지고 지저분해진 매니큐어. 매니큐어에 대한 강박증이 생긴 이래 이틀 연속으로 바르지 못한 건 이번이 처음이다. 얼마나 심각한 불행을 예고하려는 걸까. 나는 분홍색 매니큐어를 엄지손가락으로 매만지며 라면 국물을 떠먹는다.

혼자 남겨진 식탁 주위로 고요가 밀려든다.

창가에 앉아 책을 읽는다. 책장을 넘기는 손가락 끝으로 보라색 매니큐어가 반짝거린다. 열린 방문으로 고양이 한 마리가 들어온다. 고양이 205다. 창가에 앉아 책을 읽고 있으면 으레 나타나는 녀석이다. 책장 넘기는 소리가 좋아서인지, 아니면 창가로 들이친 햇살이 좋아서인지, 녀석은 독서가 끝날 때까지 창가 옆에 앉아 있다가곤 한다. 언제부터 그랬는지는 기억에 없다. 사뿐히 창가로 올라선 녀석에게 나는 말을 걸어 본다.

"밥은 먹었어요? 무슨 생각해요, 아저씨?"

"야옹."

"아줌마 보고 싶어요?"

"야옹."

"내일 아줌마 보러 갈까요?"

"야옹."

"싫다는 뜻이에요, 좋다는 뜻이에요? 아저씨가 마지막으로 만들어 준 케이크는 정말 맛있었어요. 저기 케이크 사진 보여요?"

침대 머리맡에는 생일 때 찍어 둔 케이크 사진이 붙어 있다. 카메라는 망가졌지만 다행히 메모리 카드는 무사했다. 케이크 사진을 바라보던 녀석의 눈이 창밖으로 움직인다. 대문에는 태극기가 펄럭인다. 제헌절에 내다 건 태극기는 아직까지 그대로 있다. 게으름을 탓한다 해도 할 말은 없다.

멀리서 들려오던 오토바이 소리가 점점 커지더니 대문 앞에서 멈춘다. 굳이 쌍안경으로 확인하지 않아도 대문 앞에 멈춰 선 오토바이는 분명 우체부다. 책을 창가에 내려놓고 아래층으로 내려간다. 현관문을 열고 빨간 벽돌 길을 걸어 나가 새로 단 이중 잠금장치를 푼다. 우편함에는 두꺼운 책자 하나가 꽂혀 있다. 꺼내서 살펴보니 반투명한 비닐 봉투 상단에 《인 스토리》라고 쓰여 있다.

"《인 스토리》?"

나는 양미간을 찌푸리며 마당으로 들어선다. 비닐 포장을 벗기자 표지에 쓰인 큼지막한 글자가 먼저 눈에 들어온다. 『뒤꿈치』의 작가 고요다 최초 인터뷰!! 이 남자, 끝까지 구제 불능이다. 이런 식으로 내 뒤통수를 칠 줄은 몰랐다. 나는 서둘러 감나무 벤치에 가 앉는다. 손가락에 침을 묻혀 가며 인터뷰 기사가 실린 페이지를 찾는다. 내 인터뷰가 시작된 페이지에는 "고양이를 사랑한 소설가, 고양이가 사랑한 소설가, 고요다"라는 소제목이 붙어 있다. 급한 마음에 페이지를 대충 넘겨 본다. 인터뷰 기사에는 모두 세 장의 사진이 실려 있다. 커피 잔을 감싸 쥐고 있는 손과 머리카락이 내려온 어깨와

다리를 꼰 채 앉아 있는 식탁 밑의 다리 사진이 그것이다. 신체 부위만 찍혀 있어서 모델이 누구인지는 알 수 없다. 그러나 청바지 밑단 아래로 교묘하게 감춰진, 누군가의 뒤꿈치는 호기심을 자극하기에 충분해 보인다.

페이지를 앞으로 넘겨 인터뷰 기사를 읽어 나간다. 그런데 인터뷰 기사 속의 나는 조금, 아니 많이 낯설다. 뭐가 어떻게 된 일인지 모르겠다. 나한테는 어른스러운 남동생 하나와 욕심도 많고 애교도 많은 여동생이 둘이나 있다. 아빠는 모 건설 회사 과장으로 재직 중이며, 엄마는 독서광에다 가족에게 요리해 먹이는 걸 좋아하는, 평범한 가정주부다. 엄마, 아빠는 아직도 서로에게 사랑한다, 라고 말하는 로맨티스트이자 주말이면 단둘이 여행을 즐기는 이기적인 낭만파다. 스무 살 때 만난 첫사랑과 질리게 사랑을 하고 있다는 나는, 가까운 미래에 그 사람과 결혼할 거라고 한다. 엄마, 아빠처럼 애를 넷 낳고도 서로에게 사랑한다, 라고 말하는 부부로 사는 것, 그것이 사랑에 관해 내가 가진 소박한 꿈이다.

페이지를 넘긴다. 언론 노출을 꺼려 온 것과는 달리, 나는 사람 만나는 걸 좋아한다. 소설가란 다양한 인간 군상을 다뤄야 하는 직업이기에, 나는 끊임없이 누군가를 만난다. "제 창작 모티프는 제가 곧 알아 가게 될 수많은 사람들이에요." 그래서 나는 매일 새로운 누군가를 만날 수 있는 여행을 좋아한다. 내 일생일대의 꿈은 피부와 머리 색이 다르고, 언어와 문화가 다른, 지구 상의 모든 사람들을 만나 보는 것이다. 한때 호텔리어가 되고 싶었던 나는, 침대에만 누우면 말도 안 되는 상상을 즐기는, 작가적 기질을 타고난 사람이란다. "가끔은 현실을 소설화해 버릴 정도로 몽상을 즐기죠." 낯섦의 연속은 페이지마다 계속 이어진다. 길에 버려진 불쌍한 고양이를 데려다 키운다는 것 말고는 모두 그렇다.

나는 마지막 페이지를 넘긴다. 내 인터뷰는 그의 목소리가 들어간 한 토막의 글로 마무리된다.

그녀는 『뒤꿈치』를 사랑해 준 모든 독자에게 감사의 인사를 전했다. 개인적인 남다른 성격으로 언론 노출을 꺼려 온 점에 대해서는 양해를 구한다고 했다. 인터뷰를 하는 내내 그녀는 친절했고, 유쾌했으며, 에너지가 넘쳤다. 나는 그런 그녀에게 조심스레 차기작에 대해 물었다. 다시는 소설 따윈 쓰지 않겠다는 선언 때문이었는지, 예상대로 그녀는 머뭇거렸다. 나는 그런 그녀에게 이렇게 말했다. "다른 누구보다 독자들은 다시는 소설 따윈 쓰지 않겠다는 요다 씨의 말이 거짓이길 바랄 거예요." 그러자 뜻밖에도 그녀의 대답이 돌아왔다. "변신 이야기예요." 그녀의 대답을 듣는 순간, 나는 한 사람의 독자로서 마냥 행복해졌다. 그녀가 『뒤꿈치』에 버금가는 작품을 들고 우리 곁에 다시 나타날 거란 확신 때문이었다. 우여곡절 끝에 이루어진 그녀와의 인터뷰는 그렇게 행복하게 끝이 났다.

아, 그리고 그녀의 뒤꿈치는 그녀 엄마의 말처럼, 정말 예뻤다.

인터뷰·사진 / 강인한 기자

잡지를 덮고 멍하니 하늘을 올려다본다. 인터뷰 기사 속의 나는 무척 행복해 보인다. 그래서 다행이라는 생각이 든다. 벤치에서 일어나 집 안으로 들어간다. 커피 테이블 위의 전화기로 눈이 간다. 나는 그의 명함에서 봤던 그의 휴대폰 번호를 떠올려 본다. 기억이 가물가물하지만, 생각나는 대로 한번 걸어 보기로 한다. 망설임 끝에 수화기를 들고 그의 휴대폰 번호를 누른다. 누르는 동안 수화기를 다시 내려놓을까 했지만, 결국 다 누르고 만다. 나는 목을 가다듬고 신호가 가길 기다린다. 없는 번호라는 안내 음성이 나온다. 순간 머리가 멍해진다. 아니다. 요 근래에 새로 나타난 고양이는 없었으니 아닐 것이다. 그때, 한유희란 여자가 생각난다. 죽을 때까지 유희 곁에 있을 수만 있다면 고양이라도 돼서 유희를 찾아가고 싶다고 했던 그의 말도 생각난다. 불안한 마음에 나는 잡지 맨 뒷장을 펼친다. 잡지사의 전화번호를 누른다. 다섯 번의 연결 신호 음 끝에 친절한 여자의 목소리가 들려온다.

─네,《인 스토리》입니다.

─저기요……

─네.

─기사 잘 봤다는 말씀 전해 드리고 싶어서요…….

─누구 찾으시는데요?

─혹시 강인한 기자님이라고, 자리에 계실까요?

불안한 마음에 입술을 깨문다. 한참 만에 대답이 돌아온다.

─연결해 드리겠습니다.

삐, 소리와 함께 반가운 목소리가 수화기 저편에서 들려온다.

─네, 강인한입니다.

그의 목소리다.

—여보세요?

피곤에 찌든 그의 목소리가 맞다.

—여보세요? 말씀하십시오.

목소리를 들었으니 이제 됐다. 그가 무사하다는 걸 알았으니 그걸로 된 것이다. 나는 속으로 그에게 무사해서 다행이에요, 라고 말하고는 수화기를 내려놓는다. 모두들 무사해서 다행이다. 오늘은 두 번째 나나가 오기로 한 수요일이다. 두 번째 나나도 아직은 무사하다. 앞으로도 무사할 것 같아, 내 하루하루는 그런 대로 행복하다.

소파에서 일어나 복도를 걸어 나간다. 나선형 계단을 밟아 3층 엄마 방으로 들어간다. 내 입에서는 절로 콧노래가 흘러나온다. 엄마 방에서는 예의 그 책 냄새가 난다. 나는 거의 한 달 만에 엄마의 장서표를 열아홉 개나 떼어 냈다. 그가 돌아간 다음부터 나는 미친 듯이 책만 읽었다. 나에게는 이제 책만이 타인이었다. 책만이 내가 맺을 수 있는 관계였고, 앞으로도 책만이 나를 이루는 세상이 될 것이다.

창가에 앉아 있던 고양이 205는 나가고 없다. 녀석이 남기고 간 자리에는 아까 읽다 만 책이 덩그러니 놓여 있을 뿐이다. 나는 책상 앞으로 가 새 노트북을 켠다. 소설을 써 보기로 한 건 그가 돌아가고 난 다음 날부터였다. 그가 바라던 대로 『뒤꿈치』에 버금가는 작품을 들고 다시 나타날 수 있을지는 모르겠다. 하지만 나는 엄마 딸이니까, 엄마의 재능이 내 어딘가에 숨어 있거나 자라고 있을지 모르니까, 한번 해 보기로 한 것이다. 소설은 그가 예견한 대로 고양이로 변해 버린 사람들의 얘기다. 그 소재라면 첫 소설에 대한 두

려움을 떨쳐 낼 수 있을 것 같았다. 그리고 그 얘기라면 실패 없이 쓸 수 있을 것 같았다. 아무도 믿어 주지 않던 얘기라도 소설이란 외피를 쓰게 되면 세상에 단 한 사람 정도는 그래, 그럴 수 있어, 라고 믿어 줄지 모르는 일 아닌가.

한글 프로그램 아이콘을 누른다. "고양이 호텔"이란 제목의 파일을 연다. 노트북 자판 위에 두 손을 올려놓는다. 첫 번째이기도 하고 두 번째이기도 한 내 소설은, 나의 고양이들에게 헌정될 내 소설은, 그렇게 보라색 매니큐어를 칠한 손가락 끝에서 조금씩 직조돼 간다.

나는, 창밖에서 들려오는 고양이들 말소리에 잠시 고개를 돌린다. 여름 끝자락의 바람이 창으로 불어온다. 그 바람이 창가에 놓인 책의 책장을 넘긴다.

바람이 책을 읽어 가는 고요한 시간이다.

모래바람이 부는 사막 위에
첫 책을 덩그러니 내려놓는다.

'첫'이란 설렘에
두근대는 내 가슴.
나는 살아 있다.

반짝반짝 빛나는 이 지구에서
나와 함께 살아가는 모든 이들에게 감사의 말을 전한다.

2010년 가을

김희진

라푼첼과의 인터뷰

―김희진의 『고양이 호텔』을 읽는 몇 가지 독법

김형중(문학평론가·조선대 국문과 교수)

라푼첼의 성

『고양이 호텔』의 주인공 '고요다'는 현대판 라푼첼이다. 예쁜 서사와 교활한 이데올로기로 포장된 동화 속 라푼첼이 아니라 긴 머리채로 남성들을 유혹해 하룻밤의 쾌락 후 죽여 물에 던지곤 했다는 설화 속의 마녀 라푼첼 말이다. 우선은 고요다가 사는 집의 풍모 때문이다.

그녀의 집은 거대한 성(城)을 닮았다. 프로방스풍의 돌출 창과 요철 모양으로 마무리된 옥상 난간 때문에 특히 그래 보인다. 옥상 위에는 세 개의 탑이 세워져 있다. 라푼첼의 긴 머리카락이 내려올 것만 같은, 원뿔 모양의 지붕이 얹어진 탑인데, 그 용도가 무엇인지는 잘 모르겠다. 방도 꽤 많아 보인다. 세어 본 창문 개수만 해도 열한

개는 되니, 방이 적어도 열한 개는 된다는 소리다. 학교 운동장만
한 마당은 온통 모래로 뒤덮여 있다. 그래서 그런지 그녀의 집은 마
치 사막 위에 지어진 것처럼 보인다.

—22쪽

현대의 도시에 저런 고풍스러운 저택이 있을까 싶을 만큼 그로테
스크한 성채다. 불모를 상징하는 모래로 덮인 사막 같은 마당은, 그
위에 서서 사람들의 눈길을 끄는 화려한 고택을 더욱 그로테스크
하게 만든다. 고딕 동화풍이다. 게다가 작가가 직접적으로 "라푼첼
의 긴 머리카락이 내려올 것만 같은"이라고 말하고 있기조차 하니,
고요다는 사실 본인의 의도와는 무관하게 라푼첼의 운명을 타고난
인물이다. 물론 우리가 사는 시대는 설화의 시대가 아니므로 탑 아
래까지 닿는 긴 머리카락은 이제 그녀의 무기일 수 없다. 그녀의 무
기는 '뒤꿈치', 그리고 "방을 빌려 드립니다"라는 문구가 쓰인 팻말
이다. 그녀의 소설 『뒤꿈치』는 그녀를 베일에 싸인 작가로 만들어
많은 이들로 하여금 그녀에 대한 궁금증에 사로잡히게 하고, 급기
야 '강인한' 기자를 라푼첼의 성으로 찾아들게 한다. 그전에는 "방
을 빌려 드립니다"라는 팻말이 많은 이들을 그녀의 성에 들게 하고,
그중 그녀를 사랑하게 되는 남성들을 모두 고양이로 변신하게 만든
바 있다. 그녀의 방을 빌려서는 안 된다. 그녀의 뒤꿈치를 궁금해해
서도 안 되고, 그녀를 사랑해서는 더욱 안 된다. 그것들은 라푼첼의
머리카락이고, 일단 걸려들면 고양이로 변하고 마는 치명적인 미끼
이다.

그러나 라푼첼이 마녀라는 것은 희생자의 시각에서 볼 때 그렇다는 얘기고, 라푼첼의 편에서 생각해 보면 그녀가 이해되지 않는 것도 아니다. 얼마나 외로웠을까? 그 높은 성탑 위에 갇혀 불타는 소통 욕구(종종 육체적이기도 한)를 잠재우지 못한 채, 자신의 처지와 자신의 상처, 자신의 욕망에 대해 말할 단 한 사람의 손님이라도 찾아들기 원하는 그녀의 심정은 얼마나 애타고 고독했을까? 『고양이 호텔』이 라푼첼의 현대판 우화가 되는 지점이 바로 여기다. 라푼첼은 이제 설화에서 걸어 나와 타인과의 소통에 목마른 현대인의 상징이 된다.

불모의 땅 위에 성채를 지어서라도 타인과 소통하고 싶어 하는 것이 우리 시대다. 스스로를 유폐하여 타인과의 관계를 포기한 듯 보이는 사람일수록, 그러니까 '차가운 도시 남녀'입네, '쿨'합네 하며 스스로를 포장하는 사람일수록 소통을 갈구하는 사람일 경우가 많다. 일종의 방어기제인 자기 유폐란 타인에게 상처받은 사람이 스스로를 또 다른 상처로부터 보호하기 위해 택하는 고육지책이 아니겠는가. 그러나 타인에게 받은 상처는 저절로 치유되지 않는다. 또 다른 타인의 이해, 그와의 소통, 그의 따뜻한 손길만이 상처를 치유한다. 라푼첼은 사실 외로웠다. 상처받아 스스로를 성탑에 가두었지만, 마음 깊은 곳에서는 항상 타인의 방문과 타인의 손길을, 타인의 말하는 입과 들어 주는 귀, 그리고 타인의 육체를 그리워했다. 라푼첼은 그러니까 현대인이었다.

인터뷰란 무엇인가

이야기는 그렇게 마련된 라푼첼(이제 그녀를 주인공의 이름 그대로 고요다라고 부르자.)의 성에 강인한이란 남자가 찾아오면서 시작된다. 기이하게 만난 두 남녀의 심리와 밀고 당기기를 실시간 중계하듯 묘사한 소설 속의 시간은 더디게 흘러 나흘 동안의 사건이 이 소설의 전부다. 고요다는 스스로를 베일 속에 감춰 타인들로 하여금 자신을 궁금하게 했고, 기자인 강인한은 많은 사람들이 가진 그녀에 대한 궁금증을, 그리고 자신의 궁금증을 해결하기 위해 방문했으니 소설의 주 서사는 (오래 지연되다가 성공하는) 인터뷰 형식이 된다. 강인한이 인터뷰어(interviewer)고 고요다는 인터뷰이(interviewee)다. 요컨대 소설 『고양이 호텔』은 상처받아 자기 유폐를 감행한 여자에 대한, 역시 자신의 상처를 가진(강인한 또한 한유희에게 버림받았다.) 남자의 집요한 소통 시도를 기록한 이야기다.

아니나 다를까, 소설이 진행될수록 강인한의 소통 시도는 성공하는 것처럼 보인다. 가령 처음엔 자신의 성에 발조차 들여놓지 못하게 하던 고요다의 심경이 변화하는 과정을 보라. 그녀는 강인한과 생일 식탁에 앉아 와인을 들이켜며 오랜만에 웃음을 되찾는다.(46쪽) 이어 그를 "처음으로 나와 같이 꽃게탕을 먹은 사람"(114쪽)으로 기록하며, 조금 더 시간이 지나면 강인한 역시 자신 못지않게 힘든 시간을 보내 왔음을 이해하기 시작하다가(157쪽) 급기야는 잠들어 있는 그의 머리를 쓰다듬고(183쪽) 그와 7년간 사랑하는 사이였다는 한유희에게 부러움을 느끼기에까지 이른다.(212쪽) 마침내 그녀는 자신의 어머니와 아버지의 죽음, 자신의 지난했던 10여 년의 고통, 그리고 소설 『뒤꿈치』가 자신의 소설이 아닌 어머니의 소설이며, 자신을 사랑한 남자들은 모두 고양이로 변해 버렸다는 사실까지 모두 강인한에게 발설한다. 자, 그렇다면 소설 『고양이 호텔』은 상처받은 이들이 서로의 상처를 이해하고 소통함으로써 치유받게 된다는 이야기인가? 만약 그렇다면 신예 작가 김희진에게 기대할 만한 것은 별로 없어 보인다. 왜냐하면 화해란 모두 거짓이자 기만이라고 말했던 아도르노를 굳이 떠올리지 않는다 해도, 그런 해피엔딩은 텔레비전 연속극의 몫이지 제대로 된 소설의 몫은 아닐 것이기 때문이다. 다행히도 김희진이 그처럼 만만한 작가는 아닌 듯싶다. 두 사람의 소통이 점진적으로 성공하는 것처럼 보이는 표면 너머의 허위, 정작 작가는 그것을 폭로하고 묘파하는 데 더 많은 공을 들인다.

고요다에 대한 강인한의 인터뷰는 어떻게 성공하는가? 두 사람의 대화가 무르익는 사이사이 등장하는 이런 구절들을 눈여겨 읽을 필요가 있다. "'깔끔'과 '초췌'는 그녀에게 보다 쉽게 접근하기 위한, 내 나름의 고민 끝에 만들어 낸 해답이었다."(21쪽) "피로가 쌓이면 종종 코피를 쏟곤 하는데, 이게 이렇게 요긴하게 터져 줄 줄은 몰랐다."(37쪽) "자전거는 이제 고장 났다. 완전범죄를 위해 기름때가 묻은 가지를 담장 너머로 던진다."(75~76쪽) "떨어져서 다치기에는 아주 좋은 장소다. 이렇게까지 해야 하나 싶지만, 이런 식이 아니고서는 딱히 그녀 곁에 머무를 방법이 없다."(125쪽) 강인한의 이 독백들은 그녀가 점점 그의 인터뷰에 긍정적으로 반응하게 된 이유들을 설명해 준다. 그녀는 강인한의 거짓말들에 반응한다. 그의 연기는 자신이 고요다의 집에 계속 머무를 수 있는 핑계가 되고, 그녀가 말문을 열게 만드는 미끼가 된다. 라푼첼과 희생물의 위치가 역전된다. 이제 강인한의 거짓말들과 연기가 미끼이고, 그 미끼 앞에서 망설이는 것은 고요다이다. 최종적으로 내민 강인한의 카드는 자신의 처참한 가족사다. 그에 따르면 어렸을 때 아버지는 폐암으로 죽었고, 형이 가장 노릇을 했으나, 형 역시 사고로 죽었다. 이어 자신이 가장 역할을 해 왔고 여동생은 올가을에 결혼을 한다. 그러나 이런 말들을 뒤집으며 이어지는 독백은 이렇다.

아깝긴 하지만 녹음기를 박살 내길 잘했다는 생각이 든다. 수술 자국을 보여 준 것도 주효했다. 상대방의 말문을 트려면 먼저 자기 얘기부터 꺼내야 한다는 건, 인터뷰의 달인인 팀장의 진리와도 같은 오랜 비법이었다. 물론 내가 꺼낸 얘기 중에서 돌아가신 아버지 얘기 말고는 모두 거짓이다. 때론 진실보다 거짓이 더 잘 통할 때가 있는데, 방금 같은 상황이 그렇다. 우리 아버지는 사진사가 아닌 군인이었다. 형도 물론 멀쩡히 살아 있다. 아니, 여우 같은 형수와 토끼 같은 조카들과 아주 잘 살고 있다.

—160쪽

인터뷰는 성공적으로 이루어졌다. 그러나 그것은 엄밀한 의미에서 소통의 성공이 아니다. 왜냐하면 강인한의 인터뷰는 오로지 거짓과 가장에 의해서만 성공했고, 또 인터뷰란 워낙 그런 것이기 때문이다. 인터뷰란 일방적이고 의도적인 질문의 형식일 뿐, 두 사람 간의 대화와 소통의 형식은 결코 아니다. 고요다는 강제적으로건 자발적으로건 자신의 상처와 사연 모두를 말했다. 그러나 강인한은 거짓말로 그런 고백들을 강요하고 설득했다. 인터뷰는 성공했으나 소통은 실패한 것이다. 작가 김희진에게, 우리 시대는 이제 상처받은 타인들의 상호 소통에 의한 치유를 바랄 수 없는 시대인 듯하다. 그 냉정함이 김희진을 기대할 만한 소설가로서 자리매김하도록 한다.

고양이가 늘어나는 이유

인터뷰 형식 이면에서 소설 『고양이 호텔』의 서사적 긴장을 유지하게 해 주는 것이 추리소설의 형식이다. 소설은 고요다의 서른 번째 생일날 '베리베리 베이커리' 제빵사 아저씨의 미스터리한 실종 사건에서부터 시작된다. 그리고 고요다가 사는 도시 인근에서 25명의 실종자가 발생한 사건이 미궁에 빠진 채 아직도 해결되지 않고 있음을 여러 차례 환기한다. 고요다와 강인한의 인터뷰가 지연되다가 뚱보 여자(처음에는 이 여자가 연쇄 실종 사건의 범인처럼 보인다.)의 등장과 함께 성공 국면으로 접어들면, 실종 사건의 실마리 또한 점차적으로 풀리기 시작한다.

그런데 흥미롭게도 추리소설 형식의 말미에서 『고양이 호텔』은 교묘하게 판타지 장르의 관습을 차용하는 방향으로 선회한다. 실종자들은 모두 고양이가 되었다. 25명의 실종자 명단은 188마리의 고양이 중 빨간색 목걸이를 한 23마리의 목걸이 펜던트 뒤에 쓰인 이름과 일치한다. 그런데 그들이 고양이가 된 이유는 무엇인가? 사랑 때문이다. 열기구 여행자, 레즈비언, 제빵사 등등의 실종자들은 어떤 방식으로건 고요다와 연루되었다가(다시 말하지만 고요다는 현대판 라푼첼이다.) 그녀를 사랑하게 되고, 그녀를 사랑하게 되는 순간 고양이가 된다.

이 판타지를 어떻게 해석해야 할까? 해법에는 두 가지가 있다. 하나는 고요다의 이야기를 그대로 믿는 방식이다. 그럴 경우 『고양이 호텔』은 우리 시대 도시 곳곳에 고양이의 개체 수가 늘어 가는 이유에 대한 문학적 해명으로 읽힌다. 우리 시대에 사랑이란 무엇인가? 아마도 약간의 과장을 보탠다면 도태의 다른 말, 나약함의 다른 말일 것이다. 타인에 대한 배려는 지나간 시대의 풍습이 된 지 오래고, 흔히 일방적인 헌신과 환대를 요구하기 마련인 사랑이란 무모하고 쓸모없는 "인간 쓰레기"(바우만)들에게나 적합한 미덕이다. 바타유의 말마따나 현대는 무엇보다도 탕진과 소모에 대해 적대적이다. 그런데 사랑처럼 (육체적으로나 시간적으로나 경제적으로나) 에너지를 소모하게 하고 부와 시간을 탕진하게 하는 행위가 또 있던가? 그런 의미에서라면 우리 시대에 사랑이란 악덕의 다른 말이 아닐 것이다. 그럴 때 사랑에 빠진 사람은 어떻게 되는가? 고양이가 된다. 하릴없이 밤 골목을 어슬렁거리며 쓰레기통이나 뒤지고 짝짓기에 몰두하며 기이한 소리나 지르고 다니는 고양이가 된다. 고양이란 그러므로 사랑이 악덕인 시대에 사랑에 빠진 사람들, 그리하여 생산 제일주의에 적응하지 못한 채 나날의 시간과 에너지를 탕진하고 소모하는 사람들에 대한 은유다. 김희진의 소설을 두고 우리 주위에 나날이 고양이의 개체 수가 늘어나는 이유에 대한 문학적 답변이라고 했던 이유가 바로 이것이다.

소설의 기원

그러나 다른 해법도 있다. 아마도 『고양이 호텔』을 끝까지 읽은 독자라면 이 작품이 머리가 꼬리를 물고 있는 뱀의 형상을 취하고 있음을 알고 있을 것이다. 소설의 끝은 곧 소설의 시작이다. 이미 완성된 소설이 아직 완성되지 않은 소설의 집필 동기다. 고요다의 실명은 바로 이 소설의 작가 김희진이고, 김희진은 강인한 기자와의 만남 이후 그와의 인터뷰에 착안하여 소설 쓰기를 시작한다. 종종 메타 픽션적 기법을 차용한 소설에서 발견되곤 하는 형식이다.

메타 픽션이란 물론 픽션에 대한 픽션, 소설 쓰기에 대한 소설을 일컫는다. 그렇게 읽을 때 『고양이 호텔』은 소설의 기원에 대한 소설로 읽히기도 한다. 가령 강인한의 다음과 같은 독백이 있다.

그리고 그 수많은 실연의 상처를 소설이라는 방식을 빌려 스스로를 치료하고자 했던 것이리라. 자기의 현실이 싫어, 자기가 만들어 낸 가상의 공간을 사랑하게 돼 버린 그녀. 그러다 자기가 만들어 온 소설의 설정들을 하나씩 현실로 끄집어내는 지경에까지 이른 것이다. 자기 소설을 현실 도피처 삼아 그 속으로 들어가 버린 그녀. 그래서 멀쩡히 살아 있는 부모를 자살시키고, 자기와 아무 상관도 없는 심호경이란 여자를 엄마로 둔갑시키고, 자기가 쓴 소설을 엄마가 썼다고 거짓말까지 한 것이다. 더 나아가 실종된 사람들을 사랑이란 감정으로 연계해 고양이로 변신시킨 것이다.

——256쪽

자신을 사랑한 사람들이 모두 고양이로 변신하고 말았다는 고요다의 말을 사실로 믿을 때 강인한의 이와 같은 독백은 소통의 부재, 곧 타인에 대한 몰이해가 만들어 낸 망상일 것이다. 그러나『고양이 호텔』을 메타 픽션으로 읽을 때, 혹은 소설 밖의 상식적인 세계의 논리에 따라 거리를 두고 읽을 때, 강인한의 저 말은 소설이 어떻게 탄생하는가에 대한 프로이트적 논증으로 읽힌다. 어떤 이가 소설을 쓰는가? 대상으로부터 리비도를 철회한 자가 소설을 쓴다. 소위 '승화'의 메커니즘이 그것이다. 대상으로부터 철회된 리비도를 탈성화(脫性化)하여 성적인 용도가 아닌 것으로 사용하는 이들이 예술가가 된다. 고요다가 그랬다. 여러 차례 되풀이된 상처(부모의 자유연애, 동반 자살, 그리고 몇 차례의 실연 경험)는 그녀로 하여금 대상 세계에서 리비도 투자의 어떠한 대상도 찾을 수 없게 했고, 그럴 때 그 에너지는 망상에 소용된다. 그러나 작가란 누구인가? 프로이트가『창조적인 작가와 몽상』에서 말한바 요지를 떠올려야 하는 지점이 여기다. 작가란 바로 그 신경증적 망상을 보편적인 서사로 만들어 타인들로부터 공감을 끌어낼 수 있는 능력을 발휘하는 자이다. 자신과 사랑에 빠진 자들이 모두 고양이가 되었다는 말은 상처받은 신경증 환자 고요다의 망상이다. 그러나 그것이 현대사회의 보편적인 악습에 관한 은유로 탈바꿈하고, 수많은 독자들에게 공감을 유발할 때, 그것은 망상이 아니라 소설이 된다. 강인한의 입장에서 읽을 때 『고양이 호텔』은 어떻게 상처받은 정신으로부터 소설이 탄생하는가에 대한 메타 픽션이 되는 것이다.

현대의 소설

소설이 탄생한 후로, 그것이 다루어 온 주제가 소설의 숫자만큼 많다는 말은 실제에 있어서는 거짓말이다. 소설 자체가 그 기원에 있어 현대의 산물이었으므로, 소설은 항상 현대적인 문제를 다루었다. 그리고 현대의 문제란 어떤 방식의 변형을 겪건, '고양이의 개체 수는 왜 늘어만 가는가?'와 같은 질문처럼 대개가 소통 부재의 상황에 대한 진단이자 응답이었다. 또, 소설이 독립된 문법을 가진 자기 완결적 형식이란 말도 거짓말이다. 스턴에서 나보코프에 이르기까지, 소설은 항상 인접 장르(예를 들면 추리소설, 인터뷰 형식, 라푼첼 동화)를 합병해 제 영역을 넓히고 몸집을 불려 온 혼종적이고 제국주의적인 장르였다. 그뿐 아니라 소설은 항상 자기 자신의 기원과 자신의 존재 방식(가령 소설의 기원에는 자기방어적 망상이 있다는 사실)을 스스로 되묻고 탐구해 온 자의식적 장르이기도 했다.

무슨 말인가 하면, 『고양이 호텔』로 미루어 볼 때, 신예 작가 김희진이야말로 소설이라는 장르의 요체를 이해하고 거기서부터 소설 쓰기를 시작한 그야말로 모범적인 '현대 소설가'란 말이다.

김희진

1976년 광주에서 태어났다. 2007년 《세계일보》 신춘문예에 단편소설 「혀」가 당선되어 작품 활동을 시작했다. 첫 장편소설 『고양이 호텔』로 대산창작기금을 받았으며 인터파크에서 장편소설 『옷의 시간들』을 연재하고 있다.

고양이 호텔
김희진 장편소설

1판 1쇄 찍음 2010년 10월 1일
1판 1쇄 펴냄 2010년 10월 8일

지은이 김희진
발행인 박근섭·박상준
편집인 장은수
펴낸곳 (주)민음사

출판등록 1966. 5. 19. 제16-490호
주소 서울시 강남구 신사동 506번지 강남출판문화센터 5층 (135-887)
대표전화 515-2000 | 팩시밀리 515-2007
홈페이지 www.minumsa.com

ISBN 978-89-374-8324-0 (03810)

※ 이 책은 2009년 대산문화재단의 대산창작기금 지원을 받았습니다.